JN070471
「……なぁおい、まだ協力する気はないのか？
お前が協力すると言うまで、
こんな豚箱みたいな場所から動かしてもらえないぞ？」
「我が国を踏みにじった者らに、
媚びるような真似はしませんよ」

空洞山脈ことマルムッド山脈は、
遠くからは一見普通の山のようだが、
近づくにつれて山を構成する魔石自体が持つ
淡い光が目立ってくる。
そして1〜2㎞の距離まで近づけば、
洞窟のような穴がそこかしこに存在するのが
確認できる。

「出迎えご苦労！」
皇太子グラカバルは一言発し、絨
背筋を伸ばしたまま一段一段ラッ
カーペットの先に用意されたリム

日本国召喚
六　激動のムー大陸

みのろう

INDEX

007
第９章　グラ・バルカス包囲網

067
第10章　覇王の進軍

205
第11章　空洞山脈の攻防

283
第12章　グラカバル、視察

第9章
グラ・バルカス包囲網

■　中央暦1643年2月17日　第二文明圏　ムー大陸東側海上

青々とした絨毯に、白く長く延びる1本の航跡。

快晴の空の下、穏やかな海を1隻の大型船がムーに向かって航行していた。

日本国籍の大型自動車運搬船『DRIVE NEW WORLD』である。日本国で作られた自動車、オートバイ、大型作業車などを満載し、到着を待つ人々の下へと輸送するのが目的の船だ。

水面から約30mもの高さの操舵室から、船長の山口優が海を眺める。水平線は地球と違って遥か先にあり、感覚的に海が広く感じる。

「間もなくムーですね」

窓の外を無言で睨む山口の隣から、副船長が声をかけた。

「最近きな臭いからな……何も起きなければよいが……」

「まったくです。噂じゃムーの首都が狙われたって聞きましたからね」

世界大戦の引き金となったマグドラ沖海戦から約1年。先月はついにバルチスタ沖大海戦が勃発し、いよいよ日本も本格参戦せざるを得ない状況だ。世論は海上保安官を公開処刑したグラ・バルカス帝国に対する強硬派が圧倒的多数を占めており、政府としてもこれ以上有力国の出方を窺っているわけにはいかない。少なくとも、政府と特に結びつきの強い海運業界としてはシーレーン（海上交通路）防衛強化を要請する程度には危機感を抱いている。

「だがこの世界は広すぎて、海自の手が回っていないのが実情だ。艦艇も足りなければ自衛官も増やし始めたばかり。おまけに同盟国への駐留も必要……どこも手が足りん」

山口はため息を漏らした。

日本の生産物の有力な輸出先となったムーは、遠いのだ。

ムー戦艦『ラ・カサミ改』を通して極秘裏に技術供与があったとされ、今後もムーへの優遇は続くだろう。活発な交流・交易を維持するなら、シーレーン防衛は国家戦略上の要である。

だが流通量が増えるばかりで、海上防衛網の整備は遅々として進まない。日本は事実上の列強であるものの、この世界にとっては新参者だ。軋轢(あつれき)を生まないためにも、最先進国である神聖ミリシアル帝国を立てる必要がある。

微妙なパワーバランスの上で動きづらいのはわかるが、流通の最前線である自分たち海運業界の安全をもう少し重要視してくれてもいいのではと、民間目線で愚痴りたくもなる。

『DRIVE NEW WORLD』の現在地はムー大陸の東側約３００㎞。何事もなければ今日中には着港できるだろう。ただ岸が近くなればなるほど危険度も高まるので気が抜けない。

「あと少しでムーの勢力圏内ですが……さっき言ったムーの首都が狙われたという噂がどうも気になるんですよね」

「よせ、悪く考えると悪いように転ぶぞ」

オタハイト沖海戦、マイカル沖海戦について日本政府は口を閉ざしている。

今守るべきは本土と食料・地下資源の輸入先であるロデニウス大陸であって、シーレーン防衛強化の優先順位はそこまで高くない。もちろん日系企業が集中するマイカル防衛も重要だが、元はと言えばムーの防衛力が足りないのが原因なので、日本が必要以上に手を貸すと主従関係が生まれてしまう。

それだけは絶対に避けなければならない。それをやって、防衛費が雪だるま式に増えたのが前世界のアメリカだったからだ。ただでさえリソースの少ない日本が、同じ轍を踏むべきではない。

岸まで200㎞の距離に近づいた頃、南側の監視員から連絡が入る。

『ブリッジ！　南の空から急速接近する機影あり！　繰り返す、南の空から急速接近する機影あり！　確認願う！』

急速に緊張感が高まり、報告のあった方角を窓から確認する山口と副船長。

「どこだ？」

「……あれでは……？」

空に小さな粒が1つ見える。2人が双眼鏡を覗くと、プロペラ機であると確認できた。

「ムーの航空機か？」

その予想はすぐに裏切られた。複葉機ではなく単葉機で、スピードもそれなりに出ている。

「何だ？　ありゃ」

粒のように見えた飛行機は徐々に大きくなり、肉眼で造形を確認できる距離まで近づき、船の上空を通過した。

それは日本人から見ると前時代的で、ひどくレトロな飛行機に見えた。

「フロートが付いている？　こんなところに水上機が？」

船外で作業する船員たちも首を傾げながら目で追う。

山口は飛行機の正体に気づき、全身から汗が噴き出すのを感じた。

グラ・バルカス帝国機だ。航空機に詳しくなくても、国籍マークでわかる。

「ムーの飛行機じゃない!!!　無線を!!　無線を飛ばせ!!!　ムーと海自、両方のチャンネルにだ!!!」

すでに手遅れだ。

ムー本土は200㎞も離れている。救援要請を出したところで、最速で到着しても1時間は経つ。その間に本船は蜂の巣にされるであろうし、なによりムー軍ではグラ・バルカス帝国に勝てないと聞いている。

付近に自衛隊がいないのはもちろん承知しているし、マイカルに駐留していた第4護衛隊群がすでに帰国していることも報道で知っている。だがもし政府がマイカルへ極秘裏に戦力を残していたなら望みはある。それにかけるしかない。

運良く敵国の兵が乗組員を見逃してくれるなら、いずれにせよ救助が必要だ。

「メーデーメーデー!!!　こちら日本国K汽船自動車運搬船『DRIVE NEW WORLD』!　グラ・バルカス航空機と接触、間もなく攻撃を受けるものと思われる!!!　ただちに救助を求む!!!　繰り返す——」

自動車運搬船『DRIVE NEW WORLD』は全方位に救難信号を発し、救助を求め続ける。

日本の自動車運搬船『DRIVE NEW WORLD』に接近したのは、グラ・バルカス帝国海軍第2潜水艦隊所属、シータス級第24番艦『バテン・カイトス』搭載機の『アクルックス』だった。カルスライン社製『アンタレス』艦上戦闘機をベースに、翼を折り畳み式に改造、水上フロートを付けた高性能な試作水上戦闘機である。

日本人で旧軍に詳しい者が見たならば、そのシルエットは『二式水上戦闘機』のように見えるだろう。もっとも、本来の『二式水上戦闘機』に折り畳み翼機構は備わっていないが。

パイロットのアストル・ヒースコードは舌なめずりをして、獰猛(どうもう)な笑みを浮かべた。

「クックック……見つけたぞ……!!」

彼は操縦桿(かん)を倒しながら、脳裏に半生を思い出す。

帝国飛行隊を目指して捧(ささ)げた青春時代。飛行技能試験に合格した日は誇らしかった。

きっと空母機動部隊に配属され、帝国の世界制覇のため、異界の空を縦横無尽に駆け回ることになるだろう。数多くの戦果を挙げ、後世に名を残すような天翔(あまか)ける戦士となる。

そう思っていた。

しかし、配属されたのはあろうことか潜水艦隊であった。『アンタレス』に比べ鈍足な水上戦闘機に乗り、潜水艦から単機で飛び立って索敵するという地味すぎる仕事だ。

自分はエリートパイロットだ。

『アンタレス』艦上戦闘機という強い相棒がいれば、どんな相手でも必ず撃墜できる。

異界の蛮族どもを1人でも多く消すことは正義。

彼は研修を経て実地訓練、実戦配備となった現在までの約半年間で、ストレスから円形脱毛症を発症し、ただただ〝敵を倒す〟という実績に飢えていた。

世界大戦が本格化してからは、ようやく悲願を達成できるかもしれないと希望を抱く。先のバルチスタ沖海戦では、帝国の潜水艦隊が大国ミリシアルの主力艦隊に大きな損害を与えたという話も伝え聞いている。

そしてようやく巡り合った好機。捉えているのは単艦だが、白地に赤丸の旗を掲げているので敵国・日本国の船に間違いないだろう。

「……デカいな……」

箱のように見える奇妙な形状で、大きさは帝国の重巡洋艦級だ。これだけ大きいのであれば重要な物資を積んだ商船か何かだ。

母艦に敵性船舶の発見と現在地の報告を行い、攻撃に移る。

「ここが貴様らの墓場だ！」

初の実戦に、血が沸騰するかのような興奮を覚える。

商船に対して攻撃することを嫌がる者もいるが、通商破壊は立派な戦術の1つだ。護衛も付けずに航行する船を逃す手はない。

残虐な性格を持つアストルは毛ほどのためらいもなく急降下を開始する。

——ウゥゥゥン……。

エンジンを全閉状態にし、血が逆流するような浮遊感がアストルの身を包む。急降下の風圧でプロペラが回り、エンジンが徐々に唸(うな)りを上げていく。

船にいる者からすると、その音はドップラー効果により高音に聞こえるであろう。

まるで落ちているかのような急角度で、海に向かって飛び込んでいく航空機。高度300mを切った時点で、アストルは機体の胴体に懸架してあった2発の60kg爆弾を投下した。

——ブゥゥゥゥゥゥ————ン!!!

海面にあわや衝突というタイミングでエンジンを全開にして、操縦桿を一気に引き上げる。風切り音も混ざって機内に——耳栓をしていなければ聴覚障害になるほどの、凄(すさ)まじい轟音(ごうおん)が響く。

振り返ると、何度も訓練した成果が確実に現れていた。爆弾2発は商船に向かって一直線に吸い込まれていった。

試作水上戦闘機『アクルックス』から投下された2発の爆弾は、『DRIVE NEW WORLD』の甲板を突き破り、内部でその威力を解放した。満載されていた車などを吹き飛ばし、満タンではなかったガソリンタンクを破って混合気に引火する。

一度着いた火は次々と誘爆を起こし、船は短時間のうちに大きな黒煙に包まれた。

「もはやこれまでか!!　総員退避――ッ!!!」

荷室の車には自走用のガソリンが入っているが、満タンではない。そのため引火すると一気に爆燃し、火の回りが早くなる。シートやインパネ類の難燃性の素材であろうと容赦なく燃やし、猛烈な黒煙が車から噴き上がる。

単なる貨物船に対空兵器などもちろん装備されておらず、技術的に80年ほど前の戦闘機であろうとただでさえ鈍足な自動車運搬船が逃げ切る術もない。

ムーも要撃機を発進させてくれたらしいが、どう考えても間に合わないだろう。

「くそっ!!　何で非戦闘員を攻撃するんだ!!!　バカ帝国の卑怯者め!!!」

「つべこべ言わずに救命いかだを準備しろ!!!」

敵への悪態をついた船員に叱咤が飛ぶ。今は正義か悪かを議論している場合ではない、死が目の前に迫っているのだ。

だが船長山口は、ふと嫌な予感を胸に抱く。

（まさか……救命いかだまで攻撃して来ないだろうな……？）

ここは地球ではない。戦乱渦巻く異世界、戦争犯罪の概念も薄い未発達な人類だらけだ。

パーパルディア皇国は、フェン王国で日本人観光客を容赦なく殺した。

自分たちの常識が通用するような場所ではない。まして、グラ・バルカス帝国からは宣戦布告を受けている。

（今は戦時だ。地球の大戦時にあった無制限潜水艦作戦のような方針をグラ・バルカスが採っていたら……）

ムー大陸近海はグラ・バルカス帝国の勢力圏内ではなく、安全と聞いていた。

自衛隊の非戦闘地域よりも安全な、政府が指定した区域であり、問題がないという話だった。

しかしそんな甘い認識は、戦時下において簡単に覆される。民間船である自分たちは現に明確な攻撃を受け、救命いかだで脱出しなければ煙に巻かれて死んでしまう。

考える暇はない。

複数の救命いかだを使い、速やかに脱出を試みる。

短時間で燃え広がる船を見たアストルは、呆気（あっけ）にとられていた。

「えらくモロい船だな……積み荷は何だったんだ？　――ん!?」

炎と煙に覆われた船から、何か鮮やかな色の小さな船が広げられ、人が乗って海へと落ちる。

救命いかだにより、船から船員が脱出を試みているようだった。

「フハハハハ！　逃げる気かよ。逃さないよ……敵前逃亡は死刑だからねぇ」

船員は軍人ではないため敵前逃亡でも何でもなく、高揚しているアストルが思いつくままに呟いただけだ。彼は上空で反転し、再び急降下を開始した。

鮮やかな色の目標物が照準器の中心にくるよう姿勢を調整する。

あとは指を1本動かすだけで、多くの命が消えるだろう。

「フフフ……早く逃げろよ、何をモタモタしてるんだぁ？」

彼は狂人のように笑みを浮かべ、独り言をぶつぶつ呟きながら、容赦なく引き金を引いた。

――タタタタ……。

曳光弾を交えて発射された7・7㎜機銃弾は、救命いかだに向かって一直線に吸い込まれていく。

いかだが弾けると同時に、人だったものが落下して海が赤く染まった。

「アハハハハ!!　ほぅら言わんこっちゃない!!　この僕から逃げられるわけがないんだよねぇ!!!」

アストルはまたも上昇する。

他の救命いかだから、恐怖に染まった表情や怒りの形相で空を見上げる日本人の姿が見える。

再び急降下を開始し、1隻、また1隻と救命いかだを撃つ。

次々と赤く染まる商船の周囲。

「ん!?」

狙われる救命いかだを捨てて直接海へと飛び込み、泳いで逃げようとする者も出始めた。

一応は西に――ムー大陸に向かって泳いでいることは理解できる。

「ここからムーまで遠泳する気かい!?　日が暮れるか肉食魚に食われるのがオチだよ！」

げらげらと笑いながら再度上昇し、海へと機銃掃射する。逃げていた者の付近が赤くなった。

「ハハハ、弱い国に生まれたことを嘆くんだね。……おっと、ムーが来たか」

西の空の先に、砂粒ほどの小さな点が複数確認できた。

機銃の残弾も少ないので、アストルは反転してムーの戦闘機を引き離した。

自動車運搬船『DRIVE NEW WORLD』はグラ・バルカス帝国の航空機によって炎上させられ、曳航船が来るまでの間を無人で漂流することになった。

■第三文明圏　日本国　東京都　首相官邸　総理執務室

その日の夕方。官邸には全閣僚と関係省庁の幹部が集められ、世界情勢に関する緊急対策会議が開かれていた。

防衛大臣が概要説明を行っている。

「――以上がバルチスタ沖海戦での、現時点で確認されている双方の被害状況になります」

各大臣たちは、世界連合及びグラ・バルカス帝国の艦艇と人的な損失の総数に、顔を青くする。

日本は西暦で言えば21世紀を生きている。戦争ほど馬鹿げた殺し合いはなく、話し合いの席を設けて穏便に妥結を目指す。そういう認識が当たり前になっている。

だがこの世界は20世紀前半水準、武力でイニシアティブを握ることが正義とされる未熟さだ。

最先進国であるはずの神聖ミリシアル帝国でさえこのざまである。しかも世界的に秘匿していた空中戦艦なるＳＦ的な兵器まで投入し、その上撃沈される体たらく。序列２位のムーがその存在を知らなかったので、間違いなく切り札としての兵器だと思われるが、損失額はどれほどになるのか。

　仮に自衛隊の艦艇が他国と同程度の割合で損失を出したならば、国内の動揺は計り知れないだろう。軍事に疎い大臣たちも、さすがに動揺は大きかった。

「現在確認されているグラ・バルカス帝国海軍の残存戦力ですが――」

　現時点で確認されているグラ・バルカス帝国の単純な艦艇数、推定されるその総トン数、そして作戦機数を読み上げていく。

　単純な〝数〟だけでは驚くほどの戦力差があり、動揺はさらに大きくなった。

「防衛大臣。グラ・バルカス帝国が本格的に侵攻して来たとして、日本は防ぎ切れるのかね？」

　たまりかねた農林水産大臣が、説明を遮って質問した。

「現時点で……現時点において、グラ・バルカスが攻めて来たとしても日本国を守れるかというと、かなり余裕をもって守れると断言できます。ただ、地球史の発展を元に推定した場合、40年後、50年後も同じように守れるかというと、相手の数によっては苦戦を強いられる可能性が高まりますので、正確に申し上げることは難しいですね」

　当面は間違いなく対処可能という防衛省の見解を聞いて、多少の安堵感に包まれる。

　いずれにせよ、グラ・バルカス帝国との戦争は、可能な限り早く終息させなければならない。

　バルチスタ沖海戦の経緯についての説明のあと、ムー外務省の課長オーディグス・リュックから伝えられた要望、第二文明圏の近況について、外務大臣から報告が始まった。

「ムーの南西、アルーという都市の西側約30㎞の位置に、ヒノマワリ王国との国境があり、そこにグラ・バルカス帝国陸軍が集結しつつあります。防衛省の分析では直ちに侵攻が行われるものではなく、どちらかというと基地を作っている……航空兵力、そして陸上侵攻のための基地を建設中であると考えられます」

「規模はどのくらいだ？」

「第二次大戦時の文明水準ですし、データから予想される現状の兵力では、ムーを侵攻するには少なすぎます。ただ、グラ・バルカス帝国側の基地からはアルーに対して火砲が届く距離であり、逆にムーからの火砲は基地に届かないという絶妙な位置です。アルーに限っては、時間をかければ少数兵力で落とすことも可能でしょう」

「やはり隣国だけあって、ムーの兵器、戦力と地政学を徹底して分析しているな……」

「しかしこの地図を見る限り、山間の都市を攻撃するなんて変じゃないか？　ここを取っても何にもならないように見えるが」

首相の疑問に、防衛省幹部が答える。

「それについてですが、ここアルー市の東側に広がっていますのは通称〝空洞山脈〟と呼ばれる特殊な地形です。一見すると山脈ですが、実は戦車や頑張れば航空機も通過できる、地球ではありえなかった地形なんです」

「……何だそれは。じゃあこの山脈を侵攻ルートとして推測すると、……目指す先はマイカルか？」

「と、ムー政府と防衛省は推測しています」

閣僚たちが一斉に首を傾げた。

その理由を、国土交通大臣が代弁する。

「おかしいじゃないか。オタハイトとマイカルを狙った敵戦力は殲滅したんだろう？　何でまたマイカルを狙うんだ。飛んで火に入る夏の虫じゃないか」

「わかりません……マイカルは重要拠点ですから、もしや大規模な海上侵攻を再度計画しているのか、またはグラ・バルカス帝国内で情報伝達がうまくいっていないのか……その、海と陸で……」

「旧帝国陸軍と海軍のように連携が取れてないとでも言うつもりか？　推測にしても悪い冗談だ」

冗談どころか推測通りな上、重視されるべき情報局が軽んじられているのがグラ・バルカス帝国の戦略を誤らせている。

議論が脱線したのを戻すように、外務大臣が手を挙げて続ける。

「とにかく本件に関し、ムーはグラ・バルカス帝国が本格侵攻の準備をしていると捉え、日本国政府に対してグラ・バルカス帝国を退ける効果的な軍事支援を求めています」

「ムーは独力で自国防衛が可能でしょうか？　防衛省としてはどう考えますか？」

経済産業大臣が手を挙げ、質問した。

「無理です。技術水準が違いすぎます」

にべもなく即答する防衛大臣に、絶望的な表情を見せる経産大臣。

「そ、そんな！　現在の我が国の好景気は、ムーが大陸と大陸間貿易で集めた富で日本製品を買いまくっているからに他なりません。それも言い値で、ですよ！」

「それは我々としても承知しております。ですが……」

「防衛省だってムーが各国のために用意した港や空港を格安で使わせてもらっているでしょう？　ジェット機発着可能な状態にするための拡張工事すら無料で行ってくれているというサービスのよさ！　もはやムーは最も重要な友好国の1つですよ!!　今、もしもムーを失えば転移直後のような金融危機と大恐慌が生じます！　すぐに!!　ムーを助けるために自衛隊を派遣するべきです!!!」

経産大臣が熱弁を振るうが、実際にはロウリア王国との武力衝突があった中央暦１９３９年４月下旬頃に混乱は収まった。確かに外資系が本社から切り離されたことで軒並み倒産、あるいは吸収合併され、多くの失業者が路頭に迷ったりしたが、日本は元々内需で成り立ってきた国だ。

食料とエネルギー供給さえ断たれなければ、比較的ストレスには強い経済構造である。

だからこそ現在の対ムー貿易黒字を絶やしたくない経産省、経済界の言い分に、防衛省が腹を立てるのも当たり前だった。

――ダンッ!!

「簡単に言わないでいただきたい!!!」

防衛大臣が机を叩き、怒声を張り上げた。あまり感情を表に出さず丁寧な物腰を崩さない人物なので、その場にいる誰もが怯む。

「法整備も追いついていないし、何より自衛隊の装備は守るには強いが、攻めるのはとても弱い。補給がなければ戦えないんですよ！　どうやって２万㎞以上先に展開する、しかも陸軍を大陸から排除するんですか？　空爆が効果的と言っても、陸軍を壊滅させるには同じ陸の戦力が必要になる！　さらに言うなら占領地の奪還、防衛には必ず歩兵を送り込む必要がある！　それをご存じの上で仰ってるんでしょうね!?」

占領されている場所を奪還するには、陸の力が必要だ。と言うよりも、陸上戦力でなければできない仕事なのである。いくら航空戦力で拠点防衛力を削いでも、最後には歩兵が必ず勝敗を決しなければならない。

つまり、経産省はムーの安定＝日本経済のために、それだけ危険な場所に法整備が追いついていない状況で陸上自衛隊を派遣せよ、と言っていることになる。

「いや……だから何か方法が……」

「隊の派遣を想定の1つとして、グラ・バルカス帝国軍の効果的排除の案は考えるよう下命しますが、今すぐにというのは装備の面から考えても無理がありすぎると私は考えます」

多少の物量差ならば技術でカバーできるだろう。しかし圧倒的すぎる物量差は、核でも使用しない限り決して埋まるものではない。

さらに言えば、距離が災いしている。2万㎞先まで海上輸送したとしても、ムー側から旧レイフォル近くまで進軍しないといけない。どこから攻撃されるかわからない状況で、安定した補給が確定しているわけでもないのに、突っ込んで行くのは自殺行為だ。歴史に詳しい者の脳裏には「インパール作戦」という文字列が浮かんでいた。

「それをやるのがプロでしょう!? どのみちムーが落ちるとグラ・バルカス帝国は大陸を手に入れますよ！　国力を増し、神聖ミリシアル帝国に戦いを挑み、もしも勝ってしまえば日本国は重大な脅威に晒（さら）されます!!」

「敵はグラ・バルカス帝国ではなく〝物理的な限界〟だと申し上げている!!!　魔法のように現実をねじ曲げられるならいくらでもやりますよ!!!　『明日中に2個護衛隊群に加えて第7師団級2個師団を整備するのに必要な資金と人員を調達しろ』と言われてできますか!!?」

議論が過熱し、室内が騒がしくなってきた。

上座に座す内閣総理大臣が「まぁ双方とも、落ち着きなさい」と促して、ようやく静まった。

「防衛大臣、私は無理なことをしろとは言わない。ただ、我が国もグラ・バルカス帝国から宣戦布告を受けている以上、武力衝突は避けられないし、できる限りの抑止と対策は必要と考えている。〝現時点では経済的な脅威〟程度の問題でも、放っておけば必ず大きな脅威となるだろう。各国との連携も含め、何ができるのか……些細(ささい)な案でもいいので、提案してもらえれば政府として最大限努力はしよう」

「……承知しました」

納得せざるを得ない言い方だったので、防衛大臣も素直に応えた。

「しかし海外派遣となると、反対する者も多少出てくるでしょうな……」

国土交通大臣が難しそうな顔をする。

隣で環境大臣も頷(うなず)く。

「パーパルディア皇国戦後、世論はだいぶ海外派遣に理解を示すようになりましたが、やはり自衛隊員の命が危険に晒される可能性があるとなると……納得できる説明が必要かと思います」

「まもなく平成の世も終わりますからな。新しい時代と世界に沿った自衛隊運用の、明確な方針を国民に示したいところです」

防衛省だけの問題ではないと、閣僚たちも幹部たちも交じってああでもないこうでもないと議論を始める。そのとき、

――ダダッ！　ガタッ!!

雑なノックとともに、外務省の若い職員がドアを一気に開いて駆け込んでくる。

「会議中失礼します!!!」

(((また何かあったのか……)))

総理執務室の中にいた全員が、このときばかりはまったく同じことを考えた。

「先程、ムー大使館から連絡が入りました！　ムー東側約２００㎞海上で、日本国籍の自動車運搬船が消息を絶ったとのことです。消息を絶つ寸前に、救難信号と『航空機から攻撃を受ける』という無線を傍受しており、現在詳細確認中です！」

「くそっ!!　やはりこうなるか!!」

「なんてことだ、相手は民間船だぞ!!」

憤る閣僚たちの前で、首相は冷えた眼差(まなざ)しに静かな怒りを宿す。

「やれやれ……マイカル海戦で懲(こ)りてほしかったんだがな。詳細な報が入り次第、記者会見を行う。――防衛大臣、さっきの話、少し急いでくれたまえ」

「はい」

■　中央暦１６４３年２月25日　防衛省　統合幕僚監部　大会議室

先進11カ国会議でのグラ・バルカス帝国の全世界に対する宣戦布告を受け、防衛省では緊急の日本国土防衛計画を策定し、新世界における第１次防衛力整備計画とそれに付随する本土防衛の具体案を固めた。

さらに日本の生命線とも言えるロデニウス大陸にある、クワ・トイネ公国及びクイラ王国とその周辺防衛、そしてそこから延びるシーレーンは日本が生き残るために欠かせないものであり、これも具体的施策を完了し、〝守る〟意味での準備は万端となった。ここまでは昨年４月の予算案、防衛計画内で対応可能だった。

しかし、ムーとの間に存在するシーレーンの防衛や、グラ・バルカス帝国に代表される敵対国からの脅威を排除するための案については草案止まり。攻撃を受けやすい海域、敵対勢力の戦力、海上犯罪の内容も実例が少なかったため、具体案についてはまだ議論の最中であった。

そんな中、グラ・バルカス帝国がレイフォル州―ムー国境に陸軍基地の建設を開始して侵攻する可能性が高まり、それを裏付けるかのように日本国籍の自動車運搬船攻撃の報がもたらされた。

本土防衛及びロデニウス大陸間のシーレーン防衛の戦力を残しつつ、２万㎞離れたムー大陸とのシーレーンを確保し、さらに大陸に展開するグラ・バルカス帝国陸軍を排除する案を、少ない自衛隊戦力で捻出せよという政府からの指示。

アメリカ並みに戦力と予算と補給路が充実していれば問題ないだろうが、兵器の絶対的な性能差があるとはいえ少ない戦力で防衛しなければならないという状況に、自衛隊幹部たちは頭を痛める。

「――無理だ……シーレーンが長すぎる！　ムーと日本の間の敵潜水艦の脅威を完全に取り除くのは、たった４個護衛隊群だけでは実質的に不可能だ！」

「アメリカは艦艇数だけでも海自の約３倍あったからな……あれを真似しろだなんて土台無理な話だよ。将来的に７個護衛隊群に増やしたところで無理さ」

「しかし、何か手を打つ必要がある。昔の護送船団のように、護衛艦による船団護衛で往復するしかないんじゃないか？」

「海域の安全が保障できなきゃ、経済界が納得しないぞ」

「他に方法がないんだから納得してもらうしかない。みんな死ぬよりいくらかマシだろう」

「待て待て、対バルカス戦がすぐに終わるならともかく、いつまで続くかわからない作戦を続けるほど隊員も艦艇数も足りてるわけじゃない。それに日本近海の警戒も強める必要がある」

基本的にシーレーン防衛は他国との協調が必須である。各国の沿岸、海峡を防衛するために部隊を配置するにも、基地を設置するにも、哨戒海域を設定するにも、日本の一存で決められない。もし各国が日本の部隊を歓迎してくれたとして、そもそも海上自衛隊の人員と護衛艦の数がグラ・バルカス帝国の戦力に対してまったく足りない。

そこで暫定的に船団護衛という手段を採るしかなくなるわけだが、第二文明圏と日本を行き来する船・船団すべてを護衛するのは物理的に不可能である。これも海自のリソース不足が原因だ。防衛大臣が閣僚会議で言っていた〝物理的な限界〟とは、つまるところ旧世界に比して海が広すぎることと、海上自衛隊の防衛力では日本近海とせいぜい第三文明圏を守るだけで精一杯だということを意味する。

議論が千日手になっているのを聞いていて、若手幹部の三津木久則が口を出す。

「ちょっと落ち着いてください。皆さんは防衛に頭が行きすぎて、グランドデザインができていませんよ」

眠そうな目が特徴の、細身の男だ。場の空気を読まずに発言するので、時々人をイラつかせることもあるが、ごくまれに的確な発言をすることもあった。

苛立った頭にストレスがかかるのは癪だが、話を聞く価値はなくもない。

「何が言いたい？　防衛はまさに防衛省が掲げるグランドデザインの最重要項目だろう。それともあの大軍を一挙に退ける案があるのか？」

「そうですね。これは陸海空が協力し、政府とムーも的確に動いてくれる必要がありますが……要はグラ・バルカスを第二文明圏から撤退させればいいわけですよね？　でしたら、それ自体は比較的簡単だと考えています」

「簡単に言うがな、本土に被害があってからでは遅いんだぞ。第二文明圏に隊を派遣して本土防衛が疎かになったら、国の信用問題にかかわる。我々防衛省、自衛隊の信頼も地に落ちるんだ。それをわかった上で発言しろよ」

上官からかなり厳しく警告を受けても、三津木は自信たっぷりかつ眠そうな表情を崩さない。

「もちろんです。近々、ムー南東の都市マイカル近郊にあるアイナンク空港基地の、ジャンボジェット発着を可能とする改修工事が完了しますよね。ジェット燃料基地も併設してありますので、航空戦力はこの空港基地を足掛かりとします」

「ムー以外はどうするんだ？」

「ムーが各国に設置した外務省連絡用空港があります。これも同様に、ムーの資金と日本からの設備投資によりジェット燃料基地を完備します。これでシーレーン防衛はひとまず制空権の確保という形で実現できます」

ムーは日本と国交締結後、各国に作った空港を航空基地化する改修工事を日本に許可しており、該当国の許可を得てジェット戦闘機発着可能な状態まで改修している。シオス王国のゴーマ空港、アルタラス王国のルバイル空港がそうだ。

それに倣って、ムー側も将来的に大型輸送機・旅客機を離着陸可能なように、日本の改修工事と同等水準の改修工事を進めている。日本だけでは第三文明圏や中央世界の一部で手一杯なので、第二文明圏の各国と中央世界西側の空港はムーが受け持ち、一刻も早い空路の整備を完了したい、という話だった。それだけの見返りを期待してのことではあるが。

「そんなすぐに設置できるものではないが……それで、第二文明圏の安定化はどうする？」

「ムー国内における基地の使用許可と航空燃料、弾薬庫の設置をムーに打診し、彼らの金で作ってもらいます。もちろん、燃料と弾薬は日本製でなくてはならないので、その点に関してムーは金を出すだけとなるでしょう」

三津木の案の大部分がムーに負担を強いるものなので、周囲の彼を見る目が段々タチの悪い詐欺師かヤクザに向けるそれに似たものになっていく。

いくらムーが日本の防衛力を当てにしていると言っても、そこまで金ばかり出させるのはいかがなものか。皆そう思いつつも、とりあえず続きを聞く。

「『F－2』の戦闘行動半径をレイフォリア沖合まで入れようとすると、ムー西端ギリギリに前線基地が必要です。その設置まではアイナンク空港が拠点になります。前線基地が備わったところで2個護衛隊群と『F－2』戦闘機、『BP－3C』をピストン出撃させ、レイフォリアに展開するグラ・バルカス帝国海軍、敵航空戦力を撃滅し、可能であればイルネティア王国にいる戦力も同時に叩きます。現在のグラ・バルカス帝国の航空機の性能では、『BP－3C』が単独行動をしたとしても、迎撃可能な機体は保有していないと思われます。あとは……うまいこと言ってミリシアル艦隊を随行させてもいいんじゃないですか？　自衛隊の本当の実力を見せつけてやれます」

「さらっと恐ろしいことを付け加えるな。せっかくわかり合えてきた外務省を敵に回すつもりか」

時代錯誤な砲艦外交を自衛隊にやれと言っているようなものだ。

クワ・トイネ公国やアルタラス王国、ムーなどには結果としてそういう印象を与えているのだが、意図的にやるのは別だ。問題が多すぎる。

「それは冗談として、レイフォリアからグラ・バルカス軍を退けたあとは、ムーとミリシアルの艦隊により、グラ・バルカスの海路による補給を封鎖します。グラ・バルカス海軍戦力が来た場合は、両国艦隊をレイフォル沖合まで撤退させ、『F－2』戦闘機による上空支援を出します。本国からの支援が絶たれたら、グラ・バルカス軍は弱る一方です。ある程度の陸上戦力は残るでしょうが、補給なしでは第二文明圏どころかムーを侵攻するには至らないでしょう」

「帝国本土にはどう対処する？　バルチスタ沖海戦では潜水艦の姿も確認されたようだぞ」

「潜水艦隊を差し向けて、後方から攪乱(かくらん)すればいかがでしょう。敵艦のソナーがどれほどの性能かはわかりませんが、第二次大戦時の技術水準ならたとえ見つかったとしても余裕で逃げ切れますし、沖縄近海で沈めた潜水艦が仮にグラ・バルカス帝国製だとしたら、無誘導魚雷だったことを考慮すれば海自の潜水艦隊の敵ではないです」

潜水艦隊は現在、日本近海を主に防衛している。他国に、たとえ友好国であったとしても、その存在を知られるのは得策ではない。

その潜水艦隊を、2個護衛隊群とともに第二文明圏、そしてグラ・バルカス帝国本土に差し向け、一気に継戦能力を奪おうという案だ。

確かに後手後手に対処してだらだら防衛するよりは、〝攻撃は最大の防御〟とばかりにグラ・バルカス帝国軍主力を叩いて短期戦で決着をつけるほうが上策だ。

「帝国の宣戦布告からこっち、弾薬――特に空対艦誘導弾と艦対艦誘導弾はフル生産状態です。これをすべて投入する気で攻めれば、帝国の艦艇数から考えて撃滅はギリギリ可能でしょう。私の試算では、準備に最低でも3ヶ月かかります。時間稼ぎが必要ですね」

「確かに、補給を断って遠征もできないほど敵艦の数を減らせれば、陸戦力への負担はかなり軽減されるだろうが……そんなにうまくいくものかな。ムー大陸には奇妙な地形の山脈があるとも聞いているし」

「内部がだだっ広い坑道のようになっている、確か『空洞山脈』と呼ばれる場所でしたか。ムー——レイフォル国境にあれがある限り、グラ・バルカス陸軍の侵入はどうしても起こりますね。その点は陸自の派遣も必要となるでしょう。前線基地設置には簡易でもいいので陸自駐屯地の用地も確保したいところです」

日本国と友好国を守るため、防衛省幹部と職員たちは知恵をしぼり続ける。

後日、日本国政府は三津木の案を大筋で採用する形で、各自衛隊のムー派遣を決定した。

■　中央暦1643年2月29日　第二文明圏　ムー　日本大使館

日本から遠く離れた第二文明圏で、日本人が揉めていた。

「——正気ですか!?　我が国はすでに宣戦布告を受けているんですよ。この状況下でグラ・バルカス帝国に行って、一体何を交渉するっていうんです!?」

強く問いただしているのは外交官の朝田で、相手は彼の上司だ。新世界に転移後、重要な局面において確実に成果を挙げてきた朝田は上司からの信頼も厚く、立場以上にストレートな物言いを黙認されている。

「グラ・バルカスは外交窓口をいつでも開いておく、と言っていた。身の安全は保障されている。宣戦布告を受けているこの状況下で行く理由は単純だ、帝国と我が国が本格的な戦争に突入する前に、回避の道を模索――」

「そんな甘いこと言っていられる場合ですか!! 状況を考えてください!!!」

上司の話を遮って、朝田は反論した。

「話は最後まで聞け! 戦争を回避できればこの上ないが、それが無理なのは百も承知だ。だから話し合いは建前で、実際は時間稼ぎが目的だ」

「時間稼ぎ?」

上司は、椅子に座る朝田に書類を渡し、読むように促す。

書類には『第二文明圏安定化特措法に基づく各自衛隊の作戦展開支援の概要』と題されており、朝田は額に冷や汗が滲(にじ)むのを感じた。

「まだ発表はされていないが、自衛隊のムー派遣が先日、正式に閣議決定されたと書かれている」

受け取った書類をめくり、該当箇所を見つけて眉を寄せる。

ついに始まるのだ。本物の近代戦が。

「今回はロウリア戦やパーパルディア戦とはわけが違う。戦後日本初の本格的かつ大規模な……言うなれば派兵だ。陸自も数が多いし、民間船舶を徴用して輸送したとしても、部隊がきちんと展開完了するまでに相当の時間を要する。各国との調整もあるから、配置完了までの日数については正確な試算が出せない。しかし……グラ・バルカスはムー国境近くに基地を建設中なんだ。近いうちに完成させるだろう。そこで外務省の出番となるのだよ」

「そうは言っても、どうやって時間稼ぎをするんですか？　まさか休戦協定を提示するか、不可侵条約でも締結するつもりですか？」

あの下品な帝国のことだ、中立条約を結んだところで寝首を掻こうと一方的に破棄するに違いない。それほどに信用できない相手である。

「腹の探り合いという意味では似たようなことだな。幸い、敵の暴力性を政府上層部もよく理解しているからか、脅すくらいは許してくれるらしい」

「脅す……見せるんですか、歴史を」

書類の一文を目に留め、上司の目を見上げる朝田。

「ああ。それに今回は、多少なりとも現代技術を見せつけて揺さぶることも許可された。詳しくはそこに書いてある。朝田、お前だけが頼りなんだ」

「また俺ですか」

自分の交渉結果の如何によって、ムー人の多くと国益が左右される重圧が肩にのしかかる。

パーパルディア皇国のときは、どう戦っても勝てるという安心感があった。日本本土も近いし、周辺国を守るのも――多少本土防衛は薄くなったが、常識の範囲だ。

だがグラ・バルカス帝国とムーは話が違う。攻めにくく、守りにくい。攻められにくくもあるが、ミリシアルからの未確認情報ながら敵も潜水艦を持っている可能性が高い。おまけに人権意識は未発達なのに、法知識は近世より進んでいる。発言に気を遣う。

上司が去ったあと、朝田はグラ・バルカスとの交渉に関する資料を読み進めた。

多少の技術格差を見せつけると言っても、敵国に進化のヒントを与えるような情報は一切出してはならないと書いてある。たとえば人工衛星の存在やそれがもたらす情報など、相手に対策されると情報戦で不利になってしまうような中核技術は教えられないし、ジェット機やロケットといった軍事技術の方向性を明確に与えてしまう兵器の存在も明かせない。

朝田は使える交渉カードの少なさに苛立ちを覚えながら、キーボードを叩いて準備を進める。

■　中央暦1643年3月2日　グラ・バルカス帝国領　レイフォル地区　レイフォリア
外務省レイフォル出張所

「――というわけで、我がヒノマワリ王国はグラ・バルカス帝国、グラルークス帝王陛下に忠誠を誓います。どうか……どうか国民の命と衣食住だけは……確約していただきたい」

第二文明圏中央の民族衣装に身を包んだ者たちが、グラ・バルカス帝国の一外交官であるダラス・クレイモンドに、深々と頭を下げる。

彼らはムー大陸中央に位置する、地図にも載らないほどの小国ヒノマワリ王国の使者である。

また1つ、小国がグラ・バルカス帝国に降った瞬間だった。

ヒノマワリ王国はかつてレイフォルの属国という立ち位置だったが、グラ・バルカス帝国がレイフォルを陥落させた際、しれっと独立を果たしていた。しかしその期間も長くは続かなかったわけだが。

いつものように冷めた半眼で眺めながら、ダラスは特に興味もなさそうに応じる。

「帝王グラルークス陛下は偉大であり、そのお言葉は絶対だ……貴様らのような文明水準の低い現地人であっても、理由なく命を奪うようなことはするなと仰った。その深い慈悲に感謝することだな。そして我ら帝国人は約束を守る、安心するがいい」

「では、今後はいかように……?」

「6ヶ月後に征統府員を派遣する。それまでに征統府の施設を建設し、受け入れ準備を整えろ。――これが施設の概要だ、足りない資材は帝国の業者から購入すればいい。……相応の態度で迎えろよ」

「承知しました……」

征統府とは、グラ・バルカス帝国が他国を統治するための機構、いわゆる行政府である。

傀儡(かいらい)国家、植民地、租借地となった国や自治体、地域は、帝国外務省の指導を受けて征統府を設置し、国あるいは地域ごとに庁を定めてグラ・バルカス帝国の国政に加える。たとえばヒノマワリ王国の場合は国の規模が小さいので、レイフォル省中央ムー庁の中に組み込まれる。

ヒノマワリ王国は、国としてのプライドを捨て、国民の命を守る決断を下した。それもまた1つの大きな勇気だ。

彼らは最後まで強張(こわば)った表情を崩さず、退室してから安堵の笑みを力なく浮かべた。

使者の後ろ姿を見送ったダラスは、ソファの背もたれに上半身を預ける。

「やはり〝力〟を見せると、実に仕事がやりやすくなるな」

ミリシアルを柱とした連合軍と、グラ・バルカス帝国の戦い。

帝国の誇る、史上最大にして最強の戦艦『グレードアトラスター』は、その主砲の一斉射をもって、敵が絶大な信頼を置いていたという空中戦艦を粉砕した。

世界最強と謳われた国が、世界中に秘匿していた兵器を投入したにもかかわらず、敗走した。

この事実は――いくら砲撃の命中がまぐれに近い結果だったとしても、グラ・バルカス帝国に勝てる国は世界に存在しないと各国に印象づけたであろう。

（まぁその通りだがな……魔法文明最上位国たるミリシアルの切り札は、現有兵器で対処可能だった。一国で連合国を相手に互角以上に戦っている以上、今のところ我が国の軍事力が最先端であることは、客観的に見ても疑う余地はない）

帝国の勢力圏に近い国が、次々と降伏してくる。国に戦火が及ぶ前に自ら膝を折れば、余計な損害も出さず、血も流れず、平和が訪れる。

実に賢い選択だ、やはり人間はこうでなくては。帝王グラルークス様のお言葉は正しい。

ダラスは不気味な微笑を口元に湛えながら立ち上がり、会議室を出た。


執務室に戻って自分の席の前まで来ると、上座で仕事していた帝国外務省戦時外交局（旧異界外交政策局）レイフォル州派遣参事官シエリア・オウドウィンが声をかける。

「ヒノマワリは何と？」

「降りました。詳細条件はこれからですが、規模から考えて傀儡政権でよいのではないでしょうか」

報告を聞いたシエリアは、特に感慨もなさそうに軽く頷く。

「そうか、あとで軍部と相談だな……。ところで今日の昼からは会議室を使うんだったな」

「日本大使が来訪する予定です。何か御用で?」

「いや、私も参加しようと思っている」

「……? 前回はミリシアル、ムーも交えた大所帯でしたので、シエリア様が応対したのは理解できましたが……今回は日本だけですよ。私のみで十分でしょう」

職務に忠実なダラスは、上司であるシエリアの手を煩わせるほどではないと主張する。

しかしシエリアはペンを置いて、腕組みして唸った。

「うん……普通の国だったら私も出るつもりはない。ただ、彼らも我が国と同じ転移国家だ。この世界の国々と同じように考えてはいけない。しかも勢力圏の遥か外側にある国なのに、単身乗り込んでくるというのは妙だろう? それが少し気になってな」

「わかりました、そういうことでしたら席をもう1つ用意させます」

釈然としない様子のダラスだったが、シエリアは上司である上に言い分もそこまで納得できないわけではなかった。

出張所で雇っているレイフォル人を呼び、席を増やすよう指示する。

(まぁ大方、ムーと日本間の通商破壊作戦で実害を受けて、帝国の力を思い知った……というところだと思うがな。ヒノマワリ王国同様、傀儡国家化程度の措置で勘弁してくれと交渉しに来たに違いない)

日本はグラ・バルカス帝国からかなり遠方に位置する。もしダラスの予想通りだとすれば、距離の都合で影響力が弱まるので、無条件での属国化は難しいだろう。多少、日本に譲歩してやらなければならないが、帝国にとって可能な限り有利な条件に交渉を進めるのが外交官としての務めだ。

ダラスは日本国外交官との協議に向け、準備を始める。

■同日　午後1時過ぎ

朝田を含む日本国の外務省職員6名は民間用『ラ・カオス』をチャーターし、オタハイト近郊のゼノスグラム空港から前日夜に出発。グラ・バルカス帝国外務省レイフォル出張所に通告した予定時刻の10分前に出張所へ到着した。

シエリアもダラスも、日本人というのはかなり厳密に時間を守るのだなという印象を抱く。

会議室に通されたあと、簡単な自己紹介とともに外交交渉が始まった。

グラ・バルカス帝国側の席にはシエリア、ダラスの他に4名が席に着き、朝田は真ん中2つの右側、シエリアの正面に陣取る。

日本の外交官たちはそれぞれノートPCを取り出し、目の前に置いて起動する。

今回はダラスが協議を仕切るようで、最初に口を開いた。

「日本国の諸君、懲りもせずによく来た。我が国は現在、先の海戦が発端で属国化を希望する国が多く詰めかけていてな、外務省としても多忙を極めている。要件は手短に話してもらえると助かる」

朝田は腹の内で相変わらず挑発が下手な野郎だと嘲笑（あざわら）いつつ、そんな態度は毛頭見せずに答える。

「バルチスタ沖海戦で、貴国と世界連合が痛み分けで終わったという話は聞いています」

「痛み分けだと？」

「当初、11カ国会議で我が国を含め全世界に向けて宣戦布告しておられましたね。しかし、我が国や第三文明圏、南方世界が参加していない連合軍と衝突し、かなりの損失を出している。それが痛み分けでなければ何ですか？　もはや世界征服などと大それたことは無理だと気づいているのでしょう？」

朝田の挑発に、ダグラスの平淡な表情が変わった。

「ハッ……君らは海戦の詳細を知らないようだな。我が国が苦戦したのは、空中戦艦とかいうデタラメな兵器のみだ。それも軍部ではすでに対策を考えている。ミリシアル以外の国がいくら数を増やそうと、ものの数ではない。世界征服は夢物語などではなく実現可能な目標なのだ」

当然ながら空中戦艦対策などブラフである。

百戦錬磨の朝田に、そんな嘘が通じるはずもない。

ダグラスの表情がわずかに歪んだのを確認し、さらに続ける。

「もしまぐれ当たりを期待するのが対策と言うのなら、貴国の戦術は大層優れているようですね」

「貴国が転移後、軍事技術格差を活かして無敵を誇ったのは確認済みです。貴国が強国であることも証明できているはずだ。これ以上何を望んでいるのですか？　貴国の目的は理解に苦しむ。属国の運営がいかに高コストで、人々のためにならないかを私たちは知っている」

ブラフが効かなかったことに加え、思った以上にグラ・バルカス帝国周辺の調査が進んでいることに不満を露わにするダグラス。

実際、属国の運営は政府機能を著しく圧迫する。都度人員を補充しなければならず、その辺りにかかる人件費は属国に課した重税でなんとかやりくりしているという話を財務省と帝王府人事局から人伝に聞いた。だが図星を突かれても、平静を装わなくてはならない。

「パーパルディアごときを属国化できない、貧相な国の君らには理解できまい。すべては帝王グラルークス陛下の御意志のままなのだ。陛下の著書には、『いさかいが起こるのは、国家単位で意識が細分化し、それぞれが国益のみに囚われて行動しようとするからである』『真の平和を望むなら、圧倒的な力で各国家を統治することが肝要である』と書かれている」

「我が国は国際協力、協調を以て真の平和を目指している。対話さえ続ければ理解も深まり、相互利益も生む。パーパルディアとは不幸にも衝突したが、現在は友好関係を築きつつある。何故それを直視しようとしない？」

「文明水準が違うからだ。民度の低い相手は我々の価値観を理解できないし、我々の品位にそぐわない。何より対話を外交手段にするなぞ、すべての国で行うのは非効率というものだ。……それに我がグラ・バルカス帝国は慈悲深い。圧倒的な力で抑え込むだけではなく、その土地柄に合わせた統治方法を認めた上で管理するのだ。我が国が目指すところこそ永遠の平和であると断言しよう」

　戦争を仕掛けておいて平和を目指すなどと、どの口が言うのかと絶句する朝田たち。

　この価値観はそう簡単に改まりそうにないと考え、別の角度での切り口を試す。

「しかし、貴国は支配地から富を吸い上げているではないか。それで真の平和が得られると思うのか？　貧富の差は治安の悪化に繋がり、やがて争いの火種になる」

「日本は地方自治体から税を徴収していないのか？　本社が首都にあるという理由から、地方で得た利益を首都に送り、あるいはそこから国が徴収してはいないのか？　日本も一定の文明水準にあると聞く。大体の国がそうだと思うが、日本も過去に内乱や戦国時代を経験し、統一して国家の形態を成しているだろう。我が国はそれを世界規模で行っているにすぎない。貧富の差も結局のところ、程度の差だ」

　言いながら、予想していた展開とは正反対の状況にダラスは苛立ちを募らせる。

　詰問はここまでだとばかりに、机をバンッと軽く叩いた。

「茶番はいい。お前らが今回来た目的は何だ？　挑発しにきたわけじゃないだろう」

　朝田の目付きが変わる。

「……そうですね。実は、我が国のことを少し知ってもらおうと思って来ました。貴国に多大な死者を出す前に、再考してもらおうとね」

　得体の知れない威圧感を受け、ダラスが怯む。

　前回の捕虜の身柄引き渡しを主張したときとはまるで違い、眼鏡の奥の目が据わっていた。

「知る？　お前らの弱さはすでにカルトアルパスで証明されている。この上何を見て何を知れというんだ。今更ハッタリをかけたところで、我が国の目指す世界統治の目標は変わらん」

「おや、知るのが怖いので？」

「……舐めた口を利きやがって……！」

　激高したダラスの横から、ようやくシエリアが口を出す。

「そこまで言うのなら教えてもらおうか。我が帝国の強さを知りながら、なおも怖じ気づくことのない日本に興味がある」

　この一言に、ダラスは朝田に遊ばれていたことを理解して顔を歪めた。

　日本側の外交官たちは、もう少しでダラスの醜態が見られたのにと幾分残念そうな表情を残していた。朝田が出入り口に近いほうの職員に頷いて合図すると、もう1台のノートPCを取り出して準備し始めた。

ＯＳが起動したところで、朝田が自分のノートPCにSDカードを入れ、画面をチェックする。

「……気になっていたんだが、その……板みたいなものは何だ？」

シエリアはダラスが朝田と舌戦を繰り広げている間、日本の外交官たちが板の上の多数のボタンを、激しく叩いていることばかりに目が行っていた。

ペンも動かさずに何をしているのだろうか。

「これですか？　我々の仕事道具ですよ。貴国にもタイプライターぐらいはあるでしょう？」

「あるにはあるが……」

そんなふうに薄く小さくない。しかもロールペーパーがどこにもない。打ったものはどこに打刻されるのだろうか。

「それと似たようなものですよ。あとは……テレビや映画、レコードプレイヤー、手紙、電話なんかも兼ねてますがね」

「「「？？？」」」

シエリアもダラスも、グラ・バルカス帝国側の外交官たち全員で首を傾げる。

言っている意味がわからない。

朝田が挙げたものは、帝国ではすべて大がかりな装置を使うものばかりだ。しかもそれぞれの脈絡がなさすぎて、どういう括りで同じ要素を兼ねているのかさっぱりである。

たとえばテレビ受像機で映像を流すためには、テレビ局で大掛かりな装置を使って生放送するか、映画用の35㎜セルロイドテープを上映して放送するかのどちらかだ。しかしレイフォリアはムーから何百㎞も離れている。電波が届くはずはなく、ここで映像が見れるわけがない。

映画用テープを利用するのだとしても、再生にももちろん大規模な機材を要する。大衆娯楽文化の映画は、セルロイド製のフィルムがようやく普及し始めた段階で、ＶＨＳビデオテープですら少々未来の技術である。それを稼働させるためには、膨大な容量の電源が必要になる。

「ええと……それがタイプライターでテレビで、映画で……なのか？」

「そうですよ。あとはまぁ色々です」

「ここに引いてある電気を使うのか？　……電源の規格が合わないのではないか？」

「これは電池を内蔵しているので、ご心配なく」

朝田が本体をくるりと向けると、平面かつ鮮やかでシミ１つない画面がそこにはあった。

グラ・バルカス帝国人の見慣れたテレビは、大きい箱に小さい画面、白黒な上に画質が悪い。しかも陰極線管特有の厚さがあって、２人がかりで持ち上げないと動かせないほど重い。

こんな手の上でくるくるできるほど薄く、しかも電源内蔵とはどういうことなのか。映画鑑賞が趣味のシエリアはもちろん、ニュースや情報番組目当てにテレビをよく観るグラ・バルカス帝国の外交官たちも怪訝な表情を隠せない。

「これより、日本についてまとめた簡単な映像を見ていただきます」

「どこから映像を飛ばしているんだ？　大型機械の持ち込みまでは許可していないはずだが……」

「これに記録していますよ」

朝田は予備のＳＤカードを見せた。

「――!!!」

赤ちゃんの手よりも小さい、ただの鉄片のような媒体だった。正確にカットされた形状は、それが何らかの規格に基づく製品であることを物語っている。

劇的に薄いタイプライター型テレビが映像再生機能も備えているなど、グラ・バルカス帝国では考えられない。

この圧倒的に小さい映像再生装置に、帝国の外交官たちは驚愕する。

ダラスは文系出身の人間なので、映像がやたら美しいこと以外に、技術格差の大きさにピンときていないようだ。

映像が流れ始める。

『グラ・バルカス帝国の皆さん、これから日本国について、説明をいたします』

最初は日本の自然環境や気候、各地に残る文化の解説であった。

四季によって変化する風景は、はっきりとした色合いでその表情を変え、同じ場所で1年を通して撮影を続けたであろう技術力は驚嘆に値する。

解説はやがて神話、日本国の成り立ちに続き、2度に亘る元寇、戦国時代から残る文化的資料を紹介し、さりげなく過去の歴史を再現したドラマや映画作品にも触れる。

まるで世界がその薄い画面の中に存在しているかのような美しさ。自国の技術の遥か先を行く、精細かつ色鮮やかな映像。

同時に聞こえてくるナレーションの音声やBGMまで、その場で話し演奏しているかのようにクリアで聞き取りやすい。

シエリアは我が目を疑うばかりで、内容を取りこぼさないように集中していた。特にドラマや映画が数多く作られているという解説を聞いて、是非とも観てみたいという衝動に駆られた。

やがて映像は時を追って近代へと進む。カラー画像から、グラ・バルカス帝国人たちの見慣れた白黒映像となった。

約70年前の大戦。忌まわしき第二次世界大戦の記録である。

「ば……そんなバカな!!!　――はっ!!」

思わず声を漏らすダラス。

映像には『アンタレス』に似た戦闘機や、見慣れた駆逐艦、巡洋艦が登場する。

帝国人とは似つかない顔立ちの男たちが、勇ましい顔つきで敬礼し、出航し、出撃していく。

そのあとは、前世界ユグドで帝国が経験したものと同等か、あるいはそれ以上に激しい戦闘の数々だった。

敵艦による砲撃の嵐で水柱がいくつも立ち上がり、大破炎上して潰走する軍艦。島1つを取り合うために多数の揚陸部隊が押し寄せ、激しい銃撃戦を繰り広げる。荒れ果てた大地にいくつも屍が転がり、死を逃れた兵士が駆け抜けていく。

爆弾を抱えた戦闘機が、光の雨とも喩うべき猛烈な対空砲火の中へと突っ込み、弾幕をかいくぐって空母に突っ込む。1人の命と引き換えに、より多くの敵軍兵士に打撃を与えることを選ぶ、生々しい戦争の狂気が映し出されている。

それだけでは終わらない。グラ・バルカス帝国が誇る最強の戦艦『グレードアトラスター』と酷似した艦も映っていた。艦の付近に猛烈な水柱が上がり、白煙を吐いている写真が映る。さらに損

害が増えていく写真、ついに傾いて轟沈（ごうちん）する写真などが解説とともに流れた。

まさに血で血を洗う戦争であった。

あまりにもすさまじい〝意志〟を感じる戦闘の記録に、グラ・バルカス帝国の外交官たちは釘付（くぎづ）けになっていた。

帝国に対して技術的な進化の方向性を教えるわけにはいかないので、航空機が戦力の要になることや、核兵器の有用性を示唆するような情報は秘匿されたが、旧日本軍を打ち負かした兵器が何だったのか、彼らが気に留めるようなことはなかった。

そして絶望的な沖縄戦の爪痕、更地となった広島や長崎の写真、傷ついた人々や遺体の写真までも公開される。

「うっ……」

「これは……」

シエリアはもとより、あのダラスでさえも顔をしかめた。

気分の悪くなる映像のあとは、敗戦が決定し、連合軍に占領された日本の戦後復興の軌跡について解説が始まった。

更地だった東京都はたった30年で復活し、70年後には帝都ラグナを超えるのではないかと思えるほど、先進的な発展を遂げる。

時代が進むごとに乱立していく建物、整備されていく交通網。徐々に街を走る車が増えていき、最後には帝国を遥かに上回る交通量の、それも信じられないほど高品質な車が行き交っている。

さらに時速３００㎞で疾走する鉄道、天を衝（つ）かんばかりの高層建築物群、空中を這（は）う道路などが、締めくくりに紹介された。

映像が終わったとき、シエリアは口元を引きつらせ、額も背中も汗でびっしょりと濡(ぬ)らしていた。

朝田はグラ・バルカス帝国の外交官たちに向けていたノートPCを回収すると、「さて」と一言前置きして話し始める。

「貴国は現在、ムー国境の都市アルーの西側約30㎞の位置に、基地を建設中ですよね？　ムーからも報告がありましたが、我々の〝技術〟ですでに正確な位置と規模を把握しています」

「……それがどうした」

かなり具体的な脅しに、ダラスが不機嫌そうに答えた。

「ムーに対する明確な侵略行為です。基地の建設を即刻中止し、即時退去するよう命令します。勧告ではなく命令です。その上で、決してアルーを侵攻しないよう、ムーへの侵略を諦めるよう上層部や軍部の方々にしっかりと伝えてください。これは我が国から貴国への最後通牒(つうちょう)と受け取っていただいて構いません」

「なっ――」

朝田の部下が、グラ・バルカス帝国語で書かれた文書を配った。撤退までの期限は半年以内とし、兵をたとえ1人でもムーや関係国に向かわせた時点で、ムー大陸及び近海のグラ・バルカス帝国陸・海戦力を殲滅すると書かれている。

これまでの日本の態度とは明らかに違う、かなり強い口調と公式文書による威圧を受け、ダラスたちは心臓が締め付けられるような感覚を覚える。

「日本は同盟国ムーを守るために、本格的に参戦する用意があります。重ねて申し上げますが、あなた方の技術は我々が70年以上も前に通過した場所です。70年もの技術格差がどういったものか、あなた方ならご理解いただけますよね」

日本は危険だ。

シエリアは危機感を募らせ、返答に窮する。

まだ国全体の規模や国力、継戦能力の判断に値する情報を持ち得ていない。しかし、映像の内容やこの外交官たちの言うことが真実であった場合、少なくともこれまでのように簡単に勝てる相手ではない。ミリシアルと同等の脅威として対応する必要がある。

「ク……クックック……フフフ、フハハハハ！」

ダラスが唐突に笑い始めた。

朝田は表情を変えず、視線だけをぎろりと向ける。

「何がおかしいのでしょう？」

「フッフッフ……よくもこんなでたらめをでっち上げたものだ。どうやって作った？　ミリシアルに頼んで作ってもらったのか？　何でもありの魔法とやらで。ずいぶんお粗末な脅迫だ」

ダラスは日本側が用意した映像を、帝国側に混乱をもたらすための欺瞞情報と解釈した。

だがその挑発は、帝国が世界最強であるという自負と、日本がもしかしたら帝国よりも発展しているかもしれないという疑念が相反して引き起こした、癇癪のようなものだった。

「どのように捉えてもらっても構いませんが……これを信じなかった場合、旗色が悪くなるのはあなた方ですよ」

朝田は戦況のことではなく、戦後のことを暗に指した。誰かが、この場合はダラスら外交官の失態として責任を取らされると言ったのである。

「貴様らごときに敗北するわけがないだろうが！　我が帝国の戦艦の主砲1発で沈むような、脆弱な巡洋艦しか持っていない弱小国家が囀るな」

「あれは軍艦ではないと、何度もお伝えしましたよね。むしろ貴国の情報分析官は本当に仕事をしているのですか？」

「我が国の情報分析能力は優秀だ。現に連戦連勝を重ねているのは彼らのおかげだからな、貴様に心配されるいわれはない」

「……？　あなた方にも心当たりがあるのでは、と言っているんですよ」

「何のことだ……？」

オタハイト沖、マイカル沖海戦のことを指摘したのだが、ダラスはピンときていないらしい。

情報伝達が正確に行われていないのではないか、と朝田は疑う。

「――とにかく。仮にこの映像が本当だったとすると、貴様らは過去戦争に負け、牙を抜かれたという仮説も出てくる。我が国が支配者側ならば、必ずそうするからな」

「確かに日本は戦後、すべての軍備と軍事技術を放棄させられ、連合国軍の監視下に置かれました。ですが、それも長くは続きませんでした。連合国側の勢力と相反する勢力が増大したためです」

「では、現在も憲法で『戦力を保持しない』と規定しているのは何故だ？　たとえ属国根性が染みついていたとしても、この意味不明な世界に転移してきた時点で改正すれば済む話だろう」

「野蛮な考え方ですね。私たち日本人は、高度な民主主義を実現した、極めて理性的かつ平和的な民族なのです。故に国家を形成する憲法を軽率に変更することは難しい。力は暴走するということを、人間の愚かさというものを、私たちは知っているのです」

「だから高度な武力を有しつつ、相反する憲法で自分たちを縛っていると言うのか？　なおさら理解できん。確かに建築技術や工業力は高いのかもしれんが、今見せられた映像には貴様らの現在の軍事技術に関する説明が何一つ入っていなかった。それはつまり、70年間ろくな武力を持たせてもらえず、当時貴様らの軍を形成していた軍事技術はロストテクノロジーと化し、もはや再建不可能となっているからではないか？　そう考えると、あの脆弱な巡洋艦の存在も整合性が取れる」

ダラスの推察はかなり的を射ており、やはり侮れないなと緊張感を覚える朝田。

「当時の軍事技術は、あなたが仰るように廃れています。ですが70年もの歳月で戦争の形態そのものが変わりました。そして我々の現在の軍事技術をあなた方に開示しない理由は、軍拡競争の幕開けになるからです。平和主義の我々にとって、それは望むものではない。我が国の自衛隊は、根本的に戦い方が違うんですよ。断言しておきましょう、全面戦争になった時点であなた方は我々に手も足も出ず敗北します」

「軍拡競争とは恐れ入る、まるで帝国と同等の武力を持っているような言い草だな。だがそうなると、バルチスタ沖海戦に参加しなかった理由の説明がつかない。もし日本が本当に強いのなら、世界連合を勝利に導いて他国からの株を上げ、帝国を弱体化させることもできたはずだ。何故そうしなかった？　ミリシアルの顔色を窺ったのではないか？　我が国と同等以上の戦力を持っているなら、ミリシアルなぞ無視して世界最強の名乗りを上げればよい。それができないのは、帝国よりも弱いミリシアルにも劣る、という図式が成り立つ」

「我が国の憲法を研究したのであれば、国際協調という考え方も頭に入っているでしょう。自分たちとは異なる価値観を持っていると何故理解できないのですか？」

「到底理解できんな、武力は誇ってこそ価値がある。仮に日本が帝国よりも強いと言うのなら、これまでの行動は合理的ではない。ムーを攻めるな、日本も参戦する用意がある……弱小国が偉そうにぬかすな。我々を止められるものなら止めてみるがいい」

「そうですか……仕方ありませんね。できれば武力を行使したくはなかったのですが、我が国も自国や同盟国を守る義務があります。帝国の侵略行為には毅然とした対応を取らせていただきます」

朝田とダラスの議論は平行線に終わった。

互いの外交目標は根元から相容れる部分がないので、当然と言えば当然だ。

何事か考えていたシエリアが、ようやく口を開いた。

「ダラス。帝国の意見、立場をよく表明した。ここから先は私が話そう」

「本件担当は私です。皇帝陛下より賜った、帝国を世界征服に導く職務を全うする義務があります。いくらシエリア様でもこれだけは譲れません」

ダラスは屈服した様子を見せない日本の外交官に過熱しており、上司であるシエリアに対しても反発した。

「わかっている。しかし、日本は我々の価値観や技術力を理解した上で交渉を持ちかけている。その点、君は彼らの神経を逆なでするばかりで、相手のことを理解しようともせず、建設的な話ができていない。少し下がって頭を冷やせ」

「うっ……承知しました」

ダラスは会議室から退室し、執務室へと戻った。

　２人のやりとりを見ていた朝田は、やっと日本を対等な相手と認めたか、と内心ホッとする。厳しい口調での応酬だったので、いつ「すぐにでも攻め込んでやる」と言われるか、実はずっとヒヤヒヤしていたのだ。

「アサダ氏。君たちが平和主義だということはわかった。仮に……先程貴国が見せた映像が本物で、貴国の軍事技術が我が国を上回っているとするなら、貴国は我々に何を求める？」

「まずは海上保安庁の職員に対して処刑を決定した者、つまり責任者の引き渡しと、同件の遺族に対する賠償を。そして先程も申し上げた通りムーへの侵略の即時中止、第二文明圏からの完全撤退です。レイフォルの占領は貴国にも言い分があると思いますので、ムーや現地人の代表者を招致して解決の場を設けるのが適当でしょうが、ムーへの侵略は完全な国際犯罪です」

「捕虜の件は覚えている。本当に彼らが軍人ではなかったのか、内々に調査させよう」

　これには朝田も驚いた。

　あれだけ頑なだったシエリアが、態度を軟化させた。それだけでも大きな進歩である。

「……しかしムーに限らず、世界征服は皇帝陛下と政府、軍部が決めたことだから、我々下っ端の意見で変えることは難しいかもしれない。すでに第二文明圏への入植を開始している以上、利害の絡む者もいよう。日本も我が国の性質を重々承知しているだろう？　帝国がその条件を呑むと思っているのか」

「私が思う思わないはどうでもいいことです。我が国の意思は先程お伝えした通りですので、基地建設を中止せず、兵を動かした時点で徹底的に排除します。もし聞き入れられた場合は、賠償額の一部免除や貿易協定の締結、各国との仲裁に協力すると約束しましょう」

朝田の緩急をつけた態度と提案の内容に、グラ・バルカス帝国の外交官たちは徐々に脳が痺れてくるような気分を味わっていた。

このまま和解したほうが、傷が浅く済むのではないか。世界征服の前に彼ら日本が立ち塞がれば、確実に帝国の衰退が待っているかもしれない。そう思わせるだけの気迫を感じる。

「……わかった、私から責任を持って上に伝える。だが期待しないでくれ、我々の立場はあまり……強くはないんだ」

シエリアの脳裏にはゲスタの顔が浮かんでいた。

捕虜の処刑を決めたのは、元異界担当部部長ゲスタだ。バルチスタ沖大海戦後、異界外交政策局が戦時外交局へと改組する際に異界担当部は廃止となり、部長だったゲスタはスライドする形で局長に就任した。

あの男が、自分の地位を手放すような真似をするはずがない。もし日本の要求に応えるとしても、処刑執行者として矢面に立ったシエリアにでも罪を着せるだろう。

「なるほど……ではこうしましょう」

何となく状況を察した朝田は、シエリアに1つのアドバイスを与える。

内容は、今回の協議内容の報告書を3通、同じ書面で作成することだった。

「控えの2通を日本国外務省宛にお送りください。両方に我々の確認のサインを記述後、1通は返送しますので、シエリアさんのほうで保管してください」

「何のために……？」

「念のためです」

日本とグラ・バルカス帝国の実務者協議は、あまり実のない内容のまま終わった。元々、外務省レイフォル出張所の役割は外交手続きの窓口としての性質が強く、日本の外務省在外公館と同様に大きな権限を持たない。だからこの施設で最大の責任者であるシエリアにできるのは、せいぜい日本から受けた強い警告をそのまま本省に送ることとくらいだ。

日本からの公式文書は、シエリアとダラスの連名による報告書とともに本省に送られたが、報告書についてはシエリアが危惧した通り、ゲスタの手で全面的に改変が加えられた。

「日本は帝国より数十年先の技術力を有し、現在の軍事力は全容こそ明かされなかったが、憂慮すべき事態が予想される。日本軍の戦い方が確認できるまでは、ムー侵攻の中断も検討されたし」とした部分は「ムー以上ミリシアル未満の軍事力を有する可能性あり、ムー侵攻に参戦した場合は一定の被害が予想される」程度の内容に書き直され、「日本国は日本国海上保安庁職員の処刑にかかる責任者の引き渡し、および遺族に対する賠償を求むる」の箇所に至っては完全に抹消された。

この内容で帝王の決定が覆るわけもなかったが、ムーの陸上侵攻について作戦の見直しが下命された。帝国陸軍の軍人たちは当初、外務省（ゲスタ）の報告を一笑に付していたので、まさか作戦の見直しを命じられるとは思っていなかった。

陸軍は命令なら仕方ないと諦め、日本が参戦すると仮定して侵攻の準備を強化した。

具体的には、陸上兵力及び基地の規模と防御力を、ムー陸軍の既存戦力を3割増しにした規模と打撃の強度に耐える想定で増数・強化する。

すでに基地建設に着手していたため、設計からやり直すことになり、準備期間に3ヶ月という大幅な遅れが生じた。予定よりも増強されたものの、最初に予定していた作戦規模で問題ないと考えていた陸軍幹部たちは、「面倒な仕事を増やしてくれやがって」と恨み節の手紙を外務省に送りつけることを忘れなかった。

一方日本側の視点では、敵兵力や基地強度は微増したものの、自衛隊が展開するまでの時間を稼ぐことに成功し、朝田の戦時交渉は一定の成果を挙げたと政府から認められた。

■中央暦1643年3月8日　中央世界　神聖ミリシアル帝国　帝都ルーンポリス　アルビオン城

朝からルーンポリスは一日中雨模様だった。冬明けの待ち遠しいこの時期、霧のように細かい雨は寒の戻りを誘い、冷気が首や手首に入り込んで骨まで沁みる。

一応は魔導器による暖房が効いている城内だが、皇帝ミリシアル8世――ルキウス・エルダート・ホロウレイン・ド・ミリシアルの執務室は打って変わって冷え切った空気が漂っていた。

厳しい表情を崩さず執務を続ける皇帝の傍には4人の男が席に着き、内3人は縮こまっている。

○国防省長官　アグラ・ブリンストン
○軍務大臣　シュミールパオ・ラック
○対魔帝対策省兵器分析戦術運用部部長　ヒルカネ・パルペ
○対魔帝対策省兵器分析戦術運用部　メテオス・ローグライダー

「……」

4人が呼ばれてから皇帝はずっと無言で、ペンを魔法で動かして書類にサインしたり、不許可や再検討の魔法印を焼き入れたりしている。彼のその背中から滲み出ているのは、怒りだった。

ふかふかの椅子に腰掛けて座り心地の悪さを感じる4人にも、その怒りは当然伝わっていた。メテオスを除く3人の額にはびっしりと汗が滲む。

彼らが呼ばれたのは言わずもがな、グラ・バルカス帝国の件についてである。

世界最強の名の下に、中央世界と第二文明圏各国の海軍戦力を集めた大艦隊を率いて、版図を拡(ひろ)げるグラ・バルカス帝国を撃滅せんと出撃したのがちょうど先月の話だ。

十分すぎる戦力だったはずだ。ミリシアル8世のトップダウンで古(いにしえ)の魔法帝国製超兵器・空中戦艦『パル・キマイラ』まで投入するという念の入れようであった。

にもかかわらず戦闘は痛み分けで終わり、最低限の戦略目標だったグラ・バルカス帝国の第二文明圏からの排除も未達に終わる。

対外的には無様なほどの敗北だ。この結果は、神聖ミリシアル帝国の今後の国益を大きく損なうだろう。

ミリシアル8世が大きくため息を吐(つ)いて、ペンを置いた。

「……今後の計画を申してみよ」

「……っ」

皇帝の言葉に、びくりと肩を震わせるアグラ。

バルチスタ沖大海戦で、『パル・キマイラ』と世界連合艦隊の連携を取らせなかった大失態が戦況報告から皇帝に伝わっており、これ以上の失態・失言は降格か最悪更迭に繋がる。もはや首の皮一枚も繋がっていない。

ちなみに「第1から第3までの艦隊で必ず撃滅できる」と豪語していた西部方面艦隊のクリング提督は、引責で東側北方の地方隊に左遷された。アグラの代わりに首を切られたようなものだ。

そんなわけで、アグラは今後の計画として考えていたことを脳内で必死にまとめる。

連合艦隊の立て直し、グラ・バルカス軍を撃退する方法、戦後の信頼回復の具体策――この1ヶ月間である程度は考えていたが、何よりも痛いのは出撃させた艦隊の約半数を喪っていることだ。喪った兵や艦の損失は甚大である。いくら地方隊が含まれていようが、59隻の穴埋め、加えて大破した艦の修理に何ヶ月費やすかわからない。しかも敵兵器性能の再評価も終わっておらず、とてもではないが今後の計画など立てられない。

それでも「どうにもなりません」などと、口が裂けても言える状況ではない。どうにかするのが国防省長官の役目で、それだけの権限を与えられているのだから。

アグラは渇いた喉から声を絞り出す。

「と、当面は……間もなく就役する新型魔導戦艦を戦力の補填に充て、主力艦隊から人員を均等に割り振ります……失った兵の補充は全艦隊にて新兵訓練を並行して早期育成に努め、軍備が定数に戻るまでの間は本土防衛に徹します……。軍事費を艦艇建造と兵器開発へ集中的に配し……」

「たわけがッ!!!」

皇帝の怒号が、あまり広くない執務室に短く反響する。

あまりの迫力にアグラだけでなく残りの3人も固まった。

「新造戦艦で補填だと？　現有戦力では足りんことぐらい理解しておるわ!!　すでに着手している仕事の範疇だけで考えるな!!　艦船の大幅な量産体制の確立、日本やムーとの協力体制を築く、魔法文明国同士で連携して生産性を効率化する、そういった未来志向の計画が何故出ないのか!!　お前たちは国の幹部だ!!!　余の顔色を窺ってばかりで国家運営ができると思っておるのかァッ!!!　帝国臣民の命と行く末を導く立場にあるのだぞッ!!!」

ぐうの音も出ない叱責に、３人は顔を青ざめさせた。

グラ・バルカス帝国という自国に匹敵するほどの強力な国は、神聖ミリシアル帝国建国以来存在しなかった。そんな国への対抗策を考えろと言われても、守ることばかり考えてしまうのは当然だ。

「しかしですね皇帝陛下。先にご報告申し上げたように、グラ・バルカス帝国は強力かつ勇猛な大国でございます。本土防衛を疎かにしては、このルーンポリスとて危険かと存じます」

空気を読まずに発言したのは、バルチスタ沖大海戦で空中戦艦『パル・キマイラ』の艦長を務めたメテオスだった。

彼はバルチスタ戦の報告書に、「グラ・バルカス帝国を大国と認めざるを得ない。もはや文明圏外の枠組みは時代遅れだ」と記載した。これがミリシアル８世の目に留まり、参考人招致や大臣会議に呼ばれるようになった。

ちなみに1号機を失った件については、残っていた通信記録から艦長ワールマンの独断専行が原因と結論づけられ、メテオスはお咎めなしとなっている。

「――少なくともルーンポリス、カルトアルパス、東のゴースウィーヴス、バネタ南西のアルバリオスは、国立学院と採掘・生産拠点が集中する主要都市です。これらを失うと、長期的計画を立てようが支障を来してしまいます。しかも旧レイフォルからは北回りでルーンポリスまで一直線……ムーが壁になるとも思えません」

「そうだな。だからこそ、『パル・キマイラ』を常時稼働状態で本土防衛に配備することも視野に入れねばなるまい。できるのだろう？」

「なっ――」

ヒルカネの頭上を通り越して、メテオスに直で指令が下った瞬間だった。

皇帝は、実戦を経験し、忠実に任務を遂行してきたメテオスを高く評価していたのである。

「私に指揮をお任せいただけるのであれば、万全の防衛をお約束します。『パル・キマイラ』の運用方法についてはいくつかアイディアがございますので、追って計画書を提出します」

メテオスが席に座ったまま、恭しく礼をする。

立場が危ないのはアグラだけでなく、ヒルカネも同様らしい。

「うむ。……ところでアグラ、日本国から面白い提案を受けたぞ。――日本のことはもちろん覚えておるよな？」

「は、はい。魔法を使用しない、ムーと同じ科学技術立国だったと記憶しております。しかし第三文明圏外という田舎国家では……？」

皇帝の視線がアグラに突き刺さる。

「そうだ、グラ・バルカス帝国も第二文明圏外だからそういう意味では同じだな。もう〝文明圏の内外〟という固定観念は捨てよ」

「はっ……承知しました」

「その日本国だが、グラ・バルカス帝国をムー大陸から排除する方法があると打診してきおった。そこで、我が国にも艦隊の派遣を要請してきたぞ」

沈黙、というよりは絶句であった。

パーパルディア皇国を降したとはいえ、極東のド田舎国家に一体何ができるというのか。そう口に出そうものなら今すぐ左遷されてしまうので、口を閉ざすしかなかった。

確かに科学技術は高い水準にあると聞いている。それもムーが一目置くほどに、と。

しかしカルトアルパス沖での海戦結果を見るに、艦艇については対空性能以外に特筆すべきところはないように思われる。

そんな日本国では、グラ・バルカス帝国に勝つどころか、せいぜいハエ叩きが関の山ではないか。もはや文明圏外や第三文明圏の出る幕ではなく、世界序列2位のムーでさえも通用しない領域の戦いなのだ。

そう思うアグラは、無難な返答をする。

「……現在、我が国の戦力も相当に減少しており、とてもではありませんが外洋遠征で艦隊を派遣する余裕はないと考えます。敵の強さの詳細が判明するまで、防衛に努めるのが妥当かと」

「もちろん大規模な艦隊を送れと言うつもりはない。だが世界最強たる我が国が、世間的な新参者に『敵を倒す作戦があるから手伝ってくれ』と持ちかけられて、何もしないわけにはいくまい」

これで断れば器が小さいと見られたり、万一にでも日本がグラ・バルカス帝国の撃退に成功した場合、何もしなかったと失望されたりするだろう。もちろん日本だけでなく、世界各国にだ。

「——しかも、だ。詳細資料はあとで渡すよう外務省に指示しておくが、今回の作戦だとレイフォル近辺のグラ・バルカス帝国艦隊を撃滅する役は日本国が引き受けるそうだ。我が国はその後の海上封鎖だけやってくれればよい、とな」

「仮に、日本国が奇跡的にレイフォル周辺の敵海上戦力を撃滅できたとしても、海上封鎖中にグラ・バルカス帝国本国より艦隊が来る可能性もございます。グラ・バルカスがレイフォル奪還のためにどれだけの戦力を動員するか不明ですし、海上封鎖にもやはり大規模な艦隊が必要ではないでしょうか」

「では、絶対的な制空権と制海権があればどうだ?」

「? そんな前提があるならば、少数の艦艇……たとえば我が国の地方隊でも任務を遂行できるでしょう。言うなれば警戒監視任務だけですから、ムー海軍艦隊の戦力水準ですら可能です」

それを聞いたミリシアル8世は顔色一つ変えず、1枚の紙をアグラに手渡した。

「日本からの書簡の1枚だ。ムーと日本はまだ公表していないが、オタハイトとマイカルでグラ・バルカス帝国の大艦隊を殲滅したと連絡してきおった。奴(やつ)ら、とんだ食わせ者だ」

「何ですと!?」

アグラたちは驚愕の表情を見せる。

「——い、いや……ですがそれならば、グラ・バルカス帝国がもっと大騒ぎするはず……そうか、我々の勢いが盛り返すことを恐れて……しかしそんなまさか……」

「どういうつもりか知らんが功を誇るつもりはないらしい。グラ・バルカス帝国と秘密裏に交渉しているのか、我が国の顔を立てて牙を研いでおるのかは知らんが、あの国には何かある」

「お言葉ですが、これが本当に起こった海戦かは疑わしいでしょう。ムーは10隻出してグラ・バルカス帝国艦隊8隻を壊滅させたなどと、到底……」

「よく読め。〝ムーに性能評価試験用として技術供与した改装戦艦〟たった1隻で、グラ・バルカス帝国艦隊8隻の大半を撃沈、しかもそのうち1隻はミスリル級魔導戦艦に匹敵する戦艦も含むと書かれている」

「そんな出来の悪い冗談、信じろと言うほうが――ま、マイカルは16隻!? しかも日本の軍艦6隻、被害0で殲滅!?」

マグドラ沖海戦では、グラ・バルカス帝国艦隊12隻と航空攻撃部隊に神聖ミリシアル帝国第零式魔導艦隊16隻が殲滅された。航空攻撃部隊が到着するまではほぼ五分五分の戦績だったようだが、多数の被害が出ている。

その12隻でさえ大艦隊だというのに、さらに4隻も多い。どう考えても被害0で戦闘を終えられるはずがない。

「こんなものはデタラメです！ 陛下、これは日本がグラ・バルカス帝国と組んで我が国を陥れようという罠（わな）の可能性があります！」

「落ち着け馬鹿者。2年ほど前、外務省、情報局、技研からそれを裏付ける報告が上がってきていただろう。読んでいなかったのか？」

「あんな荒唐無稽な報告書を信用なさるのですか!?」

2年前の1月、フィアームたち先遣使節団が日本に向かったときの報告書だ。

天を衝かんばかりの摩天楼群、時速３００㎞で疾走する超特急鉄道、現有する魔導演算器の何万倍も高性能な計算機。ありえない技術がそこにはあったと書かれていた。

そんな国があるはずがない。先遣使節団の30人は、日本とかいうポッと出の田舎国家にまんまと騙されて帰ってきた愚か者だと揶揄された。神聖ミリシアル帝国のもつ技術のすべてを上回るだろうという技研開発局開発室室長ベルーノの証言でさえ、帝国政府内で軽んじられてきた。

だが彼らは一切反論も説明もしなかった。

「信用も何も、実際に行って見てきた奴らの報告だぞ。お前は信用しないのか？　この2年間、日本視察に参加した者らの勤務態度に怪しいところでもあったか？　シュミールパオ、貴様のところの次官も含まれていたが、その後はどうだ？」

「い、いえ……むしろ優秀になったというか、触発されたかのようによく働くようになりました」

「だろうな。今思うに、使節団に参加していた者らは『言っても無駄だ』と諦めておったのであろう。余としたことが、耄碌したものだ」

御年4千歳を超える、町エルフとしては異例の長寿である皇帝が言うと、冗談にしても笑えない。

アグラは、自国の軍備がグラ・バルカス帝国だけでなく日本にも劣るかもしれない可能性を突きつけられ、顔を青くさせる。

「では……ムーはすでに日本の実力を知って、技術を得るために近づいたと……？」

「その可能性は大いにある。やれやれ……我が国もこれからは対応を間違わんようにせんといかんな。そういうわけで、制空権と制海権をとったあと、小規模でもいいから長期間張り付ける艦隊を派遣してきてほしいそうだ」

「恐れながら、陛下の仰ることは推論にすぎませんし、使節団の報告も真偽を確かめてみないことには……それにグラ・バルカス帝国軍の戦力を計算してから決定しても、遅くないのではないかと愚考します」

「貴様はまったく愚かよのぉ。そんなに日本を疑うなら、自ら日本に行って調査してくればよいではないか。余はすぐにでも地方隊を参加させたいと考えておるぞ」

「――っ」

「日本国は同じ書簡で、グラ・バルカス帝国の艦船、航空機の推定性能を伝えてきた。余の予想とも概ね近い。そしてその性能が正しければ、今回の世界連合艦隊の被害も納得がいく。それを知った上で、日本国のみでグラ・バルカス帝国海軍を撃退できると豪語しておるのだ。日本軍――自衛隊だったか？　その部隊単体で作戦行動を取りたいから、安全になったあとの海上封鎖は〝世界の導き手〟たる我が国に頼みたいと」

日本国外務省から送られた文面は、相手国に失礼のないようにと配慮した言葉遣いだった。

しかしミリシアル8世からすれば、どことなく煽りを含んでいるように感じられた。情勢とパワーバランスから考えると、認めたくはないが日本国のほうが上位に思えるからだ。彼は自国が世界序列1位だからと驕り高ぶるような愚か者ではない。

「――帝国が神輿に乗せられるなどと、そんな恥ずかしい真似はできん!!　しかし正直なところ、グラ・バルカス帝国への対処は喫緊でありながら大規模艦隊を派遣できるほどの余裕はない。本土防衛もあるでな」

賢王ミリシアル8世はため息を一つ吐き、かすかに首を振る。

その目元には、帝国の窮状と先走ったことを後悔する複雑な感情が宿っていた。

「グラ・バルカス帝国撃滅作戦、日本国の参加を待つべきであったな……。人工衛星、と言ったか？　かつて魔帝が実用化していたという『僕の星』のようなものを運用しているらしい。すでにグラ・バルカス帝国の本土の位置や艦船の数まで把握済みだそうだ」

「そんな……まさか日本は古の魔法帝国の生まれ変わりとでも言うのですか？」

「それはなかろう、日本人はほぼ例外なく魔力を持っていない人間種らしいからな。中にはまれに力を持っている者もいるらしいが……ともかく、魔法の力なしにそれだけの文明を築き上げた彼らの力を、余は見てみたい。来るべき魔帝との戦争において、彼らが本当に役に立つのか見極める必要がある」

「確かに……仰ることは理解できますが……」

日本国の強さが自負するよりも遥かに弱かった場合、派遣された地方隊は生け贄となってしまう。アグラはどうしてもその危惧を拭えず、言葉を呑み込む。

「おぬしの気持ちもわからんでもない。ゆえに、旧式戦艦を主体とした地方隊を派遣せよ。足の速い戦闘艦もきちんと混在させてな。もし失敗して隊が全滅してもいいように、日頃から素行に問題のある者を集めておけばよい。人事上のゴミが消えて一石二鳥だ」

「なるほど。それは好都合ですな」

「ただ、旗艦だけは信用できる部隊にしておけよ。日本国の動向、戦力を正確に分析する必要があるからな。観戦武官として目の利く者、正確な分析ができる者を乗せるのも忘れずに」

執務室での話し合いは終わった。

神聖ミリシアル帝国は、日本国からの要請を受諾し、旧レイフォル沖合に展開するグラ・バルカス帝国海軍殲滅作戦に参加することを決定した。

①中央暦1643年2月17日、日本船籍K汽船所有自動車運搬船『DRIVE NEW WORLD』、通商破壊任務に就いていたグラ・バルカス帝国海軍第２潜水艦隊所属シータス級第24番艦『バテン・カイトス』の搭載機『アクルックス』から攻撃を受け、乗員全員死亡。『DRIVE NEW WORLD』、１週間後に日本へ曳航開始。

ムー

オタハイト

ドーソン

ヒノマワリ王国

キールセキ

アルー

マイカル

×①

ソナル王国

ニグラート連合

マギカライヒ共同体

Illustration by arohaJ

第10章

覇王の進軍

■中央暦1643年4月14日　第二文明圏　ムー　アルー周辺　砲兵陣地

　ムーと旧レイフォルの国境の南端、大陸中央にいくつかの小国が集まった、明確な領土が定まっていない空白地帯が存在する。

　その北端、レイフォルとムーの板挟みになる位置にヒノマワリ王国があり、そこからまっすぐ東に進むと国境を越えて高原に入る。ここがアルーの所在地だ。

　ヒノマワリ王国は旧レイフォルの属国であったため、実質的にレイフォルの領土として扱われていた。この辺りもムー――レイフォル国境と呼ばれていたのはそうした理由からだった。

　アルーは元々、ムー最前線基地の1つとして設置された。ムー大陸を代表する大山脈ガム・デ・リオラ山系の一部、マルムッド山脈――通称・空洞山脈を背にし、ムー南西から内側への侵入経路を塞ぐためである。

　グラ・バルカス帝国がレイフォルを落とす前は、第二文明圏各国との国交が徐々に改善したことで、交易都市として急速に発展を遂げた。あまり他国を威圧しないよう、アルー常設部隊も最低限の規模に留める方針となり、どちらかといえば空洞山脈を抜けた約400km東、第二次防衛ラインのキールセキ市近郊の各基地が実質的に国境を守っていた。

　この高原には平坦な部分が多いが、町自体はやや小高い丘に集中する。

　地域的な理由で1年を通して雨や曇の天候が多い。今日も薄灰色の雲が空一面を覆い、空気が冷えて肌寒く感じる。

　兵器が近代化し、もはや無用の長物となった古い城壁の外側には丈の低い草が生え、ところどころ土が剥き出しになっていた。

小高い丘の入り口の左右に、わずかながら森が広がっている。その中に設置された砲兵陣地で、2人の兵士が話をしていた。

「なぁ、聞いたか？　グラ・バルカスとムーが衝突した場合、このアルーが最前線になるらしいぜ」

同僚の発したこの言葉に、若き砲兵のアーツ・ライナーは身震いする。

「何で？　レイフォルとは隣接してないし、オタハイトはもうちょっと北じゃん。中部、北部国境沿いにも基地作ってるんだろ？　3つぐらい」

「ガム・デ・リオラの北側は陸軍基地や防御陣地が連続してるからさ。あっちはオタハイトまで一直線だからムーも厳重に防衛網張ってるわけで、それに比べりゃこっちは手薄だからな」

「んじゃ目と鼻の先に建設中の基地が、連中の主力拠点なのかよ」

「そういうこと。ここを抜ければマイカルへ通じる、あそこを占領・制圧すればムーはほとんど落ちたも同然だ。ソナルやマギカライヒがどんだけ背後から撃ってきたって、グラ・バルカスほどの陸戦力があれば怖くないのさ」

「なんてこったい……今から休暇申請出しても通らないよなぁ」

「下手すりゃ敵前逃亡で銃殺刑にされるぞ」

海を隔てたムー大陸の西から、突如として現れたグラ・バルカス帝国。周辺国家を瞬く間に制圧し、列強レイフォルをも打ち破ったのがおよそ4年前のこと。

ムーは〝文明圏外だから〟と侮りはせず、グラ・バルカスの戦力の分析を続けてきた。しかし当初の予測は甘かったと言わざるを得ない。神聖ミリシアル帝国カルトアルパスにおいて、ムーが誇る最新鋭艦隊が壊滅的な打撃を受け、敵戦力評価が軒並み上昇した。

さらにミリシアルの主力艦隊をも編制した世界連合とグラ・バルカスの海戦が勃発し、ムーは世界序列2位の意地とプライドをかけて戦ったが、結果は痛み分けに終わった。ミリシアルは古の魔法帝国の超兵器まで投入したにもかかわらず、それさえも撃沈——撃墜？　されたという話まで伝わっている。何故表現が揺れているのだろうか。

一応、軍上層部は絶望的な技術格差を埋めようと躍起になっているらしいが、成果については一向に聞こえてこない。

未だ対抗策が不明な状況に置かれ、現場の一般兵はグラ・バルカス帝国との戦いに危機感と恐怖を募らせる。

「いつ攻めてくるんだろうな……もし来たところで町を守り切れるのかね」

基地の建設が始まってから、ムー側も慌てるように疎開を開始した。

だが13万人という規模の人数をすべて、一挙に移動させられるわけもなく、受け入れ先が決まらない大半の人々はまだまだ都市に残っている。また、困ったことにムーが負けるはずがないと高をくくって避難を拒む者も多い。

「さあな……それでもアルーの人たちを守れるのは俺たちしかいないんだよ。砲兵の矜持にかけて、絶対に敵に当てるしかない」

「お前は大層な志ですごいな。俺は自分が生き延びることだけしか考えられんわ」

「そうか？　いかに敵が強くても、同じヒトだろ。砲が当たれば死ぬし、陸上で砲が通じない武器なんてあるわけがない。攻めるより守るほうが全然楽なんだから、大丈夫さ」

「でもこの前読んだ日本の本に、〝戦車〟っていう大砲を積んで装甲を付けた車みたいなのがあるって載ってたぜ。その装甲は、ムーの野砲弾を弾くくらい強靱らしいけど」

「戦車ァ？　何だそれ。大砲と装甲って……砲撃を防ぐほどの装甲を付けようと思ったら、どれだけの重量になるかわからんだろ。そんな重い車体を動かす機関や足回りなんてあるわけがない、船じゃあるまいし」

「でも日本にもグラ・バルカスにもあるらしいぞ。……もしそんなのを敵が投入してきたら……」

「考えすぎだって。ま、俺たちは俺たちにできることを精一杯やろうや」

砲兵たちはまもなく訪れるであろう交戦の日に向けて、落ち着かない日々を過ごす。

■中央暦1643年5月31日　ムー　キールセキ　ムー空軍南部航空隊　エヌビア基地

グラ・バルカス帝国の脅威が目の前に迫るアルーから東側約２００㎞、空洞山脈のすぐ手前にムー空軍のドーソン基地がある。この基地はアルー防衛隊隷下で、第二次防衛ラインのキールセキとは同じ南部航空隊の管轄ではあるが所属は別となる。

ムー南側、アルーから空洞山脈を挟んで東側の山間にキールセキ市があり、そのやや南東にムー空軍南部航空隊、キールセキ防衛隊隷下の航空隊が置かれるエヌビア基地が存在する。

その敷地内で、統括軍軍備総監部の技術将校マイラス・ルクレール少佐は、航空隊パイロットと基地の職員らに対して説明を行っていた。

「――三国作戦の前段階として日本国陸上自衛隊、航空自衛隊がすでにムー入りされているのは皆さんご存じのことと思います。先遣隊との交流はあると思いますが、本日中には日本国の戦闘機が到着します。我が国の政府から強く要望して実現したものですので、くれぐれも失礼のないようにお願いします」

情勢が悪化し始めた昨年の今頃あたりから、エヌビア基地の一部の強化工事が開始された。

聞けばムーのインフラ・建築系工事関係者だけでなく、日本の大手ゼネコン業者も工事に投入し、ムーとレイフォル国境に近い基地を片っ端から強化して回るのだという。

本来ならアルーのような最前線基地を強化するのが道理だが、万一、工事業者が最前線で攻撃に遭って損害を被るといけないので、1つ手前の基地を強化・拡張するらしい。

たった1年に満たない工期だったが、滑走路といくつかの施設の強化を突貫で終わらせて次の現場に向かっていった。というよりは、日本人技術者が設計と強化手順を決めたら、日・ムー施工業者に投げて進捗を確認しつつ他の基地も見て回るという具合に飛び回っていたらしい。どんな体力と精神力を持っているのだろうか。

毎日見ていてもわかるほど、彼らは――日本の土木建築業者は八面六臂（はちめんろっぴ）の活躍を見せた。特に滑走路は延伸され、頑丈かつ視認性に優れたものに生まれ変わっており、夜には光って着陸位置を知らせる装置まで埋め込まれている。普通、こんな短期間でできるものではない。人数と予算を集中的に投入したからこその成果だろう。今後数年ですべての基地機能をさらに強化するらしいので、それを見るのも楽しみだ。

そして今月に入り、日本国陸上自衛隊・航空自衛隊の補給部隊が到着した。

初めて見た『C－130』と呼ばれる化け物じみた大きさの飛行機を前に、ムーの軍人たちは度肝を抜かれていた。彼らが知っている輸送機（旅客機）といえば最大のものでも神聖ミリシアル帝国の『ゲルニカ35型』で、それより1・5倍ほど大きいのだから驚いて当たり前だった。特に高さが段違いなので、実際の寸法以上に巨大に見える。

しかし今日のマイラスの説明によると、今度はプロペラのない飛行機が来るという。

「マイラス少佐に質問があります」

「何でしょうか？」

「日本国とは、世界序列2位の列強国であるムーが、そこまで気を遣わなくてはならないほどの力を持っているのでしょうか？　いえ、ムーを支援すべく来てくれる友人に協力を惜しむつもりはありませんし、もちろん日本軍に対し全面的に協力するよう命令を受けているので、軍の方針に背く気はまったくないんですけど……」

ムー国内でも日本の書籍は出回っているし、富裕層に至っては日本国を旅行し、その国力を肌で感じてきた者もいる。

だが下級軍人などの閉じられた世界で生活している者や一般市民レベルになると、政府の通達や時々伝え聞く噂（うわさ）程度しか情報源がないため、自発的に興味を持って情報を集める者以外は、ムー政府が日本に対して気を遣う姿勢が理解できないようだった。

マイラスは技術畑の人物なので、機体を見て性能を聞けば大体理解できるのだが、わからない者に対しどう説明しようかと頭を悩ませる。

「練度や士気に関しては、実際に合同訓練を行ったわけでも見学したわけでもないのでよく知りません。ただまぁ、こと軍事技術面における日本とムーの格差は、ムーと文明圏外国のそれ以上に隔絶していますよ」

それなりに長く軍に身を置く軍人たちは身震いする。

文明圏外国家とムーの軍事技術の差は歴然で、圏外国が列強を超えることなどありえない。もしも戦闘になれば、絶対に勝つことはないと断言できるほどの差がある。

それ以上の差であると、軍の――しかも歴代最も優秀と名高い技術士官マイラスが断言しているのだ。信憑性はあり余る。

「……そんな馬鹿なことがあると思うか？」

新人航空兵は、隣の同僚にこっそり話しかける。

「いや、さすがに盛りすぎだろう。同じ科学技術国家で、空力を利用する航空機にそこまで差が出るとは思えない。『マリン』でさえワイバーンロード相手に航空優勢が取れる程度なのに」

「だよなぁ。隔絶してるってんならせめてオーバーロード、あるいは風竜を圧倒できるくらいの性能を見せてから言ってもらわないと……参戦してくれるのはありがたいが、日本国を神格化しすぎてやしないか」

「こら。相手は技術士官でも最年少で少佐に昇進した人だぞ。懲罰受けたいのか」

先輩航空兵が新人たちを叱る。兵科の士官は技術士官などの後方勤務を軽んじる傾向があるので、今のうちに教育しておかなければならない。

その様子を見てマイラスは笑う。

「ははは、いいんですよ。実際に見てみないとわかりませんからねぇ」

マイラスの爽やかな笑顔を見て、尉官の将校たちはゾッとした。怖い。

「日本の方々の耳に入りさえしなければ、別に咎めませんから安心してください。――で、今回の日本国の戦闘機移送について、南部航空隊の中では友軍機を出して迎えようといった意見も出ましたが、『マリン』では遅すぎて日本の戦闘機が失速してしまう可能性があるので、私が上申して中止となりました」

新人航空兵が不満げな理由はこれだ。せっかく一緒に飛んで『マリン』をしっかりと見せつけるつもりだったのが、マイラスの一存で中止になってしまった。

だが今の説明を聞いて引っかかる。ムー最強の『マリン』戦闘機の最高速度をもってしても遅すぎるとは、いったいどういうことだろうか。

一同が困惑する中、聞いたことのない轟音が響いてくる。

――イイイイイヒュゴオオオオオオオ――――――!!!

音のする方向に首を向けると、青く美しい機体が基地上空に差し掛かった。

「「「?・?・?」」」

雷のようなゴロゴロという音に、タービンが回る高音域のノイズが乗って凄まじい迫力を放つ。

「なっ――!!」

「本当にプロペラがない!!　どこにエンジンがあるんだ!?」

「ぐっ……速い!　ミリシアル機くらい速いか!?」

「ミリシアル機でもあんなに速くないぞ、どうなってる!?　魔導エンジンじゃないのか!?」

太陽の光を浴びて、濃い青に彩られた流線型の機体が瞬く間に青い空に溶け込んで消えていく。

海上で上空から見下ろしたならば、海面に溶け込んで見分けがつかなくなるであろう。

最初にここエヌビア基地の上空を横切ったのは、航空自衛隊の所有する『Ｆ－２』戦闘機だった。

戦闘行動半径は４５０ＮＭ（８３３km）だが、増槽を２つ装備したフェリー飛行なら4千kmもの長大な距離を飛行できる。アイナンク空港基地からこのエヌビア基地まで1千kmちょっと、燃料の半分も使わずに飛んできたのだ。

先頭の『Ｆ－２』戦闘機はデモンストレーションのために一度上空を通過したが、あとからやってきた『Ｆ－２』、『Ｆ－15Ｊ』編隊は行儀よく、滑走路へと降りてきた。

ムー軍人は唖然とする。

「機体が安定している……しかも降りたあとの駐機までが早い」

「あれは相当練度が高いな。速く飛ぶだけなら誰でもできるが、着陸姿勢を見れば腕がすぐわかる」

新人航空兵たちがふとマイラスの顔を見ると、ニコニコしていた。彼らは気まずくなって、以降は無駄口も生意気な口も叩くことはなかった。

『Ｆ－２』及び『Ｆ－15Ｊ』、さらにいくつかの航空機が多数着陸し、今後の戦いに備えてムー軍との合同訓練や周辺調査を始める。

■　中央暦１６４３年６月２日　ヒノマワリ王国領内グラ・バルカス帝国陸軍バルクルス基地

アルー西側約30kmに位置するグラ・バルカス帝国陸軍の最前線バルクルス基地で、帝国陸軍南部方面軍第8軍団第4機甲師団の戦車隊がエンジンをかけ、いつでも出撃できる状態となっていた。

基地を出て約6㎞東に築かれた砲兵陣地には、砲兵部隊が整然と並ぶ。

外れに新設された飛行場からは陸軍航空隊も発進し、上空で旋回中だ。

グラ・バルカス帝国陸軍はこの日、ムーへの侵攻を開始しようとしていた。

あいにくの曇り空の下だが、全部隊が整然と並ぶ壮観な風景を、基地司令部最上階の司令官室から眺める男が2人。

帝国陸軍第8軍団軍団長ガオグゲル・キンリーバレッジ中将と、部下の第4機甲師団師団長ボーグ・フラッツ少将である。

ガオグゲルは50代後半、痩身中背で、グラ・バルカス人特有の彫りが深い顔立ちだ。

一方のボーグは40代後半、がっちりとした体格に若作りな顔、鋭いながらも垂れ目という派手な顔をしていた。

「ボーグ君。帝国陸軍は強い」

「はっ、その通りであります」

「その中でも、君の第4機甲師団は飛び抜けて強い。君たちにかかる期待は大きいぞ」

「恐縮です。我々は帝国最新鋭の戦車を主体とした機械化旅団でありますので、陛下の期待がかかっていると末端に至るまで意識を徹底しております。最前線を戦車連隊で突破し、ムー陸軍など容易(たやす)く撃破してご覧に入れます」

「外務省からの通達では、日本国も参戦する可能性があるという話だったが……日本国の強さは未知数だな。そちらで何か聞いていないか？」

「ムーに陸軍を送ろうとしているという噂はありましたが、偵察隊からはマイカルでそれらしい動きはあるものの、まだ準備ができていないようだと報告が入っています。どちらにせよ、『戦力を放棄する』などと憲法で自縄自縛しているような軟弱な国の陸軍など、恐るるに足りません。仮に増援が届いたところで、我が最新の機甲師団でスクラップにしてやります」

外務省が入手したとされる日本国の情報は、軍上層部に的確に伝えられた。

万が一を考慮し、軍はムー侵攻部隊を増強したが、内心それはよくある欺瞞(ぎまん)情報であると判断していた。

この時、グラ・バルカス帝国陸軍に、日本国が脅威であると感じる者は一人もいなかった。

「頼もしいな。……時にボーグ君、兵にストレスが溜(た)まっているのではないか？」

「はっ。皇帝陛下のためと士気を保っているのですが、やはり海を隔てた異国の地故、望郷の念から精神的に参っている者も散見されます。ですがご心配には及びません、我が部隊は屈強です。それは肉体に止(とど)まらず、精神面でも……」

「ボーグ君」

ガオグゲルはボーグの言葉を遮り、その右肩にぽんと手をかけた。

「――兵の精神衛生は強さに直結するのだよ、少し考えを改めたまえ。今回のムー侵攻作戦では、多数のムー難民が出るだろう。そこでだ……君たちが敵国人をどう扱おうが、私は咎めるつもりはまったくない」

「……は？」

発言の意図がすぐに呑(の)み込めず、固まるボーグ。

顔を近づけ、声のトーンをやや落とす少将。

「ここには前世界のような戦時国際法などない。略奪行為を一切咎めない、と言っているのだよ」

ガオグゲルの下卑た表情を見て、ボーグは内心呆れつつ合わせるように顔をにやけさせた。

「ははぁ……降伏者の保護義務もなければ、現場が報告しなければ処罰の対象にもならない。異世界様々ですなぁ」

「〝戦果〟を期待しとるよ、ボーグ君」

ボーグは敬礼もせず、肩を竦めて笑うだけだった。

２人が揃って司令官室から出ると、ガオグゲルは作戦司令室に、ボーグは第４機甲師団の戦闘指揮車へと向かう。

作戦司令室に入ったガオグゲルは、陸軍将校たちに敬礼で迎えられ、頷きながら上座に立つ。

「中将、いつでも行けます」

「私が一言声を発すれば、多くの者の人生が終わるこの瞬間……決定権と全能感――たまらんな」

すべての準備は整っている。あとは第８軍団軍団長兼基地司令官ガオグゲルの命令だけだ。

「さあ、殺戮の宴を始めようか。全部隊、作戦行動開始！」

『全部隊、作戦行動開始ィ!!』

「戦車隊全速前進！　敵塹壕地帯を踏み潰せ!!」

「砲兵隊、攻撃開始ッ!!!　ッてぇぇ――――っ!!!」

戦いの火蓋が切られた。

グラ・バルカス帝国バルクルス基地を出て約６㎞、ずらりと設置された重カノン砲が火を噴く。平和に暮らすムーの人々を地獄に突き落とす業火が空を舞い、雨となって降り注ぐ。

グラ・バルカス帝国は日本の警告を無視する形で、ムー南西の都市アルーへの砲撃と同時に侵攻を開始した。

■ アルー西側　塹壕地帯　ムー陸軍第11偵察部隊

アルー西側の丘陵から平野にかけて、ムーの塹壕地帯が広がっている。長く蛇のようにうねった塹壕は、アルーから20㎞近く延びていた。

塹壕とはいわゆる戦闘陣地の一種で、人間が地面よりも低い位置を通るために掘った溝のようなものだ。

砲撃や銃撃戦が始まると、大抵水平や放物線を描いて弾丸が飛び交う。地表にいるよりも地面の下にいたほうが射線から外れやすいので、生存率は劇的に高まる。敵兵が降りてこないよう有刺鉄線などで補強され、攻防ともに優れた効果を発揮する。

グラ・バルカス帝国がバルクルス基地を建設し始めた頃から塹壕敷設が始まり、国境間近まで掘削が完了していた。

その塹壕の最前線で、ムー陸軍通信兵ケイネス・ハイルデン軍曹は頭だけ出しつつ、双眼鏡を覗（のぞ）いて国境方面を睨（にら）む。

先日、約5㎞先に高射砲のお化けのようなものが並べられたので、間もなく侵攻が開始されるであろうことは予想がついた。だから、連日連夜で警戒態勢が敷かれている。

「な……何だ？　あれは」

見通しのいい地平線の向こう側に、土煙が上がっている。

その数は1つや2つではなく、平原を埋め尽くすように広がる。やがて煙の下から、黒と深緑のまだら色の鉄塊が現れた。

土煙を起こしていたのは、ムーでも開発中の無限軌道だった。鉄塊は不整地を難なく踏破する履帯を装備し、頭部には榴弾砲（りゅうだん）のような筒が突き出ている。

旧日本軍が好きな者がそれを見たならば、九七式中戦車に似ているように感じるだろう。

ムー人にとって見慣れないその物体の襲来を、ケイネスがアルー基地司令部に報告しようとした矢先——

——ドドドッドドドン……ドンドドン……。

「は？」

花火のような重低音の発砲音と地響きが伝わり、ケイネスは不審に思って塹壕から出た。

双眼鏡の向こう側で、高射砲のようなものが火を噴いている。

「どこに向かって撃ってる……？　まさか塹壕の兵を潰すつもりか？」

どれだけの威力かはわからないが、塹壕の幅は狭く、砲撃で潰すにはあまりに非効率的だ。ましてやムー空軍はまだ出撃してもいない。

そんなことを考えていたら、炸裂音（さくれつおん）が後方から聞こえた。

――ボボボボッボンボボンッボォン……。

「――っ!!!」

ケイネスが振り返ると、アルー市街で爆発音と黒煙がいくつも上がっていた。

さらに連続して砲弾が炸裂し、猛烈な爆炎と土煙が混ざって火山の噴煙のように見える。

砲弾が直撃した建物はガラガラと音を立て、積み木の玩具(おもちゃ)のように崩壊していく。

「砲撃!? 馬鹿なっ!! 目視圏外ギリギリだぞ!!!」

常識外れの攻撃を受け、驚愕(きょうがく)を隠せない。

『敵襲!! 敵襲!! 総員戦闘配置に就け!!!』

遅れて届く警告。

本来なら偵察部隊である自分たちが、いの一番に報告しなければならなかった。だがあんな攻撃は予想外としか言いようがない。責任を問われることはないだろうが、ばつの悪さを誤魔化すかのごとく、やけくそ気味に叫ぶ。

「わかってるよ、クソッ!! ――司令部、こちら11偵察! 攻撃は西の高射砲もどきからの砲撃と思われる!! さらに、接近する多数の車輌(しゃりょう)あり!! 車輌の性能、強度は不明!! 横隊に展開!! 接敵まで約5分!! オーバー!!!」

守るべき街が砲撃に晒(さら)される中、ケイネスたち第11偵察部隊は迫り来る敵に備え、慌ただしく迎撃準備を整える。

■ ムー陸軍 アルー前線 砲兵陣地

放物線を描いて飛来する砲弾だけでなく、上空からも敵航空機が現れ、我が物顔で飛行し始めた。

狙いを定めて投下される爆弾は強烈で、アルー基地や市街からは多くの炎が上がる。

着弾、爆発、崩壊、あらゆる破壊の音と同時に、人々の悲鳴や怒号がこの砲兵陣地まで届く。

空を見上げると、アルー航空隊ムー製戦闘機『マリン』72機が迎撃に上がり、侵略者たちを追い払わんと勇猛果敢に戦っていた。

しかし、複葉機である友軍機は単葉機の敵機にたちまち背後を取られ、曳光弾を交えた機銃で為す術もなく叩き落とされる。

陸戦兵器の性能と同じだ。圧倒的な出力の違いと、設計の根本的な成熟度が性能差となって現れている。燃え上がる友軍基地から時折上がる対空砲火も、高速で飛び回る敵機を捉えられるわけがなく、むなしく空を切っていた。

日本国の指導を受け、兵器から服装、設備に至るまでほぼすべてを迷彩色に塗装・あるいは偽装する対策がかろうじて間に合った砲兵陣地は、上空から見ると森に溶け込んでいるらしく、敵からの攻撃は受けていなかった。

だがそれで安心できるわけもなく、陣地内は蜂の巣を突いたような騒ぎとなっていた。

『接近中の敵車輌群、あれがおそらく噂の〝戦車〟と思われる！　以降、敵車輌を戦車と呼称する！　砲撃用意!!　目標、敵戦車部隊!!　射程に入り次第砲撃を開始せよ!!!　繰り返す――』

「到着までの予想時間は!?」

「今計測中だ。あー……残り10分で最後尾まで入るはず」

「えらく速いな……！　砲撃準備、急げ！」

観測手の計算を元に、砲兵アーツも訓練通り迅速的確に準備を進める。

敵戦車はムー砲兵部隊の射程内に入っていなかったが、その戦車よりも遥か後方から敵の砲撃が市街に届く。一方的に町を破壊され続け、反撃できない悔しさ、自分たちの無力さを噛みしめるムー陸軍兵たち。

「くっそ！　好き勝手しやがって!!」

「必ず仕留めてやる……」

アーツも怒りで心を燃やしながら、発射の瞬間を待つ。

■　アルー市街

建物を崩し、人を潰す砲弾が今なお降り注ぐ。

あちこちで悲鳴が上がり、逃げ惑う人々が走り回っていた。

砲弾に当たれば死ぬ。近くにいれば爆圧で死ぬ。崩れてきた瓦礫に押し潰されて死ぬ。

どこにいても死の恐怖が付きまとう。

平和だった町に猛烈な爆発がいくつも発生し、都市機能の大半を破壊している。道に穴が空き、逃げ道を妨げる。送電網は麻痺し、無線がなければ連絡も取り合えない。民家や病院にも被害が及び、多数の遺体が至るところに転がっていた。

そんな地獄と化した市街地を、住民がなりふり構わず逃げ惑う。他人のことなど気にしている余裕はない。

度重なるムー政府からの避難勧告はあったが、全員が疎開先を決められたわけではない。

それだけでなく、世界序列2位の列強国本土を侵攻するわけがないだろうと、根拠なく思い込む者も多くいた。そういった者たちの言葉を信じた住民、その家族たちも多数おり、まともに避難準備を整えていなかったせいで逃げ遅れ、人的被害が拡大しているのだ。

自由を尊重する民主主義であるが故に、政府は住民に対して強制力を行使することができない。

そんな政治体制の弊害と列強国の驕(おご)りが現れていた。

パニックとなった都市の北、ここにも戦火に巻き込まれた一家がいた。

「ルアーナ！　アリアたちの準備はできたのか!?」

「ええ、いつでも出せます！」

屋敷の外から聞こえてくる夫の声に、ルアーナは叫ぶように返事した。

動きやすい服装に着替えた娘2人が、両親は何の準備もしていないことに気づいて問う。

「父様と母様は!?」

「聞きなさいアリア。私たちの誤った判断に、あなたたちを巻き込んでしまってごめんなさい。あなたたちだけでも……マイカルへ避難させるべきだった」

母ルアーナは、悔恨の念から涙を流して2人の娘を抱き寄せる。

「そんなこと……それより父様と母様も一緒に！」

「私たちはここに残ります。あなたはベロニカとエリクをお願い！」

「嫌です！　みんな一緒でないと、どうしたらいいのか……！」

「わがまま言わないの。ベロニカを守れるのはあなただけなのよ……」

「もう時間がない！　ルアーナ、早くアリアとベロニカを！」

アルーに居を構える地方貴族、カラブレーゼ家には3人の子供がいた。

長男エリクはマイカルにある国立大学に通うため、一人暮らしをしている。

このアルーの本邸には長女アリアと次女ベロニカがいたが、政府から避難勧告が出たあと、ラザロ、ルアーナ夫妻は貴族の義務として住民を疎開させせようと奮闘した。

彼らの働きかけによって考えが変わった者も多く、万単位の住民が救われたであろう。

しかし、山脈に阻まれて鉄道が未だ整備されていない国境の町。自家用車を持っている者は少なく、政府が出した車輌も足りず、自分たちの避難を後回しにしてしまったために、娘たちを戦火に巻き込んでしまった。

「アリア、オートバイの乗り方は覚えたわね？」

「母様、どうしてそれを……」

「いいのよ。あなたたちが命を守れるなら、覚えていてくれてよかったわ」

アリアはまだ16歳になったばかりだが、オートバイに乗る父の姿に憧れ、こっそりと運転を練習していた。そしてこの屋敷にあるのは1台のみ。

「でも……でも、父様と母様を置いてはいけません!!」

「このままではみんな死んでしまう。せめてあなたたちだけでも逃げるのです!!　いい子だから言うことを聞きなさい……！」

「ムーは世界で2番目に強いんでしょ!!　キールセキも近くにあるんだから、なんとかしてくれるはずよ!!!」

「ムーは強い……でもグラ・バルカス帝国はそれ以上に強いの。あの神聖ミリシアル帝国でさえ手に負えないほどに！　だから、ここに留まっていてはきっと助からない！　あなたたちは私たちカラブレーゼ家の宝物、私たちの生きた証（あかし）なの！　だからおゆきなさい!!!」

「アリア!!　何をしている!!　早く逃げるんだ!!!」

アリアとベロニカはラザロに強引に連れ出され、すでにエンジンの掛かったバイクに乗せられた。まだ６歳の妹ベロニカは母と離れたくないとぐずったが、アリアの胴にロープで括（くく）られ、タンデムシートに跨（また）がる。

「いいか、東に逃げるんだ。空洞山脈を抜け、ハルゲキの街に向かえ。叔父さんの屋敷は覚えているな!?」

「ううっ……ううう……!!!」

「泣くな！　カラブレーゼ家の者は常に誇り高くあれ！　大丈夫だ、きっと……また会える……！」

「父様！　母様ぁ!!　アリアは、ずっと愛しています!!!」

アリアは涙ながらにスロットルを捻（ひね）り、クラッチを勢いよく切る。

――パラララララッ！

市街のあちこちが砲撃に晒され、道路は陥没し、瓦礫が散乱していた。

そんな環境でも、バイクなら走破できる。排気量２７０cc、３馬力を発生する単気筒のバイクは、爆音と破砕音と悲鳴がこだまする地獄を時速40㎞で駆け抜ける。

20分後、カラブレーゼ家の娘アリアとベロニカはアルーから脱出し、一目散に空洞山脈へと向かう。

■　アルー西側　塹壕地帯

「ってぇぇ――――!!!」

――ドンッ!!　ドンッ!!　ドンッ!!　ドンッ!!

歩兵が運んでいた小型の歩兵砲が、轟音とともに火を噴く。

発射される70㎜砲弾は敵戦車の近くに着弾して、小規模な土煙をいくつも巻き上げる。

6秒に1発の連射性能では、時速40㎞で疾走する動目標に対してなかなか当たらない。

たまには当たるが、それが有効打になりはしない。距離が遠すぎるらしく、ちょっと凹んだり傷を付けたりするだけだ。

「う……撃て――っ!!　撃て撃て撃て撃て――――っっ!!!　撃って撃って撃ちまくれ――――ッッ!!!」

――ダダダダダダダダダダッッ!!!

歩兵砲だけでなく機関砲も発射される。しかし6・5㎜銃弾で厚さ20㎜ほどの装甲を撃ち抜けるはずもなく、大きな金属音とともに弾かれ明後日の方向に跳んでいく。

大口径弾は当たらず、小口径弾は弾かれる。

当然敵の進軍速度が衰えるわけもなく、あまりにも速い進軍にケイネスは戦慄した。

攻撃は偵察部隊だけではない。塹壕地帯に潜む全部隊が迎撃に加わっている。秒間100を余裕で超える弾丸・砲弾の雨の中を、敵戦車はなおも怯みを見せず、煙を吐いて突撃してくるのだ。

恐怖と言うほかない。

そしてついに敵戦車が牙を剥く。

——ダンッ!!　ダダッ!!　ダダンッダンッ!!!

「ぐぁぁぁぁあっ！」

「あがっ——」

「ひっ……ごふっ」

戦車の砲撃のたびに土が爆ぜ、誰かが叫ぶ。塹壕が削れ、人が死ぬ。

『司令部！　こちら9歩兵隊、5人やられた!!　残っているのは俺しか——ガッ』

『こちら6歩兵隊、3人死亡！　武器損傷!!　このままでは戦線を維持できない!!!　オーバー!!!』

『司令部！　どうすればいい!!　敵戦車に攻撃は通じない!!　砲兵の攻撃はまだか!!?　オーバー!!!』

『まだ射程外だ!!　航空機からの爆撃が続いていて、すぐに攻撃できない!!　あと3分待て、オーバー!!!』

次々と被害報告が入っている。

最前線で、偵察部隊たる自分たちが逃げるわけにはいかない。

ケイネスは死を覚悟しつつ、戦車のハッチから身体を出している敵戦車長を狙って銃を撃ち続ける。だがジグザグに動く戦車の、しかも人のような小さなターゲットに当てるのは至難の業だ。

やがて戦車のエンジン音を聞き分けられるほどの距離まで接近してきた。

——ガガガガガガガガガガッッ!!!

「があっ!!」

「ぐむっ――」

戦車が通った場所から悲鳴や沈黙の息遣い、何かが潰れる雑音など、怖気のする音ばかりが耳に届く。音が発生した塹壕からは、攻撃が止まってしまった。

近くに敵戦車の砲弾が着弾し、土と爆圧を側面から浴びるケイネス。朦朧としながら、塹壕から空を見上げる。

どこをどう打ったのかわからない。音もやけに遠く聞こえる。

身体の感覚が麻痺しているようで、痛みも感じない。

戦車がケイネスたちのいた塹壕を踏み越え、そのたびに身体や顔に土が降ってきた。

次から次へと現れる戦車は、まるで何もなかったかのように塹壕地帯を走破し、アルー市街へ向かっていく。

「だ……だめだ……そっちには、街が……」

薄れゆく意識の中、ケイネスは呻き声を絞り出すことだけしかできなかった。

■ ムー陸軍　砲兵陣地

偽装していた砲兵陣地も、ついに敵戦闘機の猛攻に晒され始めた。

敵戦車部隊がムー砲兵部隊の射程内に収まり砲撃を行った瞬間、空から居場所が露見してしまい、攻撃が集中するようになったのだ。

ようやく敵戦闘機の攻撃が収まったかと思った次の瞬間、再び大地が爆ぜる。

敵戦車がすでに射程内まで接近していたらしい。爆撃に加え、戦車による砲撃を立て続けに叩き込まれ、アーツが所属する隊以外の重カノン砲は破壊し尽くされた。

周囲には死体が散乱し、流れた夥（おびただ）しい血が耕された森の土を濡（ぬ）らしている。

「はっ……はっ……はっ……うぅぅ……!!」

「はぁ、はぁ、はぁ、これで全部か？　まだ残ってるか？」

「あっちは見てない。行ってみよう」

「よし」

鉄と肉の焦げた臭いの中、アーツたちは敵に一矢（いっし）報いるため未使用の砲弾をかき集め、砲撃準備を進めていた。

1輌でも撃破すれば、少しは敵の侵攻を緩められるかもしれない。

ムー兵が敵に背を向けるなど、あってはならない。

そんな思い一筋で砲弾箱を運ぶ。

「これで、全部だ！」

「わかった、砲撃準備！　目標、敵戦車!!」

「装填よし！」

「よく狙えよ!!!」

観測手のアーツは戦車の移動速度と方向を計算し、方角と仰角を伝える。

あとは狙った地点を敵戦車が通るタイミングを推測し、砲撃指示を出すだけだ。

頭の芯が冷え、何の音も聞こえない。ただ、戦場の一点だけを見ていた。

「――今!!!」

「っ撃えええええ――――――ッッ!!!」

派手な煙が周囲を包み、轟音が耳朶を打つ。

105㎜砲弾が砲口より高く噴き上がる。

現代日本の砲に比べて燃焼効率の悪い大砲は、燃焼エネルギー（爆圧）がうまく砲弾に伝達されず、ロスが非常に多い。その分、爆煙が多いので見た目はとても強そうに見えた。

アーツが狙った地点まで、砲弾が地面に対して鋭く飛翔する。

――ガァンッ!!

「よし!!」

狙っていた戦車に着弾した。命中率の著しく低い重カノン砲で当てたのは、まさに奇跡的だった。

猛烈な爆発とともに軽油が煙を吐いて敵戦車が沈黙する。

「次弾装填急げ！」

「仰角マイナス2！」

「装填よし！」

その後も何発か発射するが、ことごとく当たらない。

そうしているうちに戦車の接近を許し、ほとんど水平射撃で砲撃を続けていた。

敵戦車3輌に三方向から囲まれ、戦車砲が向けられる。

「これまでか……！　総員退避！　退避せよ!!」

小隊長の叫びとともに、砲兵たちが重カノン砲を捨てて逃げ出す。

だがその背に向けて、敵戦車砲塔に据えられた57㎜砲が火を噴く。

森に向けて放たれた57㎜砲弾は回転によって安定した弾道を描き、置き去りにした重カノン砲や逃げ出した砲兵へと襲いかかる。

――ドドンッ！　ドガァッ!!

「がっ――」

最後の105㎜重カノン砲は破壊され、爆風を受けて跳ね飛ばされたアーツ・ライナーは木に身体を打ち付けて意識を絶った。


たった1日でアルー防衛隊は全滅し、街はグラ・バルカス帝国陸軍第8軍団に占領された。多くの軍人が捕虜となり、大半が処刑された。アルーの住人たちは街から出ることを許されず、その末路は凄惨を極める。

アルー中心にある市庁舎の屋根の他、あちこちにグラ・バルカス帝国旗が掲げられ、ムーの一部が陥落したことを示した。

■　アルー市東側　約150㎞　高原

グラ・バルカス帝国陸軍第9航空団第2飛行隊所属のリースク・トラウト少尉は、部下の3機とアルー戦闘後の警戒飛行に入っていた。増援や討ち漏らしがないかの確認のためだ。

リースク隊の隊員は性格に難はあるが、技量に関しては一目置かれる存在である。

異世界転移後初の近代国家への本格的な陸上侵攻ということもあり、信頼できる彼らにこの任務が与えられた。

部下のアルベーシ・フィッシャー少尉が無線越しに訊ねた。

『中尉、ガオグゲル中将からは〈怪しい奴は容赦なく撃て〉と言われていますが、自分の判断で撃ってもよろしいということですよね？』

「ああ。だが……」

『おっ！　獲物発けぇ――――ん！』

アルベーシは上司であるリースクの回答も待たず、了解を取ることもなく編隊を離れ、急降下を開始した。

リースクは無線を切り、こっそり嘆息する。

技量こそあれど、難ありのリースク隊の中でもアルベーシの性格はかなり歪んでいた。

転移前からそうだが、転移直後の戦いでもまるでスポーツハンティングを楽しむかのように非戦闘員を機銃で撃つ悪癖がある。その姿は誇り高い帝国軍人にあるまじき下劣さで、隊で唯一まともな感覚の持ち主であるリースクにとっては反吐が出る蛮行だった。

アリア・カラブレーゼは幼い妹ベロニカを後ろに乗せ、バイクで一路東へ向かう。

ひたすら続く一本道を走れば、空洞山脈に入る。その手前にムー空軍ドーソン基地があるので、まだ無事なら燃料を拝借しようと考えていた。

空洞山脈ことマルムッド山脈は、遠くからは一見普通の山のようだが、近づくにつれて山を構成する魔石自体が持つ淡い光が目立ってくる。そして1～2㎞の距離まで近づけば、洞窟のような穴がそこかしこに存在するのが確認できる。

空洞山脈は文字通りスカスカで、人間のみならず、トラックやバスでさえも容易に通り抜けできる。しかし上層になるにつれ網目が細かくなるように隙間が小さくなっていき、表層は殆ど閉じられて軽石のようになる。それを空中を飛んできて降り積もった土や埃が覆い隠し、草や苔しか生えない禿げ山にしか見えない。航空機も入る隙間はあるが、高速で飛び込めば柱にぶつかって大破するのがおちだ。

つまり航空機による監視や攻撃から隠れるには、絶好の場所となる。

「あと少し……あと少し……」

自分たちを先に逃がしてくれた両親の身ばかり案じる。

どうか無事であってほしい。そして両親から託された妹の命を、必ず守らなければならない。

アリアは不安と焦燥の中、スロットルを握り続けた。

やがて、先に町を出たらしき避難中の車に追いついた。

その車のあとをついて走っていると、ベロニカがアリアの背中をぱしぱしと叩く。

「おねえちゃん、あれ何……？」

妹を肩越しに見ると、南西の空を指さしていた。

アリアはスロットルを緩め、その方向を確認する。

「――っ!!!」

間違いない、グラ・バルカス帝国の飛行機だ。

1機が急降下を開始しており、上空にも3機いる。

急降下姿勢の1機は、明らかにアリアたちを狙っているような軌道を描く。

「ベロニカ!!　しっかり捕まって!!!」

フロントブレーキを握りながらスロットルを全開にして一気にクラッチを繋ぎ、後輪をスライドさせて無理矢理車体の向きを変えた。ブレーキを離すと同時にスロットルを戻してタイヤに地面を掴ませると、一気に加速する。

土煙とちぎれた草を巻き上げ、高原を疾走するバイク。

「ぅぅううぅっ!!!」

——ブゥウゥウアァアァアァ————ン!!!

急降下する航空機の音が地上に近づいてきた。甲高いその音は、死へ誘う死神のラッパのように思え、心に強い恐怖を植え付ける。

次の瞬間、逃げ出した辺りに光の雨が降る。

敵の放った機関銃弾が曳光弾を交えて着弾し、猛烈な土煙を上げた。アリアたちの前を走っていた車は蜂の巣のように大きな穴を開けて破壊され、エンジンと燃料タンクに引火して炎上する。

悲鳴を上げる暇もないほどの一瞬の死。

アリアの背中に冷や汗が流れる。

「くぅ……!!」

スロットルを全開にして、蛇行しながら空洞山脈に向かう。

付近に遮蔽物はなく、被弾する前にそこへ逃げ込めたらとりあえずは助かる。

「——あっ!!!」

車体を傾けた場所が悪かった。わずかに窪んだ地面でフロントタイヤがグリップを失い、スリップダウンする。

「んぐっ!!」

バイクから投げ出されたアリアは、うつ伏せに地面へ飛び込んだ。

ベロニカは背中に括られていたので何ともなかったが、驚いて声をあげて泣く。

「ごめんベロニカ、大丈夫!?　——はっ！」

敵兵はゆっくりと泣く暇を与えてはくれなかった。

旋回しつつ、再び急降下する敵機。車の次は彼女ら姉妹に狙いを定めたようだ。

「そ、そうだ!!」

アリアはベロニカを抱きかかえ、急降下してくる戦闘機に向かって走る。

戦闘機は降下角度をそれ以上深くすることができず、下手をすれば墜落してしまう。機銃を撃つのは諦めたらしく、機首を上げて上昇した。

地上で戦闘機の機関砲から狙われたときの回避方法を、彼女は誰からも教わることなく無意識に実践したのだ。

しかし敵機がそれで諦めるはずもなく、上昇したあとはゆっくりと旋回し、アリアに狙いを定めて体勢を整える。

「く……くそぉ!!」

高速で飛び回る戦闘機に狙われ、そう何度も逃げ切れるものではない。

町で別れた両親の顔が浮かぶ。自分の身も、妹も守り切れないかもしれない。

「どうして!! 何もできない私たちを殺そうとするんだ!!」

グラ・バルカス帝国の戦闘機が再び機首を下げ、降下を開始した。

殺意が背後に迫っている。

涙が溢(あふ)れてきた。

絶望のあまり、脚が竦んで動けなくなってしまった。

アリアは振り向いて戦闘機を睨み、震える。

「殺すなら殺せ!! お前たちを、町を焼いたお前たちを死んでも許さない!!!」

声を嗄(か)らして叫び、涙も拭わず妹を抱きしめる。

貴族の誇りを胸に、死に向き合うアリア。

「グラ・バルカス……お前たちに……神罰があらんことを!!!」

壮絶な表情で敵機を睨み、振り絞った声。

その瞬間――

「――!?」

空に一筋の光が見えた。

夕焼けで赤く染まった空を、光の矢が通りすぎる。

アリアを狙って降下していた戦闘機に、光る矢が突き刺さった。

――パゴッッ!!! ドオォォォォンッッ!!!

一瞬空気が震え、大きな爆発とともに衝撃波が世界を揺らす。

翼が折れた戦闘機は盛大な炎に包まれ、少し遅れて再び大きな爆発音が鳴り響いた。翼の中にあったガソリンが揮発し、一気に爆燃したのだ。

炎に包まれて落下する鉄屑(てつくず)を、呆然(ぼうぜん)と眺めるカラブレーゼ姉妹。

その墜落するさまは、ひどくゆっくりと見えた。

「……助かった？」

敵戦闘機に何が起こったのか、まったくわからなかった。

炎に包まれた『アンタレス』戦闘機は、地表に激突して再び燃料が飛び散り、引火して大爆発を引き起こした。


「何だ!?　一体何が起こった!!!」

驚愕するリースク。

「あ……アルベーシ機が撃墜されたぞ!!!　各機警戒!!!」

部下の無線からの反応がない。２人とも言葉を失っているらしい。

突如爆散したアルベーシ機を、ずっと目で追っていた。民間人を追い回している間、エンジンから火を噴いたわけでもなく、燃料が漏れたわけでもない。

翼が折れるほどの爆発が機体の鼻先で起きた。その直前、何かが突き刺さったように見えたので、故障ではなく何かの攻撃と判断した。

３人が必死に戦場を見回すと、東の空に何かが見えた。

「あ……あれは!?」

地表を這うように低空から侵入してきた青い機体は、帝国の航空機よりも遥かに速く、信じられない速度で接近しつつあった。

「あいつか!!　——えっ!?」

リースクが戦闘態勢を取った瞬間、僚機が1機爆発する。

何が起きたのかわからない。どんな攻撃だったのかがわからない。リースクと残りの1機は反転し、急降下を開始する。

「ぐっ……!!　追いつけぇぇぇぇ!!!」

Gが首や肩、腰にのしかかり、機体に身体が押し付けられる。同時に血も座面に向かって降りていくような気持ち悪い感覚を覚え、必死で下半身に力を入れる。

襲来した敵は愚かにも低空から侵入してきた。空戦は高度が高いほうが有利だ。

しかも、機数は2対1、まだ数的優位もある。

スロットルを全開にし、さらに加速する。エンジンの駆動音と風の織りなす合成音、機内は轟音が満ちる。

「な……なにっ!?」

『アンタレス』2機がまだ降下中に、突如敵機が上昇を始めた。

目を疑いたくなるような上昇速度に、夢でも視ているのではないかと急に冷静になるリースク。

敵は相対したまま、翼端から何かを発射した。

「——っ!?」

速すぎる攻撃が部下の機体を襲う。

一瞬だった。

アルベーシ機、そして先程の部下の1機と同様に、一瞬で機体が爆発炎上した。

『アンタレス』の機関銃の射程、遥か範囲外からの攻撃。

敵機は瞬く間に――まるで重力など感じないかのように、リースク機下方から斜め上空へ抜ける。

「は……速い!!　速すぎる!!!」

彼の人生で見たことないほどの加速と、垂直にも感じるほどの上昇角度。常識を覆す、圧倒的な出力で天空へ昇る。

敵がリースク機の傍を通り抜けた際、バリバリという雷鳴のような轟きが機体を襲い、リースクの耳栓を突き抜けて脳に畏怖を刻んだ。

機体にはプロペラがなく、機体後方からたった1本の炎を吐いている。

帝国の航空機をあっという間に3機撃墜した青い敵機は、一瞬で青空に消えた。

「次元が違う……あんなもの、同じ戦闘機じゃない……!」

操縦技術などでは決して埋められない、機体の絶望的な能力差を目の当たりにした。

「馬鹿な……あんな化け物がこの世界にいるというのか……?」

あんな化け物がいることを、帝国軍人は誰一人として把握していないだろう。

このまま戦争に突き進めば、確実に対峙することになる。

彼はすぐに無線機を手に取った。

「司令部!!　誰か応答せよ!!　司令部!!!」

ここから一番近い味方がいるアルーまで約150㎞。無線通信が届くかギリギリの場所だが、それでも報告せずにはいられなかった。

だがいくら呼びかけても応答はない。

そういえば、少し前から無線が反応しない。部下の無線も不通で、まるで故障しているかのように沈黙していた。

「司令部!! 誰か!!! ——くそっ、来やがった!!」

何度も無線で呼びかけても、アルー占領部隊からの応答はない。リースクは1人で化け物と戦う覚悟を決める。

一瞬で空へと消えた化け物は、すぐに反転して戻ってきた。リースク機に機首を向け、翼端から何かを発射する。

「ちぃぃっ!!!」

リースクは機体をロールさせ、旋回を試みる。

しかし、敵から放たれた光の矢の如(ごと)き兵器は、一瞬で機体に追いついた。

『F－2』戦闘機から放たれた04式空対空誘導弾(AAM－5)は『アンタレス』戦闘機の近くで近接信管が作動し、金属片をまき散らす。

金属片は『アンタレス』の機体をズタズタに引き裂き、燃料に引火して一瞬で炎上した。

リースクは痛みを感じる暇もなく、その意識を永遠に失う。

バラバラに破壊されたリースク機は炎を纏(まと)い、部下たちと同様に落ちていくのだった。

日本国航空自衛隊『Ｆ－２』戦闘機はアルー東側空域において、グラ・バルカス帝国戦闘機『アンタレス』４機を発見。

非戦闘員に攻撃を加えようとしていたことから交戦に踏み切り、これを全機撃墜した。

命を救われたカラブレーゼ家の娘アリアは、空を呆然と見上げていた。

戦闘機からの機銃掃射を受け、絶望の淵にいた。

だが自分たちを執拗に攻撃しようとしていた戦闘機は、突如爆発四散した。

何が起こったのかわからない。それは敵戦闘機に乗っていたパイロットも同じ気持ちだろう。

空を見上げていると、凄まじい轟音とともに青く鋭い形をした何かが、アリアの視界を通り過ぎていった。

おそらく〝あれ〟が彼女を救ってくれた正体だろう。

耳を塞ぎたくなるような轟音に、むしろ安堵を覚えた。翼端から雲を引き、驚異的な速度と上昇力で空に上る姿は感動的でさえあった。

あの青い何かの動きに比べれば、グラ・バルカス帝国戦闘機の機動など児戯に等しい。１機、さらに１機と撃墜し、最後に残った１機も難なく撃墜した。

「す……すごい。……こんなことって……」

アリアは旋回してきた戦闘機に釘付けだった。

明らかにムーの戦闘機ではない。町にいる兵士から、あんな機体の存在を聞いたことはなかった。

「……!!!」

いつの間にか差した夕陽(ゆうひ)を浴びる青い翼に、赤い丸が描かれているのが辛うじて判別できた。

「に……日本の飛行機？」

最近よく聞く国名だ。彼らの強さは、噂には聞いたことがある。

地方ではムー強国論に酔っている者が多く、噂だけの存在である日本に対しては懐疑的だった。

だがアリアが今見た戦闘は、あまりにも一方的であった。噂は本当だったのだ。

ムーとミリシアル、そして日本が今度、共同作戦でグラ・バルカス帝国と戦うという話は聞き及んでいる。アルーはすぐに奪還できるかもしれないと、アリアは希望を抱くのだった。

■ **ヒノマワリ王国領内　グラ・バルカス帝国陸軍　バルクルス基地**
帝国陸軍第9航空団本部　司令室

「一体どうなっている？　哨戒(しょうかい)中の4機はまだ見つからんのか？」

バルクルス基地の中に設置された管制塔のレーダーが、砂嵐ばかりを表示して役に立たなくなっていた。

故障かと思われたが、上空を飛行中の友軍機とも連絡が取れなくなる。

「もしかしたら、この世界で時々起こるという大規模な磁気嵐かもしれませんねぇ」

「磁気嵐？」

「太陽から放出されるプラズマの塊が、巨大なエネルギーとなって惑星に降り注いで起こる現象ですよ。レーダーがまったく利かなくなったり、電子機器が完全にダウンしたりと、正常に作動しなくなるんです。３年前、すんごい規模の磁気嵐を観測したのがニュースになったでしょう？」

「あ、あー……あれか、なるほど磁気嵐な、うん」

帝国では大した被害はなかったが、大規模な天体現象として観測されており、美しい光のカーテンを目にした人も多くいた。

日本は不運にも陸自の部隊を乗せた空自輸送機が磁気嵐の直撃を受け、グラメウス大陸に墜落したことがあったため、急遽太陽観測衛星を打ち上げた。現在はある程度磁気嵐の発生の予測が可能になっており、航空機の防磁処理も順次強化しているところだ。

「あれ……戻りました」

「ん？　第２飛行隊がか？」

「いえ、レーダーが直っただけです。第２飛行隊の姿は……やっぱり見つかりません」

アルーの攻撃、爆撃に出ていた『アンタレス』はあらかた戻ってきており、アルーの東側へ哨戒飛行に行った４機の姿だけがレーダー上から消えている。

無線で呼びかけるも応答せず、さらに５時間が経過して日もとっぷりと暮れてしまったが、やっぱり基地に戻ってはこなかった。とっくに航続時間は過ぎている。

「帰ってこないですね……もしかしたらムーの基地に入って高射砲に撃ち落とされたんでしょうか……」

レーダーからロストした場所は、アルーのさらに向こう側。空軍基地があることだけは知っているが、そこで攻撃を受けて撃墜された可能性もある。

こんな夜中になっては、大規模な捜索隊を出すわけにもいかない。

「……そうかもしれんな……４機全機撃墜されるなど考えられんが、不運が重なった可能性も捨てきれん。準備でき次第、消息を絶った付近を空から捜索させよ」

「了解」

グラ・バルカス帝国陸軍に、わずかな疑念が生まれる。

■　ムー　キールセキ　エヌビア基地

航空自衛隊の偵察機『ＲＦ－４Ｅ』は、飛行ルートの確認とグラ・バルカス帝国陸軍基地の偵察のために発進していた。

帝国の戦闘機に撃ち落とされることはないと思われたが、一応念のためにジャミング（電波妨害）を行い、敵のレーダーや無線を無効化した状態で任務を遂行することになった。

さらに念には念を入れ、護衛として『Ｆ－２』戦闘機の２機がついた。

『敵戦力はのちの作戦で一気に叩くから、こちらの能力を極力知られてはならない。緊急時を除き、護衛以外の目的での武器使用は許可しない』

出撃前、３機のパイロットたちはこのように厳命されていた。

「んん……？　何かいる？」

航空自衛隊『Ｆ－２』パイロットである神藤一貴（しんどうかずき）二等空尉が、高度１万ｍを飛行中にレーダーを確認していると、明らかに不穏な動きをする機体を見つけた。

上昇・旋回し、再び低空へといった動作を繰り返しているようで、他に機影は確認できない。

「何やってるんだこいつ？　……まさかとは思うけど……」

神藤は、かつて祖父から聞いた言葉を思い出した。

第二次世界大戦当時、日本国本土を爆撃していた敵軍の中には、子供を含む民間人を故意に狙って機銃を放つようなパイロットがいたという。

神藤の祖母もそれで殺されたと話し、祖父は涙を一筋流していた。

血が沸き立つ。

『お、おい!?　神藤戻れ（モレヤ）！』

ＴＡＣネームを呼ぶ僚機の声をあえて無視し、グラ・バルカス機の高度に合わせるために急降下した。

「緊急の護衛なら、民間人を含んだっていいだろ……！」

命令の拡大解釈である自覚はあるが、今自分が戦えば助かる命があると思うと動かずにはいられなかった。

地表を這うように進んで目視範囲に入ると、やはりと言うべきか、地上の避難民に対して機銃掃射をしている敵航空機を発見した。

日頃は沈着冷静で優秀な成績を残す神藤だったが、このときばかりは激高する。

「いたずらに命をっ……奪うなァ――――っ!!!」

神藤は冷徹に、訓練通り短距離空対空誘導弾で敵機をロックオンし、ミサイル発射ボタンを躊躇（ためら）うことなく押し込む。

ミサイルの固体燃料に火が点（とも）り、翼のパイロンから切り離すと同時に最高速のマッハ３まで一気に加速、目標に向かって正確に飛翔していく。

そして標的となった戦闘機は、地上の獲物に夢中のまま、一瞬で粉砕された。

さらに、上空にも仲間と見られる3つの機影を確認した。

この3機が地上の避難民に対して攻撃を仕掛ける可能性も否定できない上、もしミサイルの着弾を見られていたとしたら情報を持ち帰られるわけにはいかない。

神藤はすぐさま撃墜することを決意し、3機のうち1機にミサイルを発射後、急上昇しながら2機目を撃墜。上空で反転して残りの1機を撃墜した。


そしてエヌビア基地に帰ってきて今に至る。

目の前には、怒鳴り散らす上官が1人。

「……だから敵にこっちの能力を悟られるわけにはいかないってあれほど言ったろ!! 今回の貴様の行動で命を救われた人もいるだろうが、逆に俺たちや自衛隊全体を危険に晒すんだぞ!!! それは国民の危機にも繋がると何故わからない!? ここは地球とは違うんだ、かなりきつい規律違反を覚悟しとけよ! わかったか!!」

長い反省会のあと、個別に呼び出されてさらに1時間たっぷり絞られた神藤は、やっと説教から解放された。

施設を出てため息を吐き、外を歩いて頭を冷やすことにした。

「ん……?」

遠くのほうから聞き慣れた音が響く。

音のするほう、空を見上げると、編隊飛行してきた12機の『ＢＰ－３Ｃ』が着陸態勢に入っていた。

「海自さんも到着か」

パーパルディア皇国エストシラント陸軍基地を爆撃し、皇国崩壊のきっかけを作った現代日本初の戦略爆撃部隊だ。

さらに『Ｐ－１』『Ｃ－２』等、様々な航空機が飛来する。

のちの三国(さんごく)作戦を見据え、基地機能は強化され続けていく。

■中央暦1643年6月5日　第三文明圏　日本国　東京　霞(かすみ)が関(せき)　外務省

「外務大臣、まもなくムー駐日大使のユウヒ氏及び神聖ミリシアル帝国駐日大使のスタルバ氏との緊急会談のお時間です」

30年続いた元号が変わり、まだ興奮冷めやらぬ頃。日本にとって最重要国家の1つであるムーから「1秒でも早く会談してほしい」と申し入れがあり、急遽緊急会談の席が設けられた。

しかも今回は神聖ミリシアル帝国の大使も同席するというので、新世界における初の最重要実務者協議になる。

防衛省とムーからの事前情報によれば、ムー国境の都市アルーがグラ・バルカス帝国からの攻撃を受けたという話である。数少ない偵察衛星の写真も確認したが、被害はかなり深刻なようだ。

どんな話になるか、もう想像がついている。

外務大臣と外務省幹部たちは、緊張の面持ちで応接室に入った。

中ではムー大使ユウヒ・マリーニ、ミリシアル大使スタルバ・ウェリントンがソファに腰掛けていて、外務大臣の姿を見るなり立ち上がって挨拶する。

「急な会談要求をして申し訳ありません、この場を設けていただいて感謝します」

ムー外交官スタッフ、ミリシアルのスタッフも全員揃って深く礼をした。

「火急の用件と伺いました。どうぞおかけください」

外務大臣と大使が座ると、真っ先にユウヒが用件を切り出して緊急会談が始まる。

「事前にお伝えしていました通り、先日アルーが攻撃を受けまして、グラ・バルカス帝国の手に落ちました。アルー市街では多数の住民に二次被害が出ており、非人道的な扱いを受けております」

「そのように伺っております。皆さんの心中、お察し申し上げます。また、犠牲になられたムー国民の方々、その遺族の方々にも哀悼の意を表します」

「本日参ったのは他でもありません。日本国の参戦を予定よりも前倒ししていただきたく参上いたしました。こちらがムー首相からの正式な書簡です」

ユウヒが電報で打たれたムー政府の意思を表明する書簡の内容を読み上げる。

「『――すでに日本国政府とは対グラ・バルカス軍事協定を締結し、この協定に基づき戦闘部隊の派遣を決定され、現在準備段階ではありますが、このままではムーは持ちません。仮に第二次防衛ラインのキールセキが敵の手に落ちれば、我が国の人的、物的被害は大幅に拡大します。我が国の軍部が試算したところ、キールセキからマイカル陥落まで1ヶ月ほど、そこからオタハイト侵攻まで時間の問題であると危惧しています』……ムー政府としてはこれ以上待てない、というほどに危機感を募らせています」

「海上自衛隊と神聖ミリシアル帝国海軍によるレイフォル沖合同作戦と、同時に仕掛ける陸上攻撃を待ってもらうことは不可能でしょうか。陸上自衛隊の派遣も着実に進んでいますし、グラ・バルカス帝国排除はより確実なものとなると考えていますが……」

日本としては、日本、ミリシアル、ムーの足並みを揃えて作戦を開始するのが大前提であった。でないと戦力の逐次投入となってしまい、足りない戦力では討ち漏らしが生じ、戦局が長期化する恐れもある。

また、陸・海同時攻撃を行うには、作戦始動時間を最適なタイミングに合わせる必要がある。それには日・ミ・ム三国連合の動きを揃えるだけでなく敵の情報も重要で、グラ・バルカス帝国海軍の動向をつぶさに監視し、哨戒パターンや補給の周期などを把握しておかなければならない。

それは日本のためだけでなく、ムーや神聖ミリシアル帝国の被害を極力抑えるためでもある。

「確かに合同作戦による撃退効果は高いのでしょう。ですがアルー防衛隊の戦闘結果は惨憺たるもので、ほとんど一方的と表現できるものでした。軍部は徹底抗戦を主張していますが、敵の陸軍も海軍と同様にあまりに強力であり、アルーも想定よりも遥かに早く陥落してしまいました。マイカルが落ちてしまえば、次はオタハイトが陸と海からの十字砲火を受けることになります」

これはユウヒの詭弁である。

マイカルには陸自が上陸済み、海自も港で待機中なので、陥落する恐れはない。ただムーとしては、日本が作戦進行を重視するあまり、グラ・バルカスがマイカルに侵攻するまで動かないのではと疑っていた。

「しかし……自衛隊の運用については防衛省に確認が必要です。さらに神聖ミリシアル帝国との共同作戦となっているため、スタルバ氏がいらっしゃるとしてもこの場で決定するわけには……」

グラ・バルカス帝国によるアルー侵攻が開始されても作戦を始動させなかったのは、ミリシアル海軍の再編と派遣部隊の編制が遅々として進まなかったからだ。海上自衛隊及び陸上自衛隊はすでに日本を出発し、第二文明圏にて待機中で、動かそうと思えば単独で動かせる。

だが自衛隊を動かすかどうかは防衛省の管轄となり、外務省の一存では決められない。さらに言えば、ミリシアルに作戦を打診した以上、二国間協議も行う必要があった。勝手に開始時期を繰り上げたら、ミリシアルのメンツを潰すことになる。

外務大臣がスタルバの顔をちらっと見やると、スタルバが頷いて口を開く。

「私が今回同席させていただいたのは、まさにそのことで帝国の意向をお伝えするためです」

「そうなのですか?」

「ええ。ムー政府――いえ、ムー国王ラ・ムー陛下からミリシアル8世陛下に、『日本への参戦時期繰り上げ打診』の相談がありました。アルー陥落直後のことです。我が国はバルチスタ沖海戦の消耗から軍を再編中で、増援を送るには今しばらく時間がかかります。ですが、事態は一刻を争います。日本がもし我が国を立てるために参戦を遅らせているのであれば、それは我が国にとって本意ではありません」

日本の意向が見抜かれていたことに外務大臣、外務省幹部は気まずさを覚える。

「合同作戦については、友好国たるムーの状況も鑑み、延期しても問題ありません。このことで我が国から日本に対し、何らかの要求をすることもありません」

スタルバが締めると、ユウヒがすかさず続ける。

「お願いします！　何卒、一刻も早い救援をお願いします!!　日本国の決定が一日早まれば、数千人の命が救われるのです!!　敵の侵攻速度は速すぎます。このままグラ・バルカス軍を放置すればムー国内の空港も占拠され、レイフォル包囲作戦のための基地すら失ってしまうでしょう。都合のいいことを言っているのは重々承知していますが、貴国だけが頼りなのです！」

実際、グラ・バルカス帝国陸軍のムー越境はアルーだけの問題ではない。

レイフォル州北部、中部でも計4箇所ほど基地建設が進んでおり、ムー侵攻が本格化するのは時間の問題だ。

また、戦争が本格化すればムーの労働力や購買力が浪費されてしまう。グラ・バルカス帝国軍を早期に鎮圧するのは日本の国益にも繋がるだろう。

「――早期参戦の見返りについては、我が国が世界中に持つ空港使用権及び燃料補給を、日本国に限り100年間無償で提供します。各国との交渉も我が国が行います。もちろんムー国内の空港も例外ではありません。日本国の早期参戦を……参戦の前倒しを何卒……！」

机に額を擦り付けるように頭を下げるユウヒ。

ミリシアルから先回りで連絡が来たのは――その内容にも肝が冷えたが、対グラ・バルカス帝国戦を前倒しする障害が日本国内の問題に絞られたのは幸いだった。

あとは防衛省を説得するのが最大の難関だが、ここのところは省同士の関係も良好なので多少の無理も聞いてもらえるだろう。

「ユウヒさん、頭を上げてください。本件については速やかに関係閣僚で協議します。最終的な決定は防衛省に委ねられるので確約はできませんが、なるべくよいお返事ができるよう努力しますので、しばしお待ちください」

「承知しました。お聞き入れいただきありがとうございます」

後日、日本国政府は対グラ・バルカス帝国参戦の前倒しを決定する。

海上自衛隊と神聖ミリシアル帝国海軍によるレイフォル沖封鎖・海上戦力撃滅作戦の実施は後回しとされ、先行的に部隊配置が完了した航空自衛隊による暫定的な攻撃を実施し、陸上自衛隊の戦闘部隊を部分的に参戦させる。

日本国は準備不十分のまま、グラ・バルカス帝国戦に突入することになった。

■グラ・バルカス帝国　帝都ラグナ　帝王府

合理性を追求した結果の無機質な建造物で溢れかえった街に、ガソリンの供給が滞り始めたことで木炭車に改造された車の姿が見られるようになった。

木炭自動車が無造作に吐き出す排気ガス、石炭を燃やして走る蒸気機関車の煙、極めつけは石炭を主力とした火力発電。上空に黒く煤(すす)けた雲がかかるのが常態化し、黒を基調とした街並みはより不気味さを増している。

この世界の住民が見たならば「これが機械文明を極めた都市の姿か」と戸惑うかもしれないが、現代日本人の目で見れば「大気汚染が深刻化した古い町並みだ」としか思わないだろう。

帝都の中心にある帝王府は、日本で言うところの首相官邸、公邸だ。施設には中世に建てられた質実剛健な城、ニヴルズ城を利用している。

帝王が居住する城の一室において、2人の男が話をしていた。

2人の横には、世話役の初老の男が1人だけ立ち、彼らの話を黙って聞いている。

「――父上、何故最前線基地への視察をお認めいただけないのですか。皇族、しかも皇太子である私が最前線に赴き、労（ねぎら）いの言葉をかければ兵たちの士気は大いに高まるというもの。どうかご一考ください！」

グラ・バルカス帝国第1皇太子グラカバル――カバル・エルーエ・ルキ・フォアデム・ハローバ・エリドル・フォン・グランデリアが、父である帝王グラルークス――ルークス・ベルガ・フリュム・ヘリア・レーゲルステイン・ハバルト・フォン・グランデリアに談判しているところだ。

「カバル、最前線というのは我々の考える状況とは違い、いわば〝非日常〟の代名詞なのだ。皇族が赴く場所となれば現地の準備も必要になる。その準備と、皇族に宛（あて）がう警備だけでも、前線の兵たちには重い負担となってのしかかる。それがわからんのか？」

「当然承知しております！　だから警備は一緒に行く従者だけでいいと、以前から申しているではありませんか」

「愚か者、貴様がよくても周囲はそうはいかんのだ。万一怪我（けが）でも負ってみろ、関係のない何人が首を切られると思っている。前線の兵は帝国を陰で支える大事な人材だからこそ、不用意に動くなと言っているのだ。それに最前線というのは突発的に敵が攻めてくる可能性もある。絶対的な安全性が確保されていない以上、貴様のお守りのせいで初動対応を誤らせて兵を無駄死にさせることにも繋がる。現場の兵は帝国を陰で支える重要な人材、貴様の命と等価だと考えろ」

帝王グラルークスは若かりし頃に最前線で兵を率いて戦ってきた、叩き上げの傑物である。

それだけに現場をよく理解しており、温室育ちで出来の悪い息子が現場に迷惑をかけるのを防ぎたかった。死と隣り合わせで多忙を極める現場にとって、警備やお守りが必要な身分の人物に訪問されるのは、これ以上ない迷惑だ。

「民の命が尊いのは間違いありませんが、皇族あっての民でしょう！　皇族の影響力は計り知れません。我々が訪問する、ただその行動だけで拡大しつつある前線の兵は鼓舞され、より損害も減りましょう。よく新聞にも書いてあるではありませんか！」

カバルは物事を覚えることは得意だが、記者の言説も学者の見解と同等に真実だと捉え、疑わない悪癖がある。情報の重要性を知ってはいるが、判断する感覚が一般人と同等という、上の立場に立つ人物としては致命的な一面となっていた。

理想と現実の乖離が理解できないと、政を執り行うに相応しくない。

「お前は頭はいいが阿呆なのが玉に瑕だ……。いいか、我々は無条件で崇敬されるわけではないことをまず理解せよ。その行動で敬意を失うのは、貴様の損失だけで済まない。王家とそれを支える臣下、そして国民の損失に繋がる。それが理解できないのであれば皇太子失格だ。もう一度だけ言うぞ、最前線はやめておけ。どうしても行くと言うのなら外務省レイフォル出張所で我慢するのだ」

なまじ第1皇太子であるために、彼の自尊心が肥大化していることもルークスは見抜いている。

親の務めとしてそのことを厳しく言い聞かせ、あくまで目下の者たちの邪魔にならない場所へ行くよう諭した。

だがカバルの慢心はすでに父の言葉程度で収まるほど小さくない。

「いいえ父上、私が行くべきは後方などではありません！　もう決めたのです。ムーとの戦端を開いた陸軍最前線、バルクルス基地こそが赴くに相応しい！　いくら引き留められても〝皇太子権限〟で行きます故、これ以上の問答は無用にございます！　ではこれにて失礼！」

皇太子権限であれば帝王の許可なく行動でき、諸費用も帝王に対する報告で済ませられる。

元はルークスが皇太子時代、戦線を飛び回るたびにいちいち元老院へ伺いを立てなければならず、あまりのまどろっこしさから超法規的に自己判断で決裁できるように作ってもらった制度だった。

ルークスが帝王となってからは廃止する予定だったが、些末(さまつ)な行動を確認する手間が省けるのでそのままにしてあったのだ。

カバルがルークスに背を向けて出て行こうとする。

「か、カバル殿下！　帝王陛下にご無礼ですぞ！　どうかお待ちを！」

止めようとする従者の制止を振り切り、ルークスの居室から出て行くカバル。

「よい、放っておけ。あの手の阿呆は痛い目を見なければわからん」

「陛下……しかし何故いきなり最前線へ行くなどと言い出されたのでしょうか……」

「大方ゴシップ誌でも読んで触発されたのであろう。『市井の声を聞くのも大事だ』と思いつきで行動したのが目に見えるわ。低俗な人間と同じリングに立つような愚かな者に育ててしまった、余の教育の失敗よ」

ルークスは呆れてため息を吐き、皇太子権限の廃止を帝王令で任意に停止、復活できるよう改正することを考える。

グラカバルは父との話し合いのあと、自室へ足早に戻ってきた。

「父上は何もわかっておらん！　グラ・バルカス帝国はこの世界を統治するため、神によって導かれたのだ!!　この世界の野蛮人どもと帝国の力の差は歴然、ムーなど恐れるに足りんというのに!!　父上なきあとは、私が世界の王となる!!　〝世襲で継いだだけの皇帝〟と陰で誹られないためにも、慰問で最前線へ出向くくらいやらねばならん！　それが皇族たる者の務めだからな!!」

カバルの机の上にはたくさんの書物が積まれており、ルークスが予想した通りゴシップ誌も開いた状態で放置してあった。

皇太子付きの従者たちは戻ってきたカバルの剣幕におろおろしつつ、相手が相手だけに諫めることもできず、このように振り回されるのだ。

彼を取り巻く者らの心配や懸念を理解することなく、カバルは最前線への視察の準備を進める。

■　中央暦1643年6月18日　第二文明圏　ムー　マイカル近郊　オロセンガ基地

アイナンク空港基地より南、マイカル市の西隣に位置するオロセンガ市に置かれた陸上自衛隊の簡易駐屯地の屋外で、1人の男が6月の北の空を眺める。

日本では梅雨の盛りだが、この辺りはカラッとしていて過ごしやすく、今日もいい天気になりそうだ。半袖では肌寒いので、長袖を着用している。

　アルーからキールセキ、キールセキからマイカルやオロセンガへ避難してきた住民が増えたせいか、ここのところ旅客機や鉄道の行き来が頻繁になっている。いよいよ戦いが近いのだと緊張感を覚える。

「陸将、本国より通信が入りました」

　陸上自衛隊第7師団師団長、大内田和樹（おおうちだかずき）陸将は後ろから呼びかけられ、顔だけを動かした。

「作戦開始時期繰り上げ……と言っていいんですかね。三国作戦は延期とし、アルーの奪還とバルクルス基地制圧を主任務とするそうです」

「そうか」

　大内田は4年前のロウリア戦後、北部方面総監部への異動内示を受けたが、情勢が再び悪化したことと、ロウリアでの実戦経験を買われ、現役復帰した。今回もムーを救うために第7師団を率いて上陸している。

　大内田は自身を呼びに来た通信員と一緒に、作戦会議を行うテントに向かう。

「アルーの状況に何か変化は？」

「バルクルス基地からそう離れていないので、占領はしましたが部隊単位の交替制で拠点化を進めているようです。市街では今も略奪、暴行、私刑が横行し、凄惨を極めているとの情報が入っています。すべてグラ・バルカス帝国兵によるものだと」

　大内田はため息を吐き、忌々しそうに呟（つぶや）く。

「どれだけ時代や場所が移ろうとも、世界が変わろうとも、人間のやることはそう変わらんか……」

ロウリア王国兵の占領地で働いた蛮行も、目を覆いたくなるものだった。

パーパルディアがアルタラスや他の属領でやっていたことも、今またグラ・バルカス帝国がムーでやっていることも。

人類がどれだけ進歩したところで、戦争という狂気によって容易に本性を現すさまをまざまざと見せつけられるようだ。

自分たちはそうなってはならない。大内田は気持ちを一層引き締める。

２人が作戦会議用のテントに入ると、副師団長・上岡健吾（かみおかけんご）陸将補と幕僚長・長瀬弘信（ながせひろのぶ）一等陸佐が待っており、２人を含め席に着いていた部下たちが一斉に立ち上がった。

上岡はレンジャー課程を経て最速最年少で昇進してきた、エリート中のエリートだ。ロウリア王国戦で幕僚長を務め、今回は副師団長として大内田の右腕となる。

長瀬は統合幕僚監部から転属してきた、こちらも若手のエリートである。

大内田が席に腰を下ろしながら訊ねる。

「空自は？」

「早く出撃させろって矢の催促です。……というのは冗談として、我々がキールセキに着くのを待ってるみたいですね。飛行ルートも確認済みで、準備も整っていると報告を受けています」

上岡が答えた。

「わかった。しかし何となく予想はしていたが、早めに貨物列車の貸し切りを申請しておいて正解だったな」

「三国作戦は無理がありましたからね……あれだけの損害を出したミリシアル軍の再編が、４ヶ月程度の短期間で終わるわけがないですから」

「レイテ沖海戦で日本海軍が被った損害の倍以上の船が沈んでいるんだ、あと半年は動けんよ」

「一体誰があんな作戦を考えたんだか……ともかく、第3師団への引き継ぎも完了しています。いつでも出られます」

マイカル（オロセンガ）にはあとからやってきた陸上自衛隊中部方面隊第3師団が残り、防衛を担当する。

日本本土の防衛がかなり手薄になってきているが、管区内で部隊をやりくりしつつ、海自や海保、警察にも協力を仰いでいる。できることなら早くこの戦いを終わらせたい。

第7師団はマイカルを出発すると、キールセキとの間に敷設された鉄道約1500㎞の旅が始まる。牽引（けんいん）する蒸気機関車の燃料と水の補給を受けて進むので、終点キールセキまでは6日ほど掛かる予定だ。

向こうに到着したら、ムー統括軍南部管区キールセキ駐屯地司令と作戦会議が開かれる。基地使用と燃料補給の随行の打ち合わせが主な議題になるだろうが、そのバックアップが必要不可欠である以上、めんどくさくても無下にできない。

大内田は統合幕僚監部から送られてきた作戦要綱を読み、いくつか部下と議論を重ねた。

「……よし、では作戦行動開始。ムー南部鉄道に連絡、積み込み時間を確認してくれ」

「了解」

「しかし……この作戦名はどうなんだ」

「〝オケハザマ作戦〟、大将首がいるなら恰好（かっこう）も付くんですけどね」

日本国最強の機甲師団・陸上自衛隊第7師団が動き出した。ムー国境の町アルーの奪還とバルクルス基地制圧を主任務とした作戦、〝オケハザマ作戦〟が始動した瞬間である。

■ヒノマワリ王国領内　グラ・バルカス帝国陸軍　バルクルス基地

アルー陥落後もいまだ最前線基地として稼働しているバルクルスは、コンクリートの壁で周囲を囲った殺風景な要塞である。敷地内には飛行場も整備されており、たまに哨戒飛行で出撃、帰還する『アンタレス』のエンジン音が聞こえてくる。

その飛行場の格納庫前には、帝国が誇る戦闘機や爆撃機が整然と並べられ、熟練の整備兵が行き来する。そのきびきびとした姿は練度の高さを窺(うかが)わせた。

グラ・バルカス帝国第8軍団長兼基地司令であるガオグゲルは、執務室から外を眺める。

アルーを落とした第4機甲師団の戦車2個旅団も第20、21歩兵連隊と随時交替し、整備と燃料・弾薬補給のため、バルクルスに帰還していた。

この第8軍団1つだけで、この世界では圧倒的兵力を誇る。こんな戦力を国境のあちこちに配備されたら、相手はたまったものではないだろう。

——コンコンコンコン。

「入れ」

執務室のドアがノックされて入室を促すと、下士官が入ってきた。

「中将、作戦会議のお時間です」

「わかった」

ガオグゲルが作戦会議室に赴くと、各部隊の将校が待機しており、すぐ会議が始まった。

アルーの町を攻撃していた機甲師団幹部が報告を始める。

「駐留軍主力を掃討し、アルーほぼ全域を掌握しました。ゲリラ的な反抗はあるでしょうが、現時点で任務遂行に影響はありません。また、敵航空機性能は海軍から回ってきた資料通り時速380km程度、陸軍航空隊の敵ではありません。爆撃機であっても、高度と最高速度を維持すれば振り切れます」

緊張していた将校たちの顔が多少緩む。

ムー侵攻作戦には懸念があった。艦載機と陸上機では、基本的に性能が異なるからだ。

艦載機は船での発着に耐えられるよう機体を強化しなければならないため、陸上で運用される機体に比べて性能が低くなる傾向にある。

仮にも世界序列2位の列強を名乗っている国だ。もしかすると、ムー本土には事前情報よりも強力な機体があるかもしれない。それがグラ・バルカス帝国将校たちに不安を抱かせた。

まだ辺境の基地を落としただけなのでこの懸念が完全に払拭されたわけではないが、敵が情報通りの性能を見せたことで当面の危機はないと判断できる。

続いて、陸軍航空隊参謀長の大佐が報告を始める。

「アルー市から東へ約200kmの位置に、ムー人がドーソンと呼んでいる空軍基地があります。アルー防衛に出てきた敵戦闘機はここを拠点としていたようです。アルー侵攻時に敵戦闘機のほとんどを撃墜してしまいましたから、先日の強襲では、我々が占拠して利用することも考え、格納庫と高射砲だけを狙って沈黙させておきました。損失について、『アンタレス』１機が対空砲に被弾していますが、損傷は軽微であり、修理３日で戦線に復帰しています」

想定以上の戦果である。ガオグゲルは満足そうに頷き、部下を労う。

「委細承知した。交替で休暇を取らせてやれ」

「ありがとうございます。ただ、懸念事項が１点あります。アルー侵攻時、東側の空域を哨戒飛行中の第２飛行隊リースク小隊４機が消息を絶った件が未だ原因を特定できていません。レーダーと無線が一時使用不能となった直後に行方不明となったので、この惑星に時々ある大規模な磁気嵐が発生したのではないかと考えています」

「だが作戦当日にオーロラが観測されたという報告はなかったんじゃないか？」

「大規模な磁気嵐で低緯度でもオーロラが観測される場合はありますが、ムーの緯度では観測されないのかもしれません。それに、当日は朝から曇天でしたからね」

「あれ、そうだったか？」

「もし磁気嵐で４機も失ったとなると前代未聞ですし、彼らの捜索も引き続き継続しています」

ガオグゲルだけでなく、作戦会議室にいる将校たちの心に何かが引っかかる。

「……高射砲による撃墜や未知の敵の可能性は？」

「爆撃に出た編隊の被害がたった１機だけだったので、ムーの高射砲がそこまで高性能であるとは考えられませんね。磁気嵐と同時に強力な敵機が多数襲来したのであれば説明はつきますが、逆に『アンタレス』だけが墜落したというのは考えにくいです。敵機も同様に墜落していないと……ああそうそう、ミリシアル機だったら磁気嵐による影響を防ぐ技術があってもおかしくはないかと存じます」

「また〝魔法〟か。それが事実なら何でもありだな」

「そうですね。この星はまだよくわかっていないことが多すぎます……。もしかしたらレーダーが利かなくなるほどの大規模な磁気嵐が周期的に発生していて、敵機がそれを前提に行動している可能性も否定はできません」

「やれやれ。まだ安心はできんか」

人は、自分が理解できない事象が起きた場合、経験と知識で解決しようとする。

極めて高度な電波妨害（ジャミング）が日本国によって行われたことは、彼らグラ・バルカス帝国軍人の想像の外側にあった。

「……あるいは、この世界にもフー・ファイターのようなものがいるのかもしれません」

「フー・ファイターみたいなオカルトを信じるな、笑われるぞ……と言いたいところだが、この世界がフー・ファイターの塊みたいなものだった。あらゆる可能性を考えて用心するに越したことはないな……まぁとにかく現実的で一番可能性が高いのは、ミリシアルの未知の戦闘機が参戦した場合だな。今後、新たな事象を感知・発見したら、細大漏らさず報告するように」

「「はっ!!」」

神聖ミリシアル帝国は、バルチスタ沖海戦に空中戦艦という化け物を投入したと報告があった。

超戦艦『グレードアトラスター』の主砲でぶち抜いて運よく撃墜したらしいが、陸上にそこまで強力な砲はない。

今度は第4機甲師団長ボーグが発言する。

「懸念はありますが、次の陸上作戦について説明します。アルーから東へ約200㎞先、ドーソン基地の奥に空洞山脈と呼ばれる山があります」

グラ・バルカス帝国第8軍団はドーソン基地襲撃のあと、空洞山脈の調査も行っていた。

ドーソン基地を入り口とすると、出口側のキールセキ市まで全長200㎞もあり、その巨大かつ広大な空間はまるで天然の神殿のようだった。中には不思議な光が溢れており、日中は外とほとんど変わらない明るさで、夜もよく目を凝らして歩けば大丈夫なくらい、つまり月明かりくらいの視界は保たれていた。

地面は穴だらけというわけではなく、大地が外と地続きのように続いている。何だか地表から上に、奇妙な山が生えているような印象だ。

戦車でも通行できる広さがあり、ここを通過すれば上空からの攻撃は難しいだろう。わざわざ護衛の戦闘機を出さなくても、キールセキ市を襲撃できる。燃料トレーラーを同行させてバルクルス基地を往復させるのだけが難儀だが、キールセキを落としてしまえばそこの燃料基地が手に入る。それまでの辛抱だ。

「内部は戦車でも通行可能と報告を受けておりますので、ここを突破し、さらに東側にある街、キールセキを制圧します。この都市は人口22万人で、ムーの大動脈とも言える鉄道のうち、南の鉄道拠点でもあります。これを制圧することで、ムーへの打撃は相当なものとなるでしょう」

キールセキは鉱石の採掘で成り立ってきた鉱山都市だ。

たとえば良質な石炭は鉄鉱石の精錬や蒸気機関車の燃料などに利用され、その採掘量はムーでの総採掘量の3割を占める。実際キールセキが陥落すると、ムーにとって——マイカルほどではないにせよ、かなり大きな痛手となる。また、当然ながらダイヤモンドなどの原石や特殊な金属も産出しているので、これも大きな価値がある。

「キールセキを守るムー陸・空軍はかなり強力で、さらに合流が予想される増援部隊との激しい衝突が予想されます。作戦の成功率を高めるためには、航空戦力による制空権の確保が必要です。先鋒は我が第4機甲師団と第9航空団が務めます。事前の空爆と、出てきた敵の殲滅は我々が行いますが……」

「ああ、市街戦までいくならば増援部隊を派遣する」

「ありがとうございます。敵主力を誘い出せるよう、策を練っておきます」

「次はアルーのようにはいかんぞ。大丈夫か？」

「平野での戦いであれば、我が第4に敵はいません。ムーだろうがミリシアルだろうが、鎧袖一触で蹴散らしてみせます」

「威勢がいいな、頼んだぞ!!」

会議が一通り終了し、作戦会議室を出てすぐの角を曲がった廊下で、ガオグゲルがボーグを呼び止めた。

「ボーグ君、アルーはどうだね？」

「はっ。軍団長の指令を兵に伝えたところ、士気はこの上なく上がったようです」

ボーグはガオグゲルの表情を真似して答えた。

「そうかそうか、それは結構だ……——私も味わってみたいものだよ」

ボーグはめんどくさいスケベ親父だとウンザリしながらも、そんなことはおくびにも出さず、芝居がかった手振りで自分の額を叩いた。

「これは軍団長殿、失礼しました。今夜3名ほど、執務室に手配しておきます」

「わかってるじゃないか。……時にボーグ君、本国にはくれぐれも内密に頼むよ」

「はっ。その辺は弁えております故、ご安心を」

会議室での印象とは打って変わり、ガオグゲル軍団長の下卑た闇の一面が現れた。

戦時国際法などない異世界では、負けた側の民は〝戦利品〟として、まるで物のように扱われるのだった。

■ 第4師団　執務室

「ボーグ少将、やはり我が機甲師団が一番槍を任されるので？」

「いや、第9の航空攻撃のあとだ」

参謀の大佐がボーグに訊ねた。

「？　何か気に入らないことでもありましたか？」

「誰か下っ端に、軍団長殿の部屋へムーの女を2、3人連れて行かせておいてくれ」

その一言で、参謀は大体のことを悟った。

ボーグは女をいたぶることにあまり興味がなく、どちらかというと軍隊を精強に鍛え、育てることに楽しみを見出すタイプだ。

実のところ、ガオグゲルとはあまり馬が合わない。

「承知しました」

「しかし列強2位と言ってもこの程度か……手応えがなさすぎて未開の蛮族みたいだ」

「戦車が1輌、『アンタレス』が1機壊されただけでしたからね。緊張感が抜けてしまいます」

「あんな連中から被弾するなど、弛(たる)みきっている証拠だ。新兵の訓練は進んでいるか？」

「は、はい。訓練で好成績を挙げた優秀な若者を集めていますので……」

「軍人は人殺しを躊躇ってはならん。今度のキールセキ侵攻が終わったあと、アルーで男を何人か捕まえて、新兵の訓練として――そうだな、銃剣で刺し殺す訓練を課程に加えろ」

「はい？」

あまりにも残虐なことを言い出したので、参謀はつい聞き返してしまった。

育ちの悪い下士官が言うならまだしも、師団長級の人間が命じる内容ではない。

「ん？　――ああ、何故銃剣かというと、銃弾や戦車砲だと殺した感覚が薄いからだ」

そこに疑問を持ったわけではない。

が、部下が引いているのにも気づかず持論を展開するボーグ。

「やはり自分の手で殺すという経験が訓練になるからな。いくら練度が高くても、戦場で人を殺すことに躊躇いを持たれると仲間の死を招く。1人その手で殺せばその枷(かせ)も外れるだろう。まぁこの世界の住民が人かどうか怪しいが……。人間の形をしちゃいるが、耳が猫みたいだったり長かったり、どっちかというと獣みたいな外見の奴もいるからな」

上官への人当たりはいいが、ボーグの性格は冷酷そのものである。

参謀はどうしたものかと考えながら、ひとまずキールセキ侵攻まで保留としておいた。

■　中央暦１６４３年6月24日　ムー　キールセキ

ムー国鉄は幹線を運営するいくつかの支部に分かれている。

ムー北部を海岸線に沿って東西に走る北部鉄道。

北部鉄道東端とオタハイト、マイカルを結ぶ東部鉄道。

ムー北端から大平原を南北に縦断する路線と、オタハイトから国境付近まで東西に横断する路線を担う中央鉄道。

レイフォル国境からソナル王国にかけて大陸を縦断する大陸鉄道。

そしてマイカルとソナル王国、キールセキを結ぶ2路線を運営する南部鉄道だ。

アルーから最も近いキールセキ市は鉱山都市だけに、筋骨隆々の鉱員がたくさん住んでいる。種族もドワーフ系や獣人系のハーフが多い。

仕事上がりの鉱員たちが詰めかけるこの酒場は、キールセキの中心にある駅から少々離れた小高い坂の上にあり、今日もいい気分になった男女が深刻な表情で話をしていた。

「――聞いたか？　アルーが陥落したって」

「飲まず食わずで逃げてきた嬢ちゃんたちが保護されたらしいな。よく生き延びてくれたもんだ」

「ああ……残った住民はグラ・バルカス兵に大変な目に遭わされてるって話も聞くし、本当によかったよ」

「グラ・バルカスめ、奴らは血の通った人類なのか？　噂に聞く悪行はどれもこれも胸くそ悪くなる。具体的には言いたくねぇが……」

「やめとけ、酒がまずくなる」

「アルーの次はやっぱりこのキールセキか？」

「中部、北部の侵攻をどうするかだな。アルー侵攻で南部に目を向けさせて向こうを先に叩くのか、戦力が集中してくる前にこっちを叩くのか……」

「軍も意地があるんだ、黙っちゃいないさ。南部管区の基地も近くにあるし、さすがにアルーとは防御力が桁違いすぎる。このキールセキが落ちるこたぁねぇよ」

「違えねぇ」

圧倒的で絶望的な実力差があるグラ・バルカス帝国が目と鼻の先に迫り、誰もが不安を抱いている。だからこそ酒に酔って強がるのだ。

「……お前たちは何もわかっていない!!」

不意に、離れた席の男が大声で叫ぶ。

フードを目深に被っているので顔はわからなかったが、体格とヒゲからドワーフ系と思われた。

「お前たちは、グラ・バルカス帝国の恐ろしさを話にしか聞いていないから、そんなに危機感が薄いんだ……！」

机の上に置いた男の手は震え、半分ほどグラスに残った酒が揺れる。

「まぁここで生まれ育って外へはあんまり出たことないからよ。お前さんはここの出身じゃなさそうだな」

「俺は……俺はイルネティアから来た。王国海軍に所属していた元海兵だ」

常連客たちはイルネティアの名にハッとする。

ムー大陸の西側約５００km沖合、パガンダ島の北側に位置するイルネティア島の文明圏外国家だった。パガンダと同様に西方世界との交流の拠点として栄えていたが、２年前にグラ・バルカス帝国から侵攻され、確か２ヶ月も持たず陥落したと聞いた。

いや、２ヶ月持ったというのは驚異である。あのレイフォルは元列強にもかかわらず１日で首都が灰燼に帰し、数日で入植が始まった。あの小さな島国にはどんな力があったのか、またはグラ・バルカス帝国内部に手心を加える人物がいたのか。色んな憶測が飛び交った。それほどに印象の強い国家であった。

元イルネティア海兵だという男に客らは興味を持ち、静まりかえって耳を傾ける。

「――帝国はイルネティアに宣戦布告と取れる挑発を吹っかけ、我が王は誇りまで失うわけにはいかないと受けて立った。帝国外交官が乗り込んだ巨大戦艦に攻撃を開始し、我が艦隊の砲撃は間違いなく命中した……確かに命中していたんだ……」

巨大戦艦というのは、噂に聞く『グレードアトラスター』に違いない。

１日にして元列強を滅ぼした伝説の怪物に、文明圏外国家が砲撃を命中させていたというのはにわかに信じがたい。

「こう言っちゃなんだが……本当に『グレードアトラスター』だったのか？　グラ・バルカスの軍艦はどれもでかくて、ミリシアル艦と遜色ないって聞いたぞ」

「あれは一目見ただけでわかる、他の軍艦とは格が違った。周りがトラなら、あいつはキャスパリーグだ」

キャスパリーグとはこの世界由来の巨大なネコ科の魔獣である。トラは大きくても全長3m程度にしかならないのに対し、キャスパリーグは全長5mに達する。

南方世界に棲息し、仮にリントヴルムと戦えば互角以上だろうと言われる、陸の破壊王だ。

「そこまで言うなら信じてもいいが……で、攻撃は当たったたんだな？」

「そうだ。我々はレイフォルと同じように、着弾したら爆発するタイプの砲弾を使用していた。それに魔導砲の術式リミッターも解除し、砲身の寿命と引き替えに砲撃の威力を上げる奥の手までを使ったんだ。なのに……なのに奴は……化け物だ!!」

話しながら、恐怖を思い出したのだろう。男の顔面は蒼白となり、額からは冷や汗が流れる。

「船首にも船体にもぶち込んでやった！　あの化け物みたいな主砲にだって当たっていた!!　我が国で最強の魔導戦列艦の全力攻撃がだ!!　でも……あれは何もなかったかのように平然と佇んでいた……。そして我らイルネティア艦隊に対し、ついに牙を剥いた……!!」

迫真の語り口に、店内は静まり返って息を呑む。

「1発が魔導戦列艦を粉々に爆散させるほどの威力だった……あんな砲撃は見たことがない……。船体が一瞬で折れ曲がり、中にいる人を草きれみたいに押し潰して、何もかもが海に散らばってしまった……。悲鳴もなく、ただ木と魔鉄が破断する音だけが届いた。あの嫌な音は、今も俺の耳にこびりついて離れない。古の魔法帝国の空中戦艦が『グレードアトラスター』に落とされたと聞いても、不思議議には思わなかった」

ムー戦艦ラ・カサミ級が完成したとき、主砲の30・5cm連装砲の試射で魔導戦列艦を標的艦として撃ち抜いたという新聞記事があった。魔導戦列艦は一撃で大破し、続けて3発を撃ち込んで海の藻屑と消えた、と書かれていた。

その威力だけでもムーは恐ろしい兵器を作ったものだと国内は大騒ぎになったが、男の話ではただの1発で魔導戦列艦が粉々になるという。

あまりに恐ろしい話で常連客たちの酔いもすっかり醒めてしまい、店内の空気は冷え切っていた。

「ま……まぁお前さんが大変な思いをしてきたことはよくわかったが……このキールセキはムーにとっても大事な戦略拠点だから、簡単には落ちねぇよ。ほら、知ってるか？　ええと……何だったかな……」

「日本か？」

「そうそう、日本の軍も今まさにここへ向かってるって噂らしいぜ」

「ここもそうだけど、マイカルはあの国のおかげですげー景気がいいらしいな。ムーと対等に付き合ってる国が味方なんだ、きっと何とかなるって」

マイカルとキールセキを繋ぐ南部鉄道が走っているだけあって、情報はそれなりに入ってくる。

そして日本の恩恵はこのキールセキにもあり、ボタ山の再利用や製錬技術の向上、それに伴う給料の増額など、鉱員たちにとっても印象のいい相手となっていた。

だが男にはそれがただの現実逃避として見えたらしい。

「認識が甘いと言うのだ!!　奴らは、我々の知る戦闘の次元を遥かに超えた位置にいる……!!　海軍だけではない。陸軍だってそうだ!!　海での敗北が確定したあと、俺は命からがら本土に逃げ延びた……そこで奴らが使用する戦車という兵器も見たのだ!!　鋼鉄の車に高威力の魔導砲が取り付けてあった。その装甲は、王国の魔導砲が直撃してもびくともしない。しかも軍馬のように走り回る!!　あんなものにどうやって立ち向かえば……!」

男の話の妥当性や仮に本当だとしたらどう対処すべきか、酒場の中で議論が始まった。

主人が見かねて、カウンターから呼びかける。

「まぁまぁ、そう熱くなりなさんなって。――お？　見なよ、援軍を乗せた汽車が到着したみたいだぜ」

酒場から見下ろせる位置にある駅に、ゆっくりと汽車が入ってきた。炭水車の後ろには巨大な四角い物体を積んだ貨車がずらりと繋がれ、後方の貨車にも大量の荷物が幌で覆われて載っていた。さらにその後ろに客車も牽引しているらしく、客らはぞろぞろと店の外に出て通り過ぎる列車を遠巻きに見物し始める。

「おいおい……ちゃんと金払ってくれよ〜」

「俺らが飲み逃げなんてセコい真似するか！　それよりすごいぞ、こっち来て見てみろよ」

「何だ？　あの箱みたいなのは」

「あれって無限軌道じゃないのか？　実用化してたんだ」

「高射砲みたいな筒が付いてる……もしかしてあれが戦車ってやつか？」

盛り上がる客らに誘われて、主人と元イルネティア海兵の男も出てみた。

「おお、本当にすごい数だ……ん？　旦那が見た戦車って、あんなやつかい？」

主人が車列の後方を指さし、男もそちらに顔を向ける。

「――――っ!!!」

そこには、元イルネティア海兵が話していた形状に酷似した物体が載った貨車があった。彼の見たグラ・バルカス帝国の戦車に比べて遥かに大きく洗練された形で、砲身も倍ほど太い砲を積んでいる。

陸上自衛隊第7機甲師団が保有する10式戦車だ。

「日本はあんな兵器を持っているのか……旦那、グラ・バルカスが持ってる兵器もあんな感じだったのか？」

「そうだ……いや、形……というか要素は同じだが、全然違う。あれが日本の武器なのか？」

「だと思うぜ。ムーにあんな兵器があるなんて聞いたことないし」

車列は街の先、鉄道基地前の分岐点で南の陸軍基地へと方向を変えてのんびりと走行を続け、酒場の客らはその姿を見送った。

元イルネティア海兵はグラ・バルカス帝国によって国が滅ぼされ、絶望の中でムーへと逃げ延びてきた。

第二文明圏最強ムーの力を以てしても、到底太刀打ちできないと思っていた。先の海戦では神聖ミリシアル帝国率いる世界連合でさえも退けたというのだから、グラ・バルカス帝国こそが世界の覇権を牛耳るであろうと、半ば諦めに囚われていた。

夕陽に照らされる日本の戦車は、力強く見えた。あれならば、暴虐の限りを尽くすグラ・バルカスに勝てるかもしれない。

イルネティア海兵の心に、微かな希望の火が灯る。

■夜　ムー陸軍キールセキ駐屯地　司令室

「失礼します」

南部管区隷下ムー陸軍キールセキ駐屯地の司令室に、１人の陸軍将校が入った。

「――マクゲイル大佐、まもなく日本国陸軍の第1陣が、駐屯地駅に到着します」

駐屯地司令マクゲイル・セネヴィル大佐はペンを置き、大きく伸びをして立ち上がる。

「うむ、ご苦労。んん〰〰っさてと……客人を出迎えるか」

鉄道基地とは別に鉄道が引き込まれたこの駐屯地は、南部鉄道の実質的な終着駅である。この鉄道のおかげで、大規模かつ迅速な陸軍展開を可能としている。

駐屯地駅のホームは、貨車が並んだときに台座がツライチになる高さで施工されている。というよりは、レール部分が掘り下げられていると言ったほうが正しい。兵器や物資など、重いものを積み込んだり下ろしたりするためだ。

たとえばオロセンガにある兵器工場で作られた榴弾砲や高射砲などは、積まれた貨車の上でそのまま方向転換させれば荷台から簡単に下ろせる。ホームに下ろしたあとは基地の中ですぐにでも運用を開始でき、非常に効率的である。

「しかし最近はグラ・バルカスや日本など、他人が我が物顔で国の中を駆け回りおるな……」

マクゲイルは駅に向かう道すがら、付き添いの部下に愚痴る。

「政府の方針です、仕方ありません。我が国は民主主義国家ですから、決定には従わないと」

「だがグラ・バルカス帝国の宣戦布告で事実上の非常事態だ。そこには王の意向も影響していると見て間違いなかろうよ」

「……王の意向にも従うのが我々軍ですからね」

グラ・バルカス帝国がアルー西側に基地を建設し始めたとき、マクゲイルは先制攻撃を上申した。アルーに大部隊を展開させる能力はなく、攻撃を受ければすぐに陥落することは明白だった。住民と少数の守備隊を見捨てるのは、軍人の矜持が許さない。

だが政府、特に外務省が先制攻撃を許可しなかった。

すでに帝国からは宣戦布告を受けている。アルーを放棄することはキールセキを危険に晒すも同義なので、防衛戦略的にも理に適っていると陸軍部が判断していたにもかかわらず、だ。

だが政府の言い分はこうだ。

「『すでにアルーには避難指示を出している。危険性も再三に亘り説明済みで、仮に陥落して住民に被害が出ても、政府としては責任が取れない』……都合のいい逃げだな」

「ですが、日本国と対グラ・バルカス戦について協議中だという話でしたから、その点についてはどうしようもありません。開戦時点で動員できる戦力が確定していて、もし我々が勝手に突撃して戦力を欠いてしまったら、外交問題になって非難されて当然となります」

「そして最終的には我々が処罰を受ける、と。気に食わんが従わざるを得んというわけだ」

マクゲイルとて自軍戦力に絶対の自信を持っているわけではないが、救える人々を目の前にして何もするなと言われるのは、己の無力を苛み、またやりどころのない怒りが溜まる一方だった。

「仮に日本が参戦していなければ、我々も動けたかもしれませんが……」

「日本な……この状況を作った元凶だが、連中はどういう働きを見せてくれるんだろうな」

「情報局は『日本がムーでの陸戦を拒否すれば、ムーはアルー以上の甚大な被害を受ける』とまで言っていましたからね。しかしそれだけ——日本だけでなくムー政府にも自信があるということですから、まずはお手並みを拝見といきましょう」

マクゲイルたちも日本を憎んでいるわけではない。本当に憎むべきはグラ・バルカス帝国で、仲間割れを起こすべきでないのは百も承知だ。しかし自分たちが先制攻撃をしていればアルー陥落を遅らせられたのにと思うと、どうしても怒りのぶつけどころを探してしまうのだ。

たとえ高度な政治的判断によるものだとしても、救えたはずの多くの命を見捨てたことに変わりはない。

「そういえば——反対していたと言えば、海軍部もそうだったな。先日、エヌビア基地でも何やら偶発的な戦闘が起きて、空軍も絶賛しているとか伝え聞いたが……」

「詳細は教えてもらえませんでしたね。作戦行動に支障が出るとか」

「何をそんなにもったいぶることがあるのか……陸戦は海戦や空戦とは違うのだ。日本国に何ができるのか、じっくり教えてもらおう」

軍上層部からは、日本が立てる作戦に全面的に協力するよう命令を受けている。その命に逆らう気は毛頭ない。

ないが、この約3ヶ月間燻(くすぶ)らせた不満である。マクゲイルはそう簡単に割り切れるものではなく、日本軍司令官にどんな態度をしてやろうかと考えながら駅に向かって歩く。

■ キールセキ駐屯地駅

水銀灯に明かりが灯る基地の中、改札のないホームにはムー陸軍兵・将校たちの人だかりができていた。

ムー政府や軍上層部がまるで国賓のように扱う日本軍とはどんなものなのか、一目見ようと我先に集まってきたのである。

「並べ！　マクゲイル大佐に恥を掻かせるな！」

部下の一喝で兵たちは慌てて列を作り、ホームまでの道を空ける。

けたたましい列車の汽笛が耳に届き、到着を知らせる駅のベルが鳴り響いた。

「さて、どんな奴らが来るのかな」

マクゲイルは傍らに立つ部下に、呟くように話しかけた。

「陸軍は数と戦略がモノを言いますから……。1万人ぽっちの派兵では、加勢として考えても少なすぎます。ムーを救うなんてとてもではないですが……」

「まぁそうだな。援軍は助かるが、中途半端な規模では指揮系統の違いから軍の運用を妨げる場合もあるし、どうしても数の優位を覆すほどの力があるとは思えん」

ゆっくりと入線してくる貨物列車。

ずらりとならぶ貨車の荷台を見たマクゲイルは、違和感で眉間に皺を寄せる。

「……!?」

見たことのない兵器が鎮座しており、圧倒的な存在感を放っていた。

野次馬で来ていた兵たちも騒然となる。

「おいおい、見ろよあれ」

グラ・バルカス軍が運用している戦車を見てムーが開発を始めた試作品とは、比べ物にならないほどの大きさである。何ならこの駐屯地にもオロセンガから極秘裏に送られてきた実物の試作車輛があるが、日本の戦車を見たあとでは恥ずかしくて出せるものではない。

角張った車体にはビス留めの跡も見られず、上質な塗装面は先進的な雰囲気を醸し出していた。

「あ……あれも、戦車かな？」

「わからん。多分そうだろうが……色々な種類がありそうだな」

兵たちは10式戦車の後ろ、99式自走155㎜榴弾砲を指している。

貨物列車に積まれた車輛はどれも巨大で、重厚感があり、それだけで威圧効果を持っていそうだ。用途、戦闘力など判然としない部分は多いが、とりあえず〝とても強そう〟に見える。これは重要なことで、兵士の士気はそれだけで上がる。

機関車が蒸気を吐きながら停車する。列車後方に連結されている客室から、まだら模様の服を着た軍人が降りてきた。

存在感を放つ日本の軍用車輛に圧倒されていたマクゲイル大佐は、気を取り直して最初に降りてきた軍人に近づき、敬礼する。

「よくぞおいでくださった！　私はキールセキ駐屯地司令、マクゲイル・セネヴィルと申します。我らムー陸軍は、日本陸軍を歓迎いたします」

まだら模様の服の軍人も答礼し、続けて右手を差し出した。

「出迎え恐れ入ります。私は日本国陸上自衛隊第7師団司令、大内田和樹と申します。よろしくお願いします」

それぞれの将校・幹部が順に、しっかりと握手を交わす。

大内田は荷下ろしの指示だけして、幹部、ムー側将校たちとともにキールセキ駐屯地司令部施設へと案内される。

■　ムー陸軍　キールセキ駐屯地　会議室

「何ですって!?」

声を荒らげたのはマクゲイルだった。

日本から提案された作戦を聞いて、その内容に納得できずいきり立っている。

「――では我々は打って出ず、キールセキの守りに徹せよと申されるのか！　侵略されているのは我が国ですぞ!!　我々も戦えるのだ、愛する祖国を蹂躙（じゅうりん）する敵陸軍を前にして臆する者などおりません!!!」

（ああ……こういう手合いの人か……）

大内田と上岡はゲンナリする。

本省から転属してきた長瀬は、急に怒鳴り散らすムー軍人を前に目を白黒させていた。

彼らが提案した作戦というのは、基本的にキールセキを襲ってくるグラ・バルカス帝国軍の全戦力を、自衛隊だけで叩くというものだ。これがマクゲイルにとって「ムーは弱い」と言われているようで（間接的にはそういう意味なのだが）、我慢ならなかった。

人工衛星による解析で、グラ・バルカス帝国のバルクルス基地には多数の航空機とともに、多くの陸上機動兵器が存在しているのは明白だ。

そこで日本が立てた作戦概要というのが次の通りである。

バルクルス基地から発進する敵航空機は、エヌビア基地に駐留する航空自衛隊が対応する。さらに空爆を実施することでバルクルス周辺の制空権を確保する。前線に集結する敵機も増えており、近日中に大規模攻勢に出ると予測される。中部国境線沿いで陽動するような動きも見られるが、マイカルの防衛線とも言えるこのキールセキは、大規模攻撃のターゲットになりやすい。

防衛作戦の確度を上げるためにも、他に4つあるグラ・バルカス航空部隊の基地も立て続けに攻撃し、敵航空機による反撃能力を完全に奪う。

敵陸軍主力も空爆で殲滅できればよかったのだが、敵機甲師団はすでにバルクルス基地から出発しており、キールセキ方面へ先行して向かってきているので別途対応しなければならない。

できれば市街戦に持ち込む前に平野部で、陸上自衛隊第7師団単独で叩いておきたかった。敵機甲師団にムー陸軍がぶつかると、甚大な被害を受ける恐れがあるからだ。それに敵味方入り乱れた戦闘は、陸自・ムー陸軍双方の誤射の原因に繋がるので避けたい。

部隊を別々に運用したとしても、街の近くでは戦闘したくない。民間人への誤射を防ぐためだ。

作戦自体は合理的なもので、特段おかしな部分はない。ただし相手が日本の戦闘力を正しく理解していた場合は、だ。

ムー統括軍——日本国防衛省で言うところの統合幕僚監部に相当——は全部隊に「日本の作戦指揮に全面的に協力するように」と厳命している。両国の外務省もそのつもりで、意見の一致(コンセンサス)は取れているはずだった。

だがここは現場の末端。列強第2位というムーのプライドで考え方が凝り固まっており、マクゲイルの心中には「どこの馬の骨ともわからない連中に自分たちや国民の安全を明け渡してたまるか」と不合理かつ暴走気味な怒りが渦巻く。

議事録が残るのであとで叱られるであろうマクゲイルの身を案じつつ、大内田は時間もないので言葉を選んで説得を試みる。

「後方で控えていろなどと言っているわけではありません。これは役割分担です」

「共同で部隊を前衛、後衛に分ければよろしかろう！　ここはムー、我々の指揮下に入れば貴殿らも存分に力を発揮できるはずだ！」

「それは無理です。失礼ですがマクゲイル大佐、貴殿は我々の兵器や部隊運用の概要をすべてご存じですか？」

「そんなものは知らんが、敵を撃って相手を殺すことに変わりはあるまい」

「では敵の持っている武器をどれくらい把握し、敵の動き方をどのように想定していますか？」

「……」

マクゲイルは押し黙った。

情報分析を得意としているムーは、ある程度武器の性能などを把握してはいるが、すべてではない。特に敵が持つ高射砲や戦車などは想定以上に高性能だったらしく、対策の練り直しを迫られている。

日本の武器がそれを上回るというのなら、キールセキ防衛隊がその武器を借りて戦えばいいと安直に考えていた。その考えが露呈するので、何も言えなくなったのだ。

「我々が戦う上でもっとも重視しているのは情報です。組織的な動きができるのも、情報があってこそなんです。我々の部隊は独自に情報伝達を徹底していますので、それを1日や2日であなた方に共有するのは不可能です」

「武器が強ければどうとでもなるのではないか？　事実、貴殿らは少数兵力でお越しになったではありませんか」

決して「武器が強いだけではないのか？」などと間抜けな質問はできない。マクゲイルも冷静になった頭で、上に提出する報告書のことに思い至った。すでにあとの祭りではあるが。

「そう、我々は数が少ない。戦い方が根本的に違いますし、数が少なくても最大効力で戦えるよう訓練しているからです。だからこそ慎重に戦わなくてはならないし、撃ち漏らす可能性も否定できません。我々が撃ち漏らした場合、敵はキールセキへ到達する可能性がある。キールセキを守る最後の砦(とりで)は日本国ではなく、ムーにお任せしたいからこその案なのです」

「ぬぅ……最後の砦と仰(おっしゃ)るか」

頭が冷えてきたんだろうなと大内田は内心苦笑いしつつ、相手に逃げ道を与える。

「はい。私も自国の街、民を守るのは自国の軍隊であるべきだと考えます。我々は一時的に叩くだけ——機動的に動ける我々の得意とする戦法なのです。逆に街を守れと言われても、今から街の状況と地形を把握して対策を立てることになり、戦闘までに間に合いません。そうなると我々の力が発揮できないかもしれない。何もない平野部こそが、我々のやりやすい戦場なのです」

「……承知した。迎撃は貴殿らに任せ、我々は都市防衛を固める案で検討しよう」

マクゲイルも大内田も大きく息を吐く。

落ち着いた空気を窺い、師団幕僚長の長瀬が切り出す。

「空洞山脈の情報提供をお願いしたいのですが、どなたに伺えばよろしいでしょうか？」

「どんな情報が必要なんでしょう？」

キールセキ駐屯地の参謀長が手を挙げて答えた。

「内部構造とマッピング、貴軍の配置状況です」

「それでしたら――」

日本国陸上自衛隊第7師団とムー陸軍キールセキ防衛隊の準備は進む。

■　中央暦1643年6月27日　第三文明圏　日本国　東京　首相官邸

首相官邸ではいつものように国家運営にかかる重要な会議が開かれている。

4年前、日本国は転移により地球国家との物理的な繋がりが絶たれ、新しく歴史を刻むことになった舞台は技術水準が著しく異なる世界であった。

技術の重要性を認識していた日本国政府は、国交締結交渉を行うよりも先に技術流出防止法を制定し、新しい国家戦略を築くための組織、異界国家戦略室を設置した。

その室長である藪中大地（やぶなかたいち）が、閣僚の前で報告する。

「次に、エスペラント王国主催の結婚式についてです」

防衛大臣が苦い顔をする。

パーパルディア皇国戦の最中、北の大地グラメウス大陸に明かりを発見した国立極地研究所とＪ

ＡＸＡの報告により、日本国政府は調査隊を派遣した。

しかし度重なる不運により、調査隊の輸送機は調査対象であった場所に墜落。１人の自衛官を除いて多くの自衛官が犠牲になるという痛ましい事故が発生する。

幸か不幸か、墜落場所はエスペラント王国と呼ばれる世界から断絶した国家だった。そこは魔獣や魔物たちの侵攻を受けて滅びの危機に直面しており、先遣調査隊唯一の生き残りである岡真司は王国を救うために王国史に残るほどの獅子奮迅の活躍を見せた。

日本国の法に照らすならば、岡は数多くの法令違反を行っている。新世界技術流出防止法違反もその１つだが、自衛隊法に照らし合わせるならば〝まだ国交を締結していないエスペラント王国兵への武器の無断貸与〟や〝職務上知り得た情報の譲渡〟など、一発除隊を免れないどころか下手すれば罰金や懲役刑を累積で受けてもおかしくない罪状の数々だ。

だがエスペラント王国軍、各自衛隊それぞれの活躍はあったにせよ、エスペラント王国を救ったのは紛れもなく岡個人である。

王国において多くの民を救った功績はあまりにも大きく、のちの裁判でもすべて緊急避難の措置として認められ、お咎めなしとなった。

これには防衛省、防衛大臣が尽力したことも大きい。世論を真っ二つにしかねないほどの危険な事例だったので、関係各所、特に法務省と最高裁判所事務総局への根回しが大変だった。

そもそもの話で言えばグラメウス大陸への先遣調査隊派遣の是非についても賛否が分かれた。50名を超える死者を出したのだから当然だが、一連の『エスペラント王国事変』は防衛大臣にとって非常に苦しい事件となった。

こうした日本国内での後ろ盾もあり、岡は日本とエスペラント王国双方で英雄の称号を得た。

そしてこの度、ついに彼は王国の王女と結婚することになった。約3年もかかったのは、パーパルディア皇国との戦後処理に加え、エスペラント王国との国交締結にかかる協議、墜落事故と魔獣による王国襲撃事件の調査、先述の法的な諸問題の解決を待っていたからだ。

結婚はエスペラント王国の強い意向で、国家を挙げて祝うらしい。

「『是非日本国の要人にも参加していただきたい』と連絡が来ておりますが、いかがなさいます?」

藪中は大臣たちの顔を見回した。

首相が半眼で答える。

「行かんわけにはいかんだろう。グラメウス大陸には……」

「まぁそうですね。多くの鉱山資源が眠っていますから」

魔物・魔獣がそれこそ虫が湧くかのように湧き出るグラメウス大陸だが、その後の調査で多くの資源が眠っていることが判明した。しかも南から北に向かう海流のおかげで、大陸南部の夏季は緯度の割に気温が高く、活動しやすい。

「圧倒的とも言える量だからな。グラメウス大陸、北極の調査を続ける上でもエスペラント王国を拠点として活用できるなら、諸費用もかなり浮く。各研究を進める場所としても申し分ない。今後も良好な付き合いを続けたいところだ」

首相の言葉に、国交大臣や文科大臣が頷いた。

経産大臣も上機嫌で追随する。

「とてつもない国益に繋がるでしょうな。この権益は各国とも手つかずとなっているようで、エスペラント王国との友好関係を最初に築けたのは非常に運がよかった。岡三曹様々ですよ」

「最終階級は曹長ですよ。それにあまり手放しに喜ばないでいただきたい。50名以上の隊員が犠牲になっているのですから」

防衛大臣が釘を刺すと、経産大臣は気まずくなって黙った。

同じことを思っていた藪中は内心サムズアップしつつ、空気を変えるように訊ねる。

「出席はどなたにお願いしますか？」

「結婚式には私が参加しよう」

当の防衛大臣が手を挙げた。

「あの一件は堪（こた）えただろう。何なら私が出るが？」

「一応、彼が在籍した所轄のトップが出席するのが筋でしょう」

首相の気遣いに、防衛大臣が笑って答えた。

「そう言ってくれるなら助かる。彼は今後、王として即位することになるからね。日本としてもできるだけの礼と義を尽くしたい」

「本来なら処分ものですが、国そのものと圧倒的な数の人々を救い、夢物語のような活躍を見せた人物を処分できるはずもありませんから。個人的な意見を言わせてもらえば、彼の行動は賞賛に値すると考えていますよ」

「では、防衛大臣にお願いします」

「駐エスペラント日本大使館の外交官も参加させましょう」

「そうそう、岡さんの活躍を元にした映画、今度の夏に公開らしいですね」

外務大臣と文科大臣のフォローもあって、場が和む。

「では次の議題に移ります。エスペラント王国において得た情報、鬼人族についてです」

閣僚、幹部に要綱（レジュメ）が配られる。

鬼人――エルフ、ドワーフ、獣人、竜人に次いで新たに確認された、友好的な種族だ。鬼人族はグラメウス大陸奥地に小さな国を築いており、国名をヘイスカネンとしている。

「鬼人族の巫女（みこ）には魔物を退ける能力があるようで、同案件について神聖ミリシアル帝国、中央法王国の大魔導師級の研究者と調査を続けており、原理は解明しつつあります。しかし、鬼姫と呼ばれる称号を持つ人物については別格でして、圧倒的な――……退魔結界、の設置が可能であり、この原理を解明すれば広大な面積から有害鳥獣となる魔物・魔獣・魔族を退けることができ、結果、国益に大きく寄与すると考えられます」

異界国家戦略室長の藪中は、自分で話していて苦笑いする。

魔法、鬼姫、退魔結界――空想世界の単語を現実世界で、しかも国家の重要会議で羅列している。前世界でこんなことを話していたら、気が狂ったと思われるだろう。

そんなことを頭の片隅で考えながら続ける。

「退魔結界は物理障壁の他、魔導波による特定周波が関係していると研究結果で示されているそうです。その周波数帯の割り出しのためにも、鬼姫と呼ばれる人物の協力は必須です。ただ現地調査によると、当代の鬼姫エルヤ氏はアニュンリール皇国人によってどこかへ連れ去られたと推測されています。目的は現在のところ判明しておりません。ヘイスカネンの暫定代表、ババーラ氏からエルヤ姫救出依頼が出ています」

ヘイスカネンの首長は『月影のアハティ』であるが、彼は高齢なこともあり、エスペラント事変に深くかかわった『神降ろしのババハーラ』が暫定代表を務めている。

エルヤ救出の件は岡からの聞き取りによりすでに把握しており、アニュンリール皇国人のダクシルドという人物が関与していると見て各所で調査を進めていた。

「アニュンリール皇国な……一体何の目的があったのだろうか。未だ動きを見せん」

「不気味な国ですね。去年の先進11カ国会議でも尻尾を隠していましたが、やはり警戒すべき国と存じます」

外務大臣も険しい表情を見せる。

南方世界を統治するアニュンリール皇国は、文明圏外国家と認識されていながら、その広大な支配面積を理由に先進11カ国会議にも招待されて参加する、奇妙な国だ。

外交窓口を統治領域北端のブシュパカ・ラタン島のみとし、鎖国政策を採っている。

会議では何を主張するわけでもなく、どこかの国と特別交流するわけでもない。ただ成り行きを静観し、グラ・バルカス帝国軍のカルトアルパス襲撃を前に何もできないからと一足先に離脱して帰っていった。

所詮は文明圏外ということで、先進国各国は気にも留めていなかったようだ。

だが日本は違う。

確かにブシュパカ・ラタン島は、ベリアーレ海域周辺の国家と同程度の文明水準に作られており、そこだけを見ればアニュンリール皇国そのものの文明水準も低いのだと誤認するだろう。

しかし日本政府は衛星写真の解析結果から、同国が神聖ミリシアル帝国に匹敵する魔導文明を持つことを看破しており、何故文明水準を低く国外に見せるのか理解できず、また国交を結ぶ手続きを進めるも思うように進まなかったため、未だ国交を築けていない。

このことから国の存在そのものに警戒感を抱かざるを得ないので、アニュンリール皇国人——有翼人種の入国は、現在に至るまで認められていなかった。

そもそも皇国に対する外交手段がないに等しいことが、外務大臣の頭を悩ませる。

去年の先進11カ国会議で近藤にアニュンリール皇国人と接触させたのは、どういう国なのか探りを入れるためでもあった。報告では淡泊な反応だったようだが、普通外交官同士で国益のためであれば愛想の一つも見せるのが当たり前だ。そうした面からも不気味さが漂う。

「アニュンリール皇国が裏でエスペラント王国攻撃を画策し、それを日本が防いだとなると、我が国が相当に警戒されるのは当然ではないか？」

「それは結果の話であって、エスペラント王国を狙った理由も判然としません。王国は外界と断たれていたわけですから、資源が目当てであれば独自に採掘場を設置することも可能だったはずです。我々が知らない事情があると見て間違いないでしょう」

「採掘権についてはどうなるのでしょう？　先にアニュンリール皇国が発見していたことを主張されると、面倒になるのでは？」

「エスペラント王国とヘイスカネンに根回ししているところですが、退魔装置が完成したあとは大陸の権益は日本国、神聖ミリシアル帝国、そしてエスペラント王国の三者で分けることになると思います。元はエスペラント王国の領地であると我々が認定し、彼らが不法侵入者だと結論づけられれば下手に手出しもできなくなるでしょう」

魔法の知識は少ないが科学には強い日本国、そして魔法を魔導機械として発展させてきた最先端魔導技術を有する神聖ミリシアル帝国は、国家の利害関係が一致し、裏で協同作業を進めていた。足りない部分を補い合い、権益を拡大する。ようやく国際協力の輪が築き上げられ、その成果が見えてきたと言ってもいい。

「その前に必要なのは、エスペラント王国事変の本当の幕引きか……」

エスペラント王国の戦いでは魔獣を操る黒幕の存在と、彼らが使用した魔族や鬼人族を操れる制御装置が元凶であると見られている。

この件を引き金に、日本、神聖ミリシアル帝国、ムーが中心となって国際刑事警察機構の設立を決定し、文明国、文明圏外国問わず加盟を呼びかけている。当然ながらエスペラント王国をはじめとする日本の友好国はすべて加盟を発表し、普段はなかなか動きを見せないエモールさえも参加すると表明した。

本部となる事務総局は、神聖ミリシアル帝国東側の大都市ゴースウィーヴスに置くことになる。今まではかなり無理矢理な法解釈で紛争解決を図ってきたが、これで今後の国際犯罪の解決に、日本も大手を振って参加できるようになるだろう。

「鬼人族に使用された制御装置は現在、神聖ミリシアル帝国の魔導研究機関と協同で解析中であり、進捗は概ね完了に至っております」

「制御装置……恐るべき技術だな。これは日本人に使用される恐れもあるのか？」

「いえ、日本人は魔法素養が著しく低いので、その心配はほとんどないようです。一部、神職や仏僧、修験者など、魔法素養に開花した例が確認されているようですが、現段階ではあくまで特殊事例と思われます」

「あるんじゃないか」

首相の突っ込みに藪中はしょんぼりする。

魔法のような非現実的な事象について、すべてを想定するのは難しい。線引きについても曖昧だし、どこまで関連性を認めるのかの法整備も遅々として進んでいない。この辺りは〝オタク〟と呼ばれる人々の集合知に頼ったほうが、いくらか建設的であった。先の参議院選挙でもそうした層の支持を受けて当選した議員がいて、彼とその伝手にもこの件を手伝ってもらっている。

首相はため息を一つ吐いて、状況を整理する。

「莫大な地下資源を得るためには魔物の問題を解決する必要があり、魔物の問題を解決するためにはキーとなる鬼姫の退魔結界の解析が必要。人工〝魔物ホイホイ〟を作るためにはアニュンリール皇国に当たる必要がある……か。しかしよりによってアニュンリール皇国とはなぁ。外務大臣、外務省からアニュンリール皇国へ本格的に当たってくれるか。内調（内閣情報調査室）のほうからも探ってはみるが、種族の違いはどうにもならん」

「承知しました。では、外務省は正面から職員を派遣して、解決の糸口を探ります。グラ・バルカス帝国の件も大詰めですが、そろそろ着手しないとヘイスカネンも気を揉んでいるでしょうからね」

「まったく、どこもかしこも厄介なことだ」

外交手段での解決は見込みが薄い。

だからと言って、日本国が直接被害を受けているわけでもない現段階で、武力行使などできるはずもない。

会議はそのあとも続く。

後日、日本国外務省は先進11カ国会議にも参加した外交官、近藤俊介(しゅんすけ)・井上一巳(いのうえかずみ)の2名を中心とした職員数人を、実務者協議の代表団として派遣することを決定した。

■南方世界　アニュンリール皇国　皇都マギカレギア　魔帝復活管理庁

意図的に文明水準を偽装し、体面上文明圏外国として振る舞い世界を欺き続けているアニュンリール皇国だが、その実態を目にすれば現代日本人でさえ驚くに違いない。

皇都マギカレギアには円と曲線を基調とした高層建築物が建ち並び、魔石舗装された路面を先進的な魔導車が走っていた。

空には複数回転翼型魔導航空機移動システムが飛び回る。

日本人が見たならば、それは1人乗りのマルチコプターのように見えるだろう。

この世界の者たちにとっては見慣れないもので、神聖ミリシアル帝国すらも陵駕(りょうが)するほどの魔法文明の発展度は中央世界から第三文明圏までには類を見ない。

外界との関係を絶っているのは、ロストテクノロジーである古の魔法帝国――ラヴァーナル帝国の遺産を解析し、独自の発展を遂げていることを隠すためであった。

すべては自分たちが過去の光翼人の地位に返り咲くために。

いつかこの世界に帰ってくるであろう同胞たちに同格と認めてもらうために。

かつて世界を恐怖と絶大な力で支配した光翼人たちが転移したあと、僻地に残された者らは他種族による光翼人狩りから逃れるために、ミリシエント大陸から海を隔てた南の未開の地へ渡り、集落を築いた。いくら絶大な魔力を誇る光翼人といえど、数の劣勢を覆せるわけではない。

残された人数は少なく、他種族と交配を繰り返すことによって種を保った。そのせいで魔力は大幅に弱体化し、翼が実体化したためにやがて有翼人と呼ばれるようになった。

光翼人の末裔である彼らはその血に偏執的とも言える強い誇り、自尊心を持ち、元々の光翼人と同様に他種族を家畜同然に見下していた。

彼らは未だ光翼人の世を夢見、万の年月を経てもなお固定観念に囚われているのだ。

アニュンリール皇国の中心、皇都マギカレギアにある魔帝復活管理庁の長官室において、長官ヒスタスパ・デュラムは部下から報告を聞いていた。

彼の手元にはアニュンリール語の文字が浮かび上がるプラスチックのような質感の板があり、報告中にもかかわらず黙々と手を動かして作業を続けている。

「ラヴァーナル帝国復活のためのビーコン保護活動についてですが、グラメウス大陸の集落エスペラントにあったものは、実質的に回収に失敗しました」

細い長身に白い長髪、白い髭を生やすヒスタスパは魔像画面を凝視していたが、失敗という言葉を聞いて片眉を吊り上げた。

「魔族制御装置が不完全だったことと、派遣したのが復活支援課支援係の係単位で、実質的に人員不足だった、というのは覚えているが……そのあと人数を増やしたんじゃなかったのか？」

部下が肩をすくめる。

「対象がエスペラントだけであれば回収には成功していたでしょうが、日本の介入によって断念せざるを得なくなりました。封印されていた魔物が退治された要因も、その後の調べで日本の攻撃によるものと断定されました」

ヒスタスパは手を止めて顔を上げ、部下の報告に耳を傾ける。

「――日本の継続介入によりエスペラントは立て直しに成功しています。これまでの比ではないほどの発展速度で力を付け続けており、軍を使用せずに暗躍しながら切り崩すことはもはや容易ではありません。ですので、エスペラントのビーコン回収活動は実質的に失敗と見て間違いないでしょう」

「まさかとは思うが、我が国の介入が特定されたわけではないよな？」

「派遣責任者（ダクシルド）によれば、『特定は考えられない』と繰り返し証言しています」

「日本か……たかが人間族のせいで任務が失敗するとは」

「懸念事項と考えます。派遣責任者が復活させたアジ・ダハーカは、ラヴァーナル帝国でも使役できず手を焼き、その存在を疎みはしたものの倒せなかったので仕方なく封印したという、曰（いわ）く付きの邪竜です。それも、グラメウス大陸の魔物たちを激減させ、上手（うま）くいけばフィルアデス大陸の国家群を消滅させられるほどの。日本が倒したとなると、一体どうやったのか……かの国とは国交もなく、あまりに情報が少なすぎます」

鎖国の弊害である。

外界とかかわりを極力断つことで他種族との交渉も下手になっていたアニュンリール皇国は、当然ながら日本国に関する情報も少なく、人間族ということ、科学技術文明国ということ以外にほとんど知識を持っていなかった。

「確かに警戒すべきなのだろうが、学会ではアジ・ダハーカは万を超える年月の間封印され、相当に弱っていたという見解が主流だ。復活直後であればミリシアル程度の武力でも倒せていたと考えられている。所詮科学文明国家は魔法文明に比べれば下の下、そこには限界がある。……しかし表立って行動できないのはつらいな。軍を出せれば日本など一捻りだというのに」

「鎖国は初代皇帝陛下の御意志ですから……」

光翼人の末裔というだけで、問答無用で総攻撃を食らいかねない。

魔法帝国消失以降の光翼人迫害の歴史から、自分たちの国力を蓄え、力を隠し、全世界を相手にしても勝てるよう発展することを決めた初代アニュンリール皇国皇帝の覚悟は、こうして受け継がれている。

「現時点で我が国はミリシアルになら勝てるだろうが、全世界を相手に戦うほどの国力はまだない。いや、なかった、と言うべきか。初代皇帝はやはり賢明だったな」

「最近はグラ・バルカス帝国なる異界の帝国が猛威を振るっており、だいぶ消耗してくれています。現在軍が検討中の東方征伐が始動すれば、大量の魔石鉱山が手に入ります。それまで我慢ですね」

「だいぶ採掘ペースも落ちていたから、危ないところだったよ。ここまでは代替部材の開発や省エネ化でどうにかなったが、やはり大陸2つ程度では……」

「一国でやりくりしてきたわけですから、十分頑張ったと思います」

「そういう意味でも東方征伐が楽しみだな。北西は強い国家が多いから後回しにはなるが、我々の代でようやく目に物見せてやれるということだ」

「そうですね。――と、まだ報告が途中でした。我々が把握しているビーコンについてですが、宇宙空間にある35は現在も正常稼働しており、地上で確認できた17中11についてては保護が完了しています。また、付近ではクイラ王国、ガハラ神国にも1つずつあります。宇宙空間のビーコンは安泰として、現在の数から言えば万が一他のビーコンが破壊されたとしても、魔法帝国の復活に支障はありません」

未来に転移した魔法帝国がこの世界に着地するためには、座標が必要だ。

単純に未来に跳躍しても、待つのは宇宙空間である可能性が高い。天体は常に宇宙空間を移動しているからだ。

真空空間に放り出されれば当然ながら即死は免れないため、光翼人たちは復活のために座標を発するビーコンをこの地に残した。

時代情報、位置情報、魔素の展開状況、魔法文明水準を把握するための魔素密度に関する情報。ビーコンは時空を超える周波数の魔導波に、あらゆる情報を乗せて流し続ける。それを頼りに、魔法帝国は復活する。

宇宙空間のビーコンは、それ1つで地上のビーコン5つ分以上の働きをする。地上のビーコンも確かに重要だが、どちらかといえば補助の役割を担う側面が大きい。

「我が国単独での世界支配は無理だが、絶大な力を振るうであろう魔法帝国に並び立ちさえすれば……ふっふっふ」

「我々魔帝復活管理庁は、晴れて魔帝外交省に格上げですね」

■ 魔帝復活管理庁　庁舎　食堂

「おう、ダクシルド。久々だな」

ダクシルド・ブランマールが輪の形のパンをちぎって口に運んでいると、通りがかった人物に声をかけられた。

「スルエ！」

声の主は、ダクシルドの同期で魔帝復活管理庁本庁に転属した、スルエ・ヒルギントだった。

スルエも食事のトレーを持っており、向かいのテーブルに座る。トレーの上にはダクシルドが食べているのと同じ輪の形をしたパンと、厚みのあるハンバーグ、サラダが載っていた。

「お前、エスペラントのビーコン管理に失敗したんだって？　出世が一歩遠のいたな。まぁお前の能力は買っている、俺が上に行ったらお前を引き上げてやるよ」

「お前が出世なんかできるタマかよ」

4年ぶりに会う同期との、気を遣わない言い合い。ダクシルドは久々の感覚を心地よく感じる。

「ぬかせ。しかし運が悪かったな、他所(よそ)から介入が入ったなんて。しかも、エスペラント集落とグラメウス大陸の魔物、フィルアデス大陸国家の大半を駆逐するはずだったアジ・ダハーカは、長い封印のせいで弱っていたそうじゃないか。つくづく運のない奴だ」

へらへらと笑うスルエに対し、ダクシルドはやや黙り、真剣な表情を作る。

「いや……俺はアジ・ダハーカは弱ってなんかいなかったと思う」

邪竜アジ・ダハーカは、神話時代の災厄とも呼ばれている。再生能力が高すぎて、古の魔法帝国でさえ扱いに困って封印するしかなかった存在だ。

何故そんな危険な存在の封印解除をダクシルドが許可されたかというと、第1にアジ・ダハーカは海を移動できる生物ではないことが挙げられる。被害範囲が陸続きの場所に限定されるため、アニュンリール皇国本土に危険が及ぶことはない。また、アニュンリール皇国は魔生物に関する操作・封印技術が高いため、存分に暴れ回らせたあとは再度封印する予定だった。

「弱ってなかったって……どういうことだ？」

「携帯型魔力計測器の中で、魔力検出容量の数値が一番高いやつ、＊＊＊（アルファベットと数字で『ＭＲ５』に相当する文字）型を持っていった」

「魔導機関の内部流量を測るような超高魔力量対応品か。生物程度じゃ触れて測っても1ミリも動かんだろ」

「アジ・ダハーカが復活したとき、振り切れた」

「うっそぉ……」

「振り切れたまま壊れたよ。アニュンリール最強の魔導出力を誇る魔導機関の中に流れる魔力流量を、距離10㎞以上離れた位置で遥かに超えたんだ」

「いやいや、距離10㎞だろ？　ありえないって」

ＭＲ５型が表示するのは測定場所での数値であり、距離を逆算した暫定数値ではない。

魔力は距離の二乗に反比例して減衰し、弱くなる。

10㎞先の距離で振り切れるとなると、発生源の魔力量の高さは推して知るべしだ。

「俺も何かの間違いか故障かと思ったが、高魔力地帯であるバグラ山やグーラドロアではきちんと機能していた。ちゃんと記録は残してあるから、疑うなら庁の保管庫探してみ」

「いくら神話でもそこまで強いということは……いや、古の魔法帝国でさえ倒せなかった相手、もしかしたらそうなのかな」

「弱っていたかどうか、今となってはわからん。ただ規格外の化け物だったことは間違いない。倒されたなんて今でも信じられんよ。しかも倒したのは人間族しかいない日本だとか」

「そりゃ何の冗談だ。そこまでの魔力流量の化け物、機械文明如きが倒せる相手じゃないと思うが……」

「まぁアジ・ダハーカの件は置いといて、鬼姫の件は思わぬ拾いものだった。あの媒体によって、魔族制御装置の研究はもっと進むだろう」

「ああ、それでお咎めなしになったんだな。ビーコン確保失敗を、新種の研究材料獲得で相殺と」

「そういうこと。帰国後にアジ・ダハーカと鬼姫についての報告書は上に通してあるし、軍や関係機関にも伝わってるはずだ」

「我が国の発展に寄与したのは間違いない、か。よかったな、始末書が報告書に化けて」

「やかましいわ。しかし……日本、本当に奴らは何なんだ……？」

ダクシルドはちぎったパンでシチュー皿を拭き取り、口に放り込む。

アニュンリール皇国の一部の者たちは日本国を不気味に感じており、すでに警戒感を抱いていた。

■　中央暦１６４３年７月10日　ブシュパカ・ラタン島　アニュンリール皇国軍ブシュパカ・ラタン司令本部　執務室

アニュンリール皇国本土の北側に位置する、四国よりやや広い面積を持つ島、ブシュパカ・ラタン。この島の港には帆船——周辺の文明圏外国家の国籍に属する商船が並ぶ。

アニュンリールは南方世界という広大な面積を支配している国ではあるが、鎖国政策によって大々的な物流が期待できず金にならないため、各国の商人たちは古くからあまり寄りつかなかった。原因不明の海難事故も多く、結果、文明圏に存在する魔導機関を搭載した船の姿は少ない。外国商船であっても帆船が大半を占める。

「大型船が接近しているというのは本当か？」

「はっ。魔力変換式電波反射機によって確認できたと本国より通信がありましたので、間違いありません。北の方角距離１１０ＮＭ（約２０４㎞）、20kt（時速約37㎞）で本島に向かっています」

「あと5時間半で到着予定か」

司令本部長ゴルヴィス・レプサント大佐は、額から汗を流す。

本国から連絡が飛んでくるということは、この大型船の接近は事前にアニュンリール皇国へ通達があったものではない。

となると、国交がない国の船であることが考えられる。

もし大型船が武装した船——最悪軍艦などであれば、歴史もののテーマパークのようなこのブシュパカ・ラタン島は焦土と化す。

ただでさえ巷ではグラ・バルカス帝国などというふざけた科学文明国家が世界中で戦火を撒き散らしているのだから、軍艦がやって来ても不思議ではない。

本国軍が出てくれれば問題ないのだろうが、ここが焼き尽くされる危険があっても、すぐに動いてくれるかわからない。

つまり、手持ちの戦力だけでなんとかしなければならず、その指揮を担っているのがこのゴルヴィスだ。

大型船ということは、それだけで明らかに文明水準の高い国の船である証拠。ブシュパカ・ラタン常備戦力で対抗できるはずもないので、交渉の席を設けるしかない。

「いかがいたしますか？」

「竜騎士団を発進させ……いや、哨戒して発見した形にしなければならないのか。面倒だな」

竜騎士を直接向かわせてしまうと、もし大型船にレーダーの類いが備わっていた場合、アニュンリール側も大型船の接近をレーダーで事前に察知したことを悟られてしまう。

軍の運用さえも低水準文明に偽装しなければならないことに、苛立ちを覚える。

「竜騎士団のうち4騎を東回りの通常哨戒に当たらせ、内1騎を大型船海域に派遣、国籍と航行目的を調べよ。他の3騎については適当に海の上をうろつかせておけ」

「了解」

迫り来る大型船を特定・調査するため、竜騎士たちはスコールが来そうな鈍色の空へと発進する。

■ブシュパカ・ラタン北方　約１５０㎞　海上

アニュンリール皇国軍の竜騎士ベルマ・ブライドスは、飛竜（ワイバーン）を東方向から回り込むように、ブシュパカ・ラタンから北の海域に向かって飛ばしていた。

魔導通信から対象の位置情報が逐次流されているが、本当の文明圏外国であればここまで高性能な魔信は存在しない。

「まったく……冗談じゃない」

身体が剥き出しの状態で、生物に乗って空を駆け回る。

この行為自体は楽しいが、生身では銃弾を1発受けただけでも致命傷になりうる。よりによってある程度の文明水準を持つことが確定している大型船、しかも皇国が国交を持っていない国とのファーストコンタクトを任されるとは。

もし大型船が敵意を持っていて、攻撃されたらどうしよう、そんな考えが頭を苛み胃が痛む。

ベルマはブシュパカ・ラタン島のタイムスリップ勤務が終われば、本国の古代兵器軍への配属が確実視されている。

何事もなければ、来年の今頃は戦闘機で空を駆けているはず。異動まであと1ヶ月だというのに、こんなところで死にたくはない。

だからと言って逃げたら死刑、命令は絶対である。

「ん？　あれは……」

青い海に、灰色の船が見えてきた。

甲板に当たる部分に真っ平らな板を載せたような形状の船で、一目で旅客船や輸送船などではないと判別できる。

「空母……か？」

パーパルディア皇国や準列強文明国が持つような竜母ではないが、それに近い構造に見える。

木の甲板ではないので、空母であると判断してよさそうだ。

つまり対象はムー以上の技術を持つことは確定した。

ベルマはワイバーンに下降の合図を送り、高度を落としていく。徐々に船が近づくにつれ、自分たちの大きさと対比できるようになってくる。

「……大きいな。対空砲を撃ってくる気配はないか、降りよう」

意を決し、手綱で着陸を命令する。

発砲を受けることもなく、拍子抜けするほど無事にベルマは日本国海上自衛隊所属護衛艦『いずも』の甲板に着陸した。

■　**ブシュパカ・ラタン司令本部　作戦司令室**

「そろそろ報告が来る頃か？」

ゴルヴィスが焦燥に駆られながら作戦司令室を歩き回る。

このブシュパカ・ラタンは、当然だが軍備も文明圏外国と同等のものが採用、配備されているので、アニュンリール皇国でもっとも脆弱（ぜいじゃく）である。それがいつでももどかしい。

装備が悪すぎて、下等種族を脅威に感じることも腹立たしかった。

接触役の竜騎士が『大型船は空母と推測。これより対象船に着艦する』と無線を寄越したあと、すでに1時間が経過している。何事もなければ、他の3騎も着艦しているはずだ。

本当に空母であれば、付近に艦船が潜んでいる可能性が高い。奇襲の線も考えたが、空母を持つほどの国が奇襲するのであれば、ワイバーンの短い航続距離を無視してまで空母単独で陸に近づける意味がない。

頭の中を疑問が駆け巡るが、今は何もできることがない。

「竜騎士より報告が入りました」

通信士がゴルヴィスへ向いた。

「内容は?」

「『対象船に敵意なし。国籍は日本国と判明。来訪は外交交渉を目的としている』とのことです」

「外交が目的か……外交部に連絡せよ」

「はっ」

通信士がすぐさま外交部へ連絡を入れる。

「日本国か……最近話題の多い国だ」

■ ブシュパカ・ラタン　北の港

ブシュパカ・ラタンはその特殊性から、居住者は国の関係機関所属の職員とその家族に限定され、家族に対してもアニュンリール皇国人には厳しい守秘義務が課せられている。

島に住む漁師や農家、食堂、配達人、こうした普通の職業に見える者たちまでもが、実は非正規ながら公務員として扱われる。島の人口は約150万人、いくらブシュパカ・ラタンで発生した経済活動が彼らの給料の一部を支えているとはいえ、アニュンリール皇国の公務員比率と人件費を大きく高める原因になっていた。

北の港は漁港も兼ねているが、島で唯一大型船が寄港しても問題ない水深の入り江があるため、本当の意味での玄関口である。

その港が、突如現れた来訪者によって騒然となった。

「おいっ！　何だ？　あれは！」

「で……でかい、あんな船があるのか!?」

騒いでいるのは、周辺国家から出稼ぎに来ている船乗りたちだ。沖合より接近する見慣れない大きさの巨大船を見て、口々に驚愕の声を上げる。

騒ぎに気づいた漁港関係者のアニュンリール皇国人も、北の沖合に目をやる。

(（あれ？　本国の軍艦が来たのか？）)

あまりにも自然に、船の大きさには特に疑問も抱かず受け流してしまいそうになった。

しかしすぐに本国の軍艦がブシュパカ・ラタン北側の海域に来るはずがないということに思い至り、白々しいながらも声を上げる。

「すごい！　大きいぞっ！」

「一体どこの船だ！」

（（本当にどこの船だ……!?））

幸い、周辺国家の船乗りたちは大型船に夢中らしく、アニュンリール皇国人たちの不自然な様子に気づかなかった。

漁港関係者は実はアニュンリール皇国海軍所属の兵士である。

それだけに、文明水準を意図的に偽装したブシュパカ・ラタン島の軍備では、もし攻められたところで勝ち目はないとすぐ判断できる。

そのため彼らは別の意味で焦り、非軍属の人々や他国からの来訪者を港の外へ退避させようと慌ただしく動く。

そんな中、街から馬に乗ってやってきた役所の職員が、魔力拡声器で港に呼びかける。

『皆さん落ち着いてください、大丈夫です！　大丈夫です！　先に見える大型船は、日本という国の船であり、敵意はないとのことです！　攻撃される恐れはありません、皆さん安心してください！』

繰り返される説明を聞いて、人々はひとまず落ち着きを取り戻す。

そして大型船の着岸を、遠巻きに見物し始めた。

黒塗りの高級馬車が港に着いた。

そのまま、一般人の立ち入りが禁止された外交専用の接岸港へと乗り入れる。

この接岸港はブシュパカ・ラタンで唯一、大型船が入っても問題ない水深が自然の状態で確保できている場所に設置したもので、最大の想定としては本国の大型旅客船でも接岸できるように計算してある。自然の地形を利用しているため「あくまで偶然」を装える。

巨大船の接岸した港に馬車が停(と)まる。中から古くさい礼服を着たアニュンリール皇国の外交官がゆっくりと降りた。

アニュンリールの民族衣装のような礼服は全体が白く、簡素な模様が描かれている。背中には一対の翼が生え、右は白く、左は黒い。

ブシュパカ・ラタン支部に身を置く外交官カール・クランチ。ブシュパカ・ラタンはアニュンリール皇国唯一の外交窓口を置く場所なので、彼は外交部直轄の高官だ。

と言っても、アニュンリール皇国では外交部自体の地位があまり高くないのだが。

「おおん……聞いていた通り確かに大きいな。まるで本国の空母のようだ」

大型船の周りをアニュンリール皇国海軍の偽装帆船艦隊が囲んでいるが、まるで馬と犬だ。

外交部上層部経由で、日本国に関する話は聞いている。

科学文明で成り立ち、魔法を持たない野蛮な国家。

しかし列強パーパルディア皇国を降(くだ)し、その技術力はムーをも超えると予想されている。この大型船を見れば、その情報に間違いはなかったとわかる。

どうやったのかは不明だが、古の魔法帝国が封印した邪竜アジ・ダハーカを倒したという話も聞く、不気味な国家。

（まぁアジ・ダハーカは弱っていたようだが……それにしても、弱っていた程度で倒されるような怪物か？）

日本人には人間種しか存在せず、エルフ種も竜人種もいないらしい。魔力量の少ない、たかが人間種ごときに伝説の怪物が倒せるとは考えにくい。

情報を集めようにもほとんどの国家と国交がなく、現在はアニュンリール皇国人自体、日本国への入国が禁止されている。

他国の民間人が知る程度の情報しか集まらず、欺瞞情報も大いに混じっているようで実態が掴めない。

もし仮にこの大型船が実際に空母だとしたら、付近に艦隊がいるはずだ。

下手なことを言って総攻撃でもされれば、ブシュパカ・ラタンは壊滅する。

自分の肩に150万人の命の重圧が掛かっているかと思うと、心臓が締め付けられるようだ。

カールは底知れない不安を感じながら、大型船からの乗員の下船を待つ。

大型船は自分ではうまく接岸できないらしく、時間がかかっている。

「カールさん、日本人は一体何をしに来たんでしょうかね」

世話役の部下が声をかけた。

「わからん。根回し(アポ)なしの外交は厳しいな」

「もし戦争を吹っかけられたらどうしますか？」

「そうだな……負けることは100％ないが、今すぐここを攻撃されるのは身を危険に晒すから、ひとまず下手に出るしかない」

「ああ、なるほど。あの技術水準を持つ連中が砲撃してきたら、いくら何でも死にますね」

「だからと言って戦えば、必ず情報漏洩(ろうえい)が起こるだろうな。この大型船が空母で近海に僚艦が複数隻いるなら、どこからかこちらを観測しているはずだ。そいつを逃せば、我らが魔導技術はこの世界において最先端であると明るみに出てしまう」

「そうなれば、外交方針の大転換が必要になりますね……」

「……カルトアルパス戦で日本国の巡洋艦は、同じ科学文明国家のグラ・バルカスの兵器相手に手も足も出なかったと聞いたのだがな。グラ・バルカスはミリシアルと同等の武力らしいが、この軍艦を見ると何かの間違いではないかとしか思えん」

「これも見かけだけは立派で、中身が伴っていないかもしれませんよ」

「そんなわけがあるか。巨大な船体を作るためにはそれなりに高度な技術が必要だ。同様に兵器も進化していると考えて然るべきだ」

「ということは、もしかして日本は強いのですか？」

カールは部下の疑問に首を傾げる。

「それがわからん。我々の情報収集は又聞きでしかないから確度も低く信憑性も薄いのは当然だが、日本ほど評価が『弱い』と『極めて強力』に二極化している国はない。……まぁどれだけ強くてもミリシアルには劣るだろう。我らの魔導戦艦はミリシアルよりも高性能だし、古代兵器の保有量と解析度も上だ。この世界のどの国相手でも負けることは絶対にない」

「それを聞いて安心しました」

アニュンリール皇国では、教育の過程で他種族――下等種に負けることはないと刷り込まれている。実際、神聖ミリシアル帝国以上に発展しているので、その自負は間違いではなかった。

「話が飛躍しすぎたが、とにかく内容を聞いてみないことには何とも言えんな」

大型船からの下船をずっと観察していた2人だったが、ようやく終わりそうだ。

きっちりと接岸することを諦めたようで、一旦沖合に出て投錨したあと、小さなボートを下ろしてそこに人員を移して港へと上がらせてきた。

ピシッとした服を着た人間族たちが、カールの前に立つ。

人間族の年齢感から予想するに、30代くらいの平凡な表情の男と、20代の快活そうな短髪の男だった。

30代の男は腰を低くし、アニュンリール皇国語で書かれた名刺をカールに差し出す。

「私、日本国外務省の外交官、近藤と申します。あちらは海軍の方でしょうか？　大変ご迷惑をおかけしました。それと急な訪問で申し訳ありません。先進11カ国会議のときにお会いしましたね」

カールが名刺を受け取ると、近藤俊介が深々と頭を下げた。

「ああ、あのときの……。私はアニュンリール皇国外交部ブシュパカ・ラタン支部所属、カールという。急な訪問もそうだが……このような大型船で来られれば今みたいに海軍が下船を手伝わなくてはならないし、我々の業務も圧迫する。事前に連絡をいただきたかったな」

有翼人種は、自身と光翼人以外を人類と認めない。それはカールも例外ではなかった。

近藤への態度は一応は丁寧な物腰だが、外交儀礼として軍艦で乗り付けるなど無礼千万、非礼の極みだと内心では頭ごなしに彼らを否定し、不満を隠そうともしない。いくらこの世界において多少力があるとしても、下等種に変わりはない。

だが——

（ありえないほどの魔力の弱さだが、そんなことより何故アニュンリール語を話し、文字を使っている……!?）

カールが驚くのも無理はない。

アニュンリール語は世界共通語となっているミリシアル語と同じ魔法帝国由来の言語なので、アニュンリール皇国人がミリシアル語を外界で話す分にはあまり苦労しない。だが逆に他種族がアニュンリール語を話せるかというと、メジャーではないせいで話せる者はあまりいない。ブシュパカ・ラタン周辺の国家が、少し訛り交じりに話す程度だ。

だから、これほど流暢にアニュンリール語を話す人物を、外交部職員のカールでさえ知らない。

それもそのはず。この世界では日本人が会話する際、言語を問わず聞き取り話すタイミングで、最適な語句と文法、発音へと自動的に翻訳されるからだ。ちなみに昨年の先進11カ国会議の際は、カールたちの耳には近藤がミリシアル語を話しているように聞こえていた。

読み書きは無理だが、3年前にエスペラント王国で回収したダクシルドの置き土産である資料を、友好国の協力を得て文法を解析し、自動翻訳機を作ることに成功した。

どうせ会話できることに驚いているんだろうなと、近藤はカールの表情から読み取る。

「何度も第三国を通じて貴国に書簡を出したはずなのですが、どうも届いていないのか、お返事がいただけないようでして。今回はどうしてもお話ししたいことがあって、直接訪問いたしました」

その表情はまるで悪びれておらず、カールたちは不気味に感じる。

意図的に無視していたことがバレているような気がした。

「なるほど。だがこちらにも事情というものがある。それに軍船で乗り付ける行為はいかがなものかと思うがな」

「護衛艦で来たことに気分を害されたのであれば申し訳ありません。こちらへの航路に慣れた海運業者が見つからず、海賊や海魔の出現の可能性もあると聞きましたから」

確かに海賊も存在するが、元はと言えば過去、アニュンリール皇国が他国の侵入を許さないために、諸外国の船を極秘裏に撃沈しまくったことが原因である。

それが南方海域危険論となって、今もマイナスイメージとして根強く残っていた。

よもや自分たちのせいであることをバラすわけにもいかないので、否定も肯定もできない。

「――何より我が国は神聖ミリシアル帝国で行われた先進11カ国会議の際、この世界で最強を自負する国家の領海で、海上保安庁の巡視船を撃沈されています。航路の安全性が不明である以上、グラ・バルカス帝国の急襲にも備える必要がありますので、こうして護衛艦で参った次第です」

カールの耳には近藤の話した「海上保安庁の巡視船」の部分が、「沿岸警備隊の哨戒艦」という形に訳されて聞こえた。

（沿岸警備隊……？）

彼は片眉を吊り上げ、怪訝（けげん）な表情を作る。

ひとまず敵意がないことと、相手の言い分に致命的な穴がなかったので、立ち話で済ませるわけにはいかなくなった。

「まぁこんなところで話すのも何だ、外交部支部庁舎に会議室を用意している。そちらに移動してくれるか。馬車はこちらで手配する」

「ありがとうございます」

15分ほどして、予め用意していたように数台の馬車が到着した。

日本国外務省の外交官、近藤と井上他数名の者たちは、アニュンリール皇国が用意した馬車に分乗し、外交部支部庁舎へと移動する。

近藤と井上は馬車に揺られながら、町の様子を眺める。

南方世界という大きな市場には夢がある。文明圏外国、文明水準が低いということは逆に未来の顧客となる可能性が高く、将来性を見据えた周辺国の商人たちが多く訪れているようだ。

そのおかげで、市街は活気に満ちていた。

「……やはりアニュンリール皇国はおかしいですね」

窓から外を眺めていた井上が呟く。

商人がこれだけ来訪しているのに、これだけ活気があるのに文明水準が高くならないのはおかしい。町の風景に違和感ばかりが漂い、その違和感の正体は何か必死で考えていた。

たとえるなら前世界のトルクメニスタンの首都アシガバットのような、徹底された統一感みたいなものを感じる。町並みではなく、人々の営みそのものに、だ。

「井上、今は他国の腹の中だ。それを忘れるな」

「はい」

馬車の中というのは、相手の懐に飛び込んでいる状況だ。当然、盗聴されている可能性も考慮しなければならない。

近藤は釘を刺しつつ、鞄（かばん）から小型の盗聴器発見器を2種類取り出した。1つは電子型、1つはミリシアル製の魔導型だ。

片方ずつ稼働させるが、反応はない。

それを確認して、井上は御者に聞こえないよう小声で話す。

「道が広いです。馬車が存在するにせよ、道行く馬車の交通量の割には道路が広すぎます」

「ああ、そうだな。この広さは、まるでモータリゼーションの発達した世界のようだ」

「想定された文明水準にしては清潔感もありますし、作られた町という印象が強いですね」

大通り、そして脇道。

古くから続く国が発達した場合、車が通れないほどの道や、1台がぎりぎり通過できるかどうかといった道が残っているはずだ。

だがこのブシュパカ・ラタンにおけるすべての道は、石畳とはいえ道路幅が広く、区画整理されたあとのような雰囲気が漂う。

長い歴史によって染みついた高度な文明は、隠そうとしても隠しきれない部分に滲(にじ)み出ていた。

■　ブシュパカ・ラタン　外交部支部庁舎

やがて前方に、こぢんまりとした城が見えてきた。

堀があり、小さいながらも本格的である。どうやらこの城にブシュパカ・ラタンの行政機能を集約しているらしく、多くの有翼人が出入りしている。

城を行政施設として利用しているのか、行政施設として城を建築したのか、前後は不明だが。

馬車は城壁の中に進入し、ある建物の前で停車した。

「着きました。降りてください」

御者に促され、馬車から日本の外交官たちが降りる。

案内人に従ってついていき、アニュンリール皇国外交部支部庁舎内の会議室に通された。

着席してしばらく待っていると、ドアが開いてカールが部下2名を伴って入室する。

「改めて、私はアニュンリール皇国外交部のカールという」

アニュンリール側、日本国外交使節団も一通り挨拶を交わし、最初にカールが切り出す。

「本日どういった用件で来訪されたのかはのちほどお聞きするが、先程も言ったように事前通達なしに軍艦で乗り付けるというのは遺憾である」

港のやりとりを繰り返す。おそらく議事録に残すつもりなのだろう。

「事前に第三国を通じて何度も書簡を送っていますが、ことごとく返信がありませんでしたので、直接伺うことにしました――」

近藤もそれがわかったので、同じ内容を繰り返し説明した。

これでカールも気兼ねなく応じることができる。

「そうか……で、何の用件で来たのだ？　国交締結交渉か？」

「いえ、国交締結は実に素晴らしいことですが、それはお互いの理解がもっと進んでからがよいかと日本国政府は考えております。今回は別件です」

「む？」

カールは思わず怪訝な顔をする。

日本は文明国、文明圏外国問わず対等に国交を締結しようとする、という話は聞いたことがあった。てっきりそういう流れだろうと思っていたので、否定されたことで警戒感を強めた。

「他でもありません。エスペラント王国の件について、お訊ねしたいことがあります」

「エスペラント？　はて、どこの国だったかな……」

驚きが顔に出ないよう表情筋を必死に抑える。

エスペラントのビーコンの確保失敗と、邪竜アジ・ダハーカが日本国に討伐された件は、魔帝復活管理庁の白書で知っていた。

科学技術立国ながらここのところ急激に存在感を増してきた日本は、後れを取ることはないにしても警戒するに越したことはない。どこの官庁もそういう認識だった。

しかし、エスペラントの件を正面から突きつけられてしまった。アニュンリール皇国の痕跡は残していないと書かれていて、それを信じていたために何の用意もできていない。

まさか担当者が大きなミスをして隠蔽しているのだろうか。そうなれば由々(ゆゆ)しき事態だが、今はこの場を切り抜けることがもっとも重要だ。

カールは額と背中に冷や汗を滲ませながら、平静を装う。

「——すまないな、この世界は広い。我が国は南方の田舎国家、すべての国家を把握しているわけではない。それにできては消える国家も多々あろう。……で、その王国がどうしたのかな？」

知らないふりをしつつ、相手に話させて情報を得る。ネゴシエーションの基本中の基本だ。

「北の大地、魔物たちが多く住まう世界、グラメウス大陸はご存じですね？」

「話に聞いたことはある」

「その大陸には人類は存在しないと思われていました。しかし、我が国の調査によって人の営みを発見し、住人がエスペラントと自称する王国が存在することがわかったのです」

「ほう、それはどうやってわかったんだ？　貴国がわざわざ欺くために作った国だという疑念もあるが？」

「詳しくは申し上げられませんが、たまたま見つけただけです。現在は神聖ミリシアル帝国などにも確認してもらい、国家としての承認を受けています」

（チッ。そこまで教えるほどお人好しではないか）

　内心舌打ちするカール。

（そっちの腹の内はわかりきってるんだよ。「わざわざ欺くために作った」なんて特大ブーメラン投げやがって）

　近藤も表情には出さないが、元からやり合う気満々で派遣されたので自国の情報保護は完璧にシミュレーション済みである。

「で、そのエスペラント王国とかいうのがどうした？」

「我が国が接触したとき、魔物の度重なる襲撃によって滅亡の危機に直面していました。魔物とは通常、統率が取れないはずですが、どういうわけか王国を襲撃する魔物たちは統率が取れていました。まるでトーパ王国を襲った、魔王ノスグーラの配下の魔物たちのように」

「ほう……トーパ王国があの伝説の魔王に襲撃されていたのか。それは知らなかったよ。しかし魔物の統率が取れていたとは恐ろしいな」

　カールは相槌を打ちながら、さらに冷や汗を滲ませる。

（ダメだ、これは完全に筒抜けだ……！）

ノスグーラの封印を解いたのは、まさにエスペラントのビーコン回収担当者ダクシルドだ。

近藤がノスグーラの件を出したのはカマかけだったが、実際に日本はエスペラント王国の魔獣による襲撃と、トーパ王国の魔王軍襲来には繋がりがあると見ていた。

エスペラント王国事変のあと、魔王の拠点であるダレルグーラ城を発見した日本は、魔物と魔獣を駆除したのち、神聖ミリシアル帝国と協同で徹底的に捜査を進めた。

結果、エスペラント王国で回収した資料に付着していた指紋や老廃物、残留魔力が、ダレルグーラ城でも見つかった。

これらについても追及しなければならない。

一番痛いところを突かれたアニュンリール皇国外交部職員たちは顔色を悪くしており、やはりこの国が関与していたかと近藤は苛立ちを募らせる。

「やはり話してはくれないのですか？」

「……何のことだ」

「魔物たちを指揮していたのは、鬼人族と呼ばれるグラメウス大陸の原住民でした。彼らはエスペラント王国を襲うよう命令されていた。ダクシルドという有翼人が首謀者で、アニュンリール皇国の装置によって、意思を操作されていたのです」

「バカな。残念だが我が国は文明圏外の国、そのような装置を作る技術は持ち合わせていない。そんな高度な装置が作れるのは、それこそ中央世界の神聖ミリシアル帝国くらいしか、世界に存在しないのではないか？　ダクシルドという人物についても心当たりがない」

カールはあくまで白を切る。

「そうですか。しかしおかしいですね？」

「「「……？」」」

「本国、２つの大陸の建造物が、遥かに高度な技術で作られていることを我々は知っています。このブシュパカ・ラタンよりも、我々の基準だと最低でも10世紀は進んでいる。都市の密度から言って、神聖ミリシアル帝国と同等かそれ以上でしょうね」

「ぐっ……！」

カールたちの顔が歪んだ。

かなり致命的な一撃だったようだが、近藤はさらに畳みかける。

「そして本国の港には比較にならないほどの大型戦闘艦が多数配備されていることも把握済みです。だから護衛艦でお邪魔させてもらったわけですけどね。何故文明水準を低く見せようとするのか我々には理解できませんし、今ここで詮索するつもりも、国際社会に発表するつもりもございませんが」

（見破られている……!!）

何故かはわからない。スパイがいるのか、それとも内部からの情報漏洩か。

問題は、本国の文明水準が割れたのが、エスペラントの一件の前か後かだ。

日本がエスペラント王国のことを持ち出してきたからには、そこでアニュンリール皇国に目を向けたと考えるのが自然だ。

だが、魔族制御装置だけで関与を推測できるはずはない。あるいは、ダクシルドが見落としたミスがあったのかわからないが、その場合は本人が罰せられて終わる話だ。

もしエスペラントの件の前に日本がアニュンリール皇国を知っていたのだとしたら、その場合が一番厄介だ。アニュンリール皇国の情報が内部から漏れたと考えるのが当然の流れになるし、そうなれば諸外国と繋がりの多いブシュパカ・ラタンが情報の流出元として真っ先に疑われ、あちこちで犯人捜しが始まるだろう。それは日本がどうやってアニュンリール皇国本土のことを知ったのか、判明するまで終わらない。

アニュンリール外交部職員たちは動揺で心臓が激しく脈打ち、噴き出る汗をハンカチで拭う。

「本国が発展？　……まぁどんな国でも、首都は地方より栄えるものだろう。だが神聖ミリシアル帝国と同等とは、何か勘違いしているのではないか？　何度も言うが、我々にそんな技術はない」

立場上「よくぞ見破った」などと口が裂けても言えない。守秘義務違反でヒトが死ぬこともある。あくまで低文明人を演じ続けるしか、彼らに選択肢はなかった。

「ではあなた方は魔物に、エスペラント王国を襲うよう仕向けてはいないと？」

「もちろんだ」

「そうですか……我々の科学鑑定で、有翼人が組織的に関わったことは間違いないという結果がすでに出ています。そして国家単位の支援があったことの裏付けも取れています。日本国政府は、あなた方が嘘を言っているとしか考えないでしょう」

「科学鑑定？　お前たちが勝手にやっていることなど信用できるか。我が国は関係ない。が……そんな疑いを掛けられて黙っているわけにもいかん。我が国でも調査してみよう。仮に、仮に我が国の人物がかかわっていたとして、何を要求する？」

ここで会談を打ち切りたかったが、無理に打ち切ればかえって立場が悪くなる。

内容によっては、関与を認めてしまって要求に応じることも上層部で検討されるだろう。それにまだ日本がどのような国なのか、本土の状況をいかなる手段で把握したのかわかっていないので、そういう意味で交渉材料は1つでも多いほうがいい。

「グラメウス大陸にはエスペラント王国以外にも、鬼人族の国へイスカネンがあります。その国の姫であるエルヤを、アニュンリール皇国は拉致している。日本国としてはエルヤ姫の身柄の引き渡しを要求します。当然、無傷で」

「拉致だと？　ずいぶんと敵対的な物言いだな。鬼の姫？　を我が国が捕らえて何の得になるというのだ」

「お認めにならなくても構いませんが、とにかく要求は伝えました。もちろん、エスペラント王国とヘイスカネン、トーパ王国への謝罪と賠償についても今後話し合いの場を設けていただきたいと思います。我々は人権侵害に対し、断固たる態度で臨みますのでお忘れなく」

「……言いたいことはわかった。その……鬼の姫というのが我が国に迷い込んでいるかもしれないという可能性を根拠に、貴国の要請に基づき捜索はしよう。ただし、仮に発見しても引き渡すかどうかは本国の判断になる。この場での回答は差し控えたい」

「そうですか。要求にお応えいただけないのでしたら我が国にも考えがありますので、追ってご連絡します。素直に引き渡していただいたほうが、貴国にとっては得かと存じますけどもね」

この脅しとも言える一言は、カールたちにかなり効いた。

近藤たちの交渉は、アニュンリール皇国外交部の姿勢を完全に崩すものだった。

この会談内容はアニュンリール皇国の中央省庁に強い影響を与え、何らかの動きを見せるだろう。

日本はエルヤが囚われているであろう施設を、衛星写真からすでに12箇所ほどに絞り込み、監視している。

動きがあればさらに絞り込める。

絞り込んだところで強襲するわけにもいかないが、情報はあとあと武器になる。

「これは余談だが……仮に我が国にいたとして、日本国が鬼人族とかいう種族の姫の身柄を確保して、何の得になる？」

「我が国はヘイスカネンと国交を樹立しました。友好国からの調査要請に応えるのは当然です。ヘイスカネンからも後日、貴国へ直接引き渡し要求が行われるでしょうが、まずは第三国である日本国が間に入り、緩衝材となることで交渉をスムーズにする狙いがあります。もちろん、直接ヘイスカネンに引き渡していただくのが最善ではありますがね」

「……何という横暴か……これが列強国のやることか」

「我々が何故、貴国の実情を全世界に公表していないのか、よくお考えくださいね。今回の会談については我々のほうでも議事録を残してあります。今後、日本国外務省から直接ご連絡しますので。よろしくお願いします」

カールたちは、アニュンリール皇国の真の姿を知る日本国との会談に終始体力を奪われ続け、若干老けてしまった。

会談終了後、日本国外交使節団は巨大な軍艦に乗って帰っていった。

カールは明け方までかかって緊急報告書を作成し、本国の外交部で直接会談内容を説明するため、皇都へと飛んだ。

■中央暦1643年7月13日　アニュンリール皇国　先進生物研究所　大実験場

ブランシェル大陸の砂漠にある先進生物研究所の一角に、大きな広場があった。

大実験場と名付けられた広場には広場の7割ほどを占める巨大な竪穴(たてあな)があり、その縁を高く囲う魔鋼の柵と網状の蓋が備え付けてある。

中から魔物・魔獣たちが決して逃げることがないように、だ。

所長のヴァール・ベッツは、実験場の制御室から広場を見下ろして感嘆する。

「すごいなドロリア君……！　これほどまでに多数の魔獣を操る念導波を、たった1人の検体が発するとは……」

視線の先には1人の男がいて、彼の前に魔獣たちが整然と並ぶ。

名を呼ばれた太り気味の研究員ドロリア・カーボスも興奮していた。

「検体№．11518Bは、過去に我が研究所が生み出した最高傑作です。封念紋章があるにもかかわらず念導力が溢れ、百足蛇(むかでへび)を使役していましたから。封印を解いて少し訓練を受けさせただけで、これほどの能力を発揮するようになりました」

上位魔獣が下位魔獣を従えるには、その者が持つ魔法素養の高さが鍵となる。

アニュンリール皇国で開発している——と言っても元は魔法帝国にあったものだが、魔族制御装置には魔力を増幅し、周囲の下位魔獣を従いやすくさせる魔導波を発生させる。さらに魔族制御装置自体に装置同士でネットワークを構築する機能も搭載していて、エスペラント王国事変で鬼人族たちが多数の魔獣軍を従えさせていたのはこの機能による。

従来のアニュンリール皇国製魔族制御装置では、装着した普通の魔族1体がオークキングと呼ばれる個体を2体以上扱うことは難しいとされてきた。ダクシルドがテストしていた改良型でさえ、魔族1体につき5体が限界だ。

そのオークキングが５００体以上、検体に従って整然と並び、指示通りに動く。

「検体を呼びますね」

ドロリアがマイクを取って呼びかける。

『アデムさん、一度こちらに上がってください』

圧倒的な魔族制御能力を持つに至ったロウリア王国の元将アデムは、制御室を見上げて了解の意思を示した。

「ふぅ……まだ訓練時間は終わってないでしょうに。どうしました？　ドロリアさん」

5分ほどしてアデムが制御室にやってくると、ヴァールが賞賛を浴びせる。

「アデム君、君の能力はすごいな！　あれほどの魔獣をこんな短期間で操れるようになるとは。正直、君がここまで成長するとは思っていなかったよ！」

「これはヴァール所長、おいででしたか。まだまだ私は成長過程にあるようで、念導力はどんどん強くなっていますよ。私が成長できるのもアニュンリール皇国のおかげ……感謝しています」

「末恐ろしいですな。凄まじいの一言です」

ドロリアが先程取ったアデムのデータを魔像画面で確認しながら呟いた。

「私は……亜人殲滅を邪魔し、私に2度も恐怖を与えた日本国を、恐怖のどん底に陥れなければいけません。奴らは強い……目的達成のためにはもっと、もっと力がいるのです」

アデムの目に復讐の炎が宿る。

約3年前、彼がこの先進生物研究所を訪れたとき、ヴァールはアデムの脳を調べる際に記憶の整合性などもチェックしていた。結果、テストデータとして亜人を憎む偽の記憶データがそのまま残っていることに気づいた。

その亜人の定義には有翼人は含まれておらず、『ナンバーズ8』が反乱を起こしたときもアデムはアニュンリール皇国人に危害を加えなかった。

日本国というのがどういう国か、何故日本を憎むようになったのかは知らないが、今更データを書き換えて良好な検体をダメにするリスクは冒せない。研究所はアデムの人格や記憶を操作せず、そのまま経過を見ることにした。

有翼人種は憎悪の対象から外されているとはいえ、深い闇を抱えた目を見ると、気持ちがいいものではない。ヴァールも悪寒で身を震わせる。

横からドロリアが空気も読まずに口を挟む。

「アデムさん。今日は試しに1体、操ってみてほしいやつがいるんです」

「ほう？　試すのは構いませんが、魔の者でないと念導力は効果を発揮しませんよ」

「もちろん、魔の属性に違いありません。鬼人族と呼ばれる種で、ただの鬼人族であれば今のアデムさんでも操れるでしょう。しかし、我々が確保している個体は強力な退魔結界を張れる、いわゆるレア物です。我が国の研究機関で操ることはできません」

昨日、エルヤの身柄に関して魔導技術省から連絡があった。

『もしかしたら鬼人族の姫を元いた場所に帰すことになるかもしれない。研究を進められるなら、今のうちにデータだけ取ってしまってくれ。ただ、万一でも傷を付けることは禁ずる』――と。

「そこで私に白羽の矢が立ったと。ですがそれ、結構前にこの研究所に来た個体ではないのですか？　ここ最近輸送機が来た覚えはなかったと思いますが」

案外鋭い。

「なに、普通の魔獣や魔族を操るのも飽きてきたでしょう。ただのテストですよ。もしそのレア物を操れたなら、それが持つ退魔結界を獲得し、海邪竜シーサーペントの魔力障壁も突破できるでしょう。そこまでできれば、アデムさんはシーサーペントでさえも使役できるようになりますよ」

シーサーペントは神話の時代、属性竜の一種である水龍と互角に渡り合ったという邪竜種である。

自然発生する一品物のアジ・ダハーカやリヴァイアサンなどと違って、群生するため亜竜に近いが、獰猛かつ負の魔性を持つことから邪竜種に分類される。

「ほう？　神話の時代から生きるシーサーペントを使役できるとは、魅力的ですねぇ。そういうことなら是非試させてもらいたい」

「よしきた。じゃあ行きましょうか」

彼らは、研究所本棟に移動することにした。

■　先進生物研究所　魔物格納庫

先進生物研究所本棟には、格子の扉がついた部屋が並んでいる。

魔物格納庫と呼ばれるこの場所は、魔物や魔獣などが檻や個室に収められ、不気味な呻き声が絶えず聞こえてくる陰気な区画だ。

換気扇はあるが追いついておらず、獣独特の臭いが漂う。

「……なぁおい、まだ協力する気はないのか？　お前が協力すると言うまで、こんな豚箱みたいな場所から動かしてもらえないぞ？」

飼育員の1人が、とある檻に向かって呆れとも憐れみともつかない口調で話しかけた。

「我が国を踏みにじった者らに、媚びるような真似はしませんよ」

檻の中には1人の女がいた。

黒い肌に大柄な体格。額から2本の控えめな角が生え、凛とした表情で背筋を伸ばして正座し、正面にいる飼育員を静かに睥睨する。

一重で吊り目、顔立ちは少し幼いが、備わった気高さによって何倍も美しく見えた。

たとえ拷問を受けても、決して従属しないであろう強い意志。

鬼人族の国へイスカネンの姫、エルヤの姿がそこにはあった。

当たり前だが彼女はアニュンリール皇国語を話せない。

ダクシルドが取ってきたデータを元に鬼人族の文法を解読し、2年かけて自動翻訳機を作って檻に付けてある。おかげで、双方向で会話が成立している。

「ふん、そうかい。素直になりゃもっとマシな扱いを受けられるってのに……」

「そなたは優しいな」

「同じヒト種に属してるんだろ？　俺はあんまり差別みたいなことはしたくないからよぅ」

「そなたのためにも聞かなかったことにしましょう」

「そりゃどーも」

飼育員が檻の前から離れかけたとき、格納庫の入り口の扉が開かれた。

入ってきたのは、ヴァール、ドロリア、アデムの３人だった。

「おや所長、どうされました？」

飼育員の言葉を無視し、３人がエルヤの檻の前へツカツカと近づく。

「アデムさん、これが件の鬼人族のレア物です」

「ほう？　本当に鬼人というのが存在するんですねぇ。私は初めて見ましたよ」

アデムは興味深そうに檻を覗き込んだ。彼の脳にインプットされた亜人の定義に鬼人族は入っていないので、敵意を剥き出しにしたりはしない。

逆にエルヤのほうは、眼光鋭くアデムたちを睨みつける。

「気安く寄るな、有翼人種に隷属する者よ。貴様の薄気味悪い魔力、連日ここまで届いて不愉快極まりないわ」

「おお怖い怖い。では試してみましょうかね」

アデムが体内魔力を練り上げ、脳へと集中させる。骨盤、脊髄から練り上げた魔力を神経に乗せて汲み上げると、漏れた魔力が全身から立ち上る。

魔法素養が一定以上に高い者には、アデムの身体から禍々しい灰色の魔力漏出が見える。

「ぐ……っく……！　ぐぅぅぅ……！」

「何をするかと思えば……〝絶対隷属〟の能力ですか？　そんなものは私に通用しませんよ」

負の魔性を帯びた魔力を退ける、圧倒的な退魔の力。

何度も、長時間に亘って試してみたが、アデムの念導力ではエルヤを操ることはついぞできなかった。

「はぁっ……はぁっ……はぁっ……！　魔族に近い種族のくせに、すごい退魔能力ですね……。悔しいですが、今の私には無理なようです。しかし……いずれは必ず貴女を操ってみせますよ」

アデムは屈辱で顔を歪めた。

「私は決して屈しない。しかし貴様、どういう出自なのかは知らんが……そのおぞましい能力を自分でも不自然だとは思っていないのか？　貴様の中身、一体どうなっている？」

怒りというよりは、困惑の表情を見せるエルヤ。アデムが人間ではないと看破しており、親切心からそれを教えようとした。

「私の中身？　中身とは——」

——ガンッ！

「……！」

ヴァールが檻を叩き、会話を遮った。余計なことを喋られては困るのだ。

「忌々しい下等種め……そんな言葉で異種族さえ籠絡しようとは、やはり野蛮な種族は油断ならん」

なるほど、とエルヤは状況を察した。

アデムは彼らにとって切り札ではあるが、逆に弱点でもある。アデムの力がどこまで強まるかは未知数だが、下手に猜疑心を持たれると困るのだろう。

そんな彼女の内心を知る由もないアデムは、ヴァールが檻を叩いたことで何かのスイッチが入ったのか、あるいはエルヤがおののいて黙ったと勘違いしたのか、表情をいやらしく歪めた。

「所長、いいことを思いつきました。こいつを拷問してみてはどうですかねぇ？　退魔結界が一時的に弱まるかもしれませんよぉ」

「いやいやアデム君、これは大切な実験材料だ。政府の許可なく傷を付けられんのだよ」

エルヤ本人に限定した退魔結界を張れば、極めて高強度な防御になるので滅多に傷つけられることはない。別に拷問すると言われたところで恐れることはなかった。

だが――

「そうですか……。ではこうしませんか？　私がもっともっと念導力を上げたら、グラメウス大陸で大量の魔物どもを操り、鬼人族の国を襲わせて攻め滅ぼすのです。そうすれば守るものがなくなり、退魔結界を使う意味も消えるかもしれません。絶望で精神を破壊してしまいましょう」

「ふむ……それは案の１つだな。しかし鬼人族は強いぞ。鬼人族そのものを操らなければ、滅ぼすところまでは難しいかもしれん。まぁ政府に打診して検討くらいはしてもらってみるか」

「貴様ら……！」

これにはさすがのエルヤも怒りと焦りを滲ませる。

睨み付けるエルヤを無視し、３人は魔物格納庫を後にする。

■ アニュンリール皇国　皇都マギカレギア　オラナタ城

空を貫かんばかりにそびえ立つ高層建築物群、その中でも一際大きな建築物が都市の中心部に存在する。

アニュンリール皇国皇帝ザラトストラが君臨するオラナタ城だ。横から見ても真上から見ても美しい曲線でデザインされたこの城は、城というよりは巨大要塞のようである。

現代日本人に説明するなら、サグラダファミリアを先進的なデザインにし、大小いくつかを広大な敷地に配置したものと言えばわかりやすいだろうか。国会議事堂、首相官邸、各主要省庁、東京都庁、最高裁判所を1箇所に集中させた、さしずめ〝行政機関要塞〟といったところだ。

その敷地の中心部にある城――皇帝の居城こそ、狭義でオラナタ城と呼ぶ。それ以外の建物を含む敷地全体を指す場合、本来はアヴェストリアという名が付けられている。

オラナタ城皇帝の間では、この国を動かす行政部門の長たちが雑談を交わしていた。重要な閣僚会議が終わった直後で、終了予定時刻までの自由時間だ。

皇帝のみが座ることを許される玉座には、１人の青年が座っていた。

青みがかった煌（きら）めく短い髪に、魔法の黒銀（アダマン）で作られた美しい冠を頭に戴（いただ）く。

青い目、色素が抜けたかのような白い肌、そして背中に――翼はない。

混血を極力避けた王家故に純血に近く、圧倒的な魔力を誇る皇帝は、魔法を使うときだけ漏出した魔力により〝光の翼〟を背中に形成する。

歳（とし）は優に３００歳を超えており、時空遅延式魔法の人体適用によって人間族換算で18歳ほどの肉体を保っていた。

皇帝ザラトストラは、玉座から一段下がったすぐの場所に座る魔帝復活管理庁長官ヒスタスパを呼びつける。

「お呼びですか、陛下」

「ヒスタスパ、ラヴァーナル帝国の復活は我が国——いや、我が民族の悲願である」

軽やかな声色が、皇帝の薄く柔らかな唇から漏れる。その音は耳から心の奥底へと届き、全身に痺(しび)れのような感覚をもたらす。

「その通りでございますね」

「復活の日は近い。ビーコン保護はぬかりないな?」

「はっ、現在我が国で回収して管理下にあるビーコンと、宇宙空間にあるビーコンだけで古の魔法帝国復活に必要な数は揃っております。下等種に触られたり解析されたりして、ビーコンが何の役目を果たしているのか知られないよう、僻地に残る分の確保も進めています」

「そうか……宇宙空間の分だけでも魔法帝国復活が可能と聞いていたから、その点はあまり心配していない。だがグラメウス大陸の下等種の集落にあったビーコンの回収に失敗したのは問題だ。他国で同じような失態を演じるなよ」

ヒスタスパは言葉に詰まる。

エスペラントでの失敗は内密に処理しておいたはずだった。急にこの話題が出てきたというのは、誰かの差し金か、あるいは——

考えるよりも早く言い訳が飛び出す。

「心得ております。現在、近傍の地域としてはガハラ神国とクイラ王国でビーコンの魔導波を検知していますので、この回収保護活動に万全を期す所存でございます。グラメウス大陸のエスペラントにおいては、日本という新興国の介入により失敗したと見ております。報告が遅れて申し訳ございません」

「ならばいいが。我々の行動に感づかれ、北側諸国を巻き込んで調査に入られたら厄介だ。その日本とやらがビーコンに気づいていないのは確実か？」

「そのような報告は来ていませんね。奴らは魔法を持たない種族だそうですので、ビーコンの発する魔力に気づかなければ、存在そのものに気づくこともないと考えられます」

「ほう？　――ところで、国の行政運営には横のつながりも重要だ。そう思わんか？」

「は、はぁ……？」

「先程、外交部から連絡があった。日本国が先日来訪し、急な実務者会談が開かれたそうだ。エスペラントでの我が国の介入を疑っているらしい」

「なっ、なんですと!?」

ヒスタスパは顔を青くする。

もしもアニュンリール皇国がラヴァーナル帝国復活を目論(もくろ)んで暗躍していることが世界に知られれば、すべての国が協力して攻め滅ぼしに来るだろう。

まだ世界すべてを相手に戦うほどの余力はない。

日本国が仮にビーコンの存在を把握し、その機能から真意を突き止めていたら、国家存亡の危機である。

ラヴァーナル帝国復活までの時間、自国に籠もって防御に徹すれば守り切れるかもしれないが、果たしてどれだけの死者が出るか。都市がいくつ壊滅するか。

もしそんな事態になれば、きっかけを作った魔帝復活管理庁の担当者は逮捕確定。長官も罷免を免れず、最悪アヴェストリアから追放だ。

「奴らは外交官をブシュパカ・ラタンに送り込んで来たあと、エスペラントへの介入とノスグーラ封印解除の件を確信的に話し、証拠を掴んでいるとまで言い放った。しかも我が本国はブシュパカ・ラタンよりも遥かに発展し、大型戦艦も多数保有することまで知っているそうだ」

皇帝の言に、ヒスタスパは一転して首を傾げた。

エスペラントの一件が本国の発展度や軍備保持の発覚に繋がるとは考えにくい。それとこれは別問題のはずである。

「なんと……まさかスパイが？　しかし有翼人でなければ偽装は困難ですし、本土に他種族がいれば簡単に気づくはず……よもや同胞の裏切り……？」

まさか宇宙からカメラとレーダーを使って監視しているなどとは、夢にも思わない。

そのような技術は、神聖ミリシアル帝国にもまだないものだ。

「わからんが、何かしらのミスがあったと考えるのが妥当だ。この件は各省庁にあらゆる可能性を探らせる。貴様の部署でも徹底的に洗い直し、同時にビーコン回収・保護の手法について再検討せよ。どんな小さな可能性も見逃すな」

「はっ……承知しました」

「しかし日本国とは……油断ならない連中だな。ただの人間族ではあるまい、にっくき神の息がかかった奴らかもしれん。とにかく多角的に情報を集めさせなければ」

皇帝ザラトストラは、全省庁に対し日本国への警戒を強めさせる命令を下した。

■ 第三文明圏　日本国　ＪＡＸＡ　本社

２人の男が、今後の探査計画について話をしていた。

「――半年後に種子島(たねがしま)宇宙センターから打ち上げだ。ようやくここまで来た、というか……感無量だな」

「これでこの世界の謎が１つ解けるかもしれませんね」

若手の職員が目を輝かせる。

実験に実験を重ね、やっと大型無人宇宙往還機が完成した。これが今後新世界の惑星外に飛び立ち、世界の謎を解き明かすことになるかもしれない。新時代の歴史に自分も携わることになると思うと、ワクワクしてくるのは当たり前だった。

もう１人、彼の上司も希望に満ちあふれた表情で、ずっとにやにやしている。

「せっかくの新型ロケット(H3)なのに、しばらく観測衛星やら通信衛星やら気象衛星やら、小、中型人工衛星ばかり打ち上げていてちょっと退屈だったからな」

Ｈ３ロケットは新世界において最重要課題として、真っ先に研究開発が進められた。

新型エンジンは日本のＪＡＸＡとＭ重工、Ｉ重工が共同で研究した『ＬＥ－10』を使用する。

ロケット本体は２段式もしくは３段式とし、エンジン基数と燃料を増やしたことで『ファルコンヘビー』のように少々大型化したが、のちの打ち上げで「一定高度を過ぎると重力加速度が弱まる」という不可思議な現象が起きるデータが得られ、結果的にペイロードが増加することになった。

「そのわりにずいぶん楽しそうでしたね？」

「そりゃあ地球とは全然違うことが毎回起きるし、他国の制約なしにバカスカ打ち上げられるんだから楽しいに決まってるだろ。だけど今度はようやく、やりたいことをやらせてもらえるんだ。国家事業で好きなことができるって最高だな」

「謎だらけのこの世界で、解明できそうなうちの1つ……日本が上げたものではない人工衛星の回収。これに成功すれば、この世界の研究が一歩進むかもしれませんからね」

ＪＡＸＡをはじめとした宇宙関係機関は、転移直後からこの宇宙について探っていた。

探査初期の段階で、この惑星を周回する人工衛星の存在に気づいた。

しかも1基や2基ではなく、惑星を取り囲むかのように――まるでＧＰＳ網のように、非常に多くの人工衛星が発見された。

「――しかし、今までじゃ考えられないほどの予算が付きましたよね」

「地球ではアメリカやロシアが先行して宇宙開発に取り組んでいたからな。この世界でそれができるのは日本だけだから、そのくらいの予算規模を計上してもらわないと困る。財務省も文句は言えないさ」

「それだけに失敗は許されませんね。気が引き締まる思いです」

「イトカワに比べりゃ近距離だが、試料とは比べものにならない大物を取るサンプルリターン計画だからな……あのときとは使う技術が全然違う」

したね」

「『はやぶさ』はすごかったですね。僕も当時はネット中継、ずっと観てました。今回は操作の複雑さと通信のタイムラグを考慮して、自律的に動かす必要がありましたから、本当に苦労の連続でしたね」

日本国は有人宇宙飛行の実績もなく、旧世界の頃から研究を進めてはいるが、信頼性の高い有人仕様のロケットをすぐに用意するのは困難である。技術的な問題ではなく、倫理的な問題が大きな壁となっているからだ。

そんな中、周回する国籍不明の人工衛星を持ち帰る計画が持ち上がった。

しかし開発・製造への道のりは生やさしいものではなく、宇宙ステーションのロボットアーム技術などを大量に研究開発する必要があった。

「ま、あとは打ち上げて持ち帰ってくるだけだ。研究者の皆さんも首を長くして待っているだろうが、俺たちもその日が待ち遠しいよ」

「無事に晴れてくれるといいんですが……」

日本国の転移の謎、そして世界的に文明水準が低いにもかかわらず存在する人工衛星。

日本の有識者たちは、世界各国で語り継がれる古の魔法帝国の伝承はデタラメではないと考えており、研究に取り組むべきだと学会や国会でまで常々提言がなされていた。

研究者らの声に押されたというわけではないが、新世界に元から存在する人工衛星にはこの世界の未来に重要な情報が存在する可能性があると日本政府は判断し、異例の予算額を研究費用に積み上げ、大型宇宙往還機の建造に着手。財界の協力もあって短期間で実用化に漕ぎ着けた。

無人宇宙往還機は遠隔操作によるロボットアームを使用し、宇宙に存在する人工物を回収して地上に持ち帰る。

日本だけの極秘任務ではあるが、各所から大きな期待がかかっている。

「まだそうと決まったわけじゃないが、魔法帝国が打ち上げた人工衛星か……。惑星を取り囲むGPS網のように多数配置されているのは、技術力の高さが窺えるな」

「本当にそんなやつらが存在して、敵対することになるとしたら……前世界のアメリカを相手にするようなものでしょうか？」

「今現在わかっている情報から〝それくらい〟と推測しているだけで、彼らの技術水準がまだよくわかっていないから何とも言えないな。今回のサンプルリターンで少しでもわかるといいが……もし旧世界の現代アメリカ並みだったら、今の日本じゃどうしようもない」

「政府が技術力と軍事力の向上に躍起になってますけど、間に合うんでしょうか……」

「さぁ……危機感は持ってるし、ミリシアルやムーも軍備を強化していく方針で進んでるから大丈夫じゃないか？　いずれにせよ、俺たちが謎を解明する手助けができたら、国——いや、世界を救う手助けになるのは間違いない。失敗しないよう頑張ろう」

「はい！」

超古代文明の遺産、ラヴァーナル帝国が打ち上げたとされる人工衛星を回収する大規模なサンプルリターン計画は、国策事業として強力に推し進められる。

① 中央暦1643年6月2日、ヒノマワリ王国領内グラ・バルカス帝国陸軍バルクルス基地より、ナルガ戦線第8軍団が塹壕地帯を越えてムー侵攻を開始。ムー陸軍アルー市防衛隊を殲滅、ムー空軍ドーソン基地を無力化。
② グラ・バルカス帝国陸軍第９航空団第２飛行隊リースク・トラウト小隊『アンタレス』4機、日本国航空自衛隊『F-2』1機と遭遇し全滅。
③ 6月18日、日本国陸上自衛隊第７師団、オロセンガ簡易駐屯地よりキールセキに向けて移動を開始。

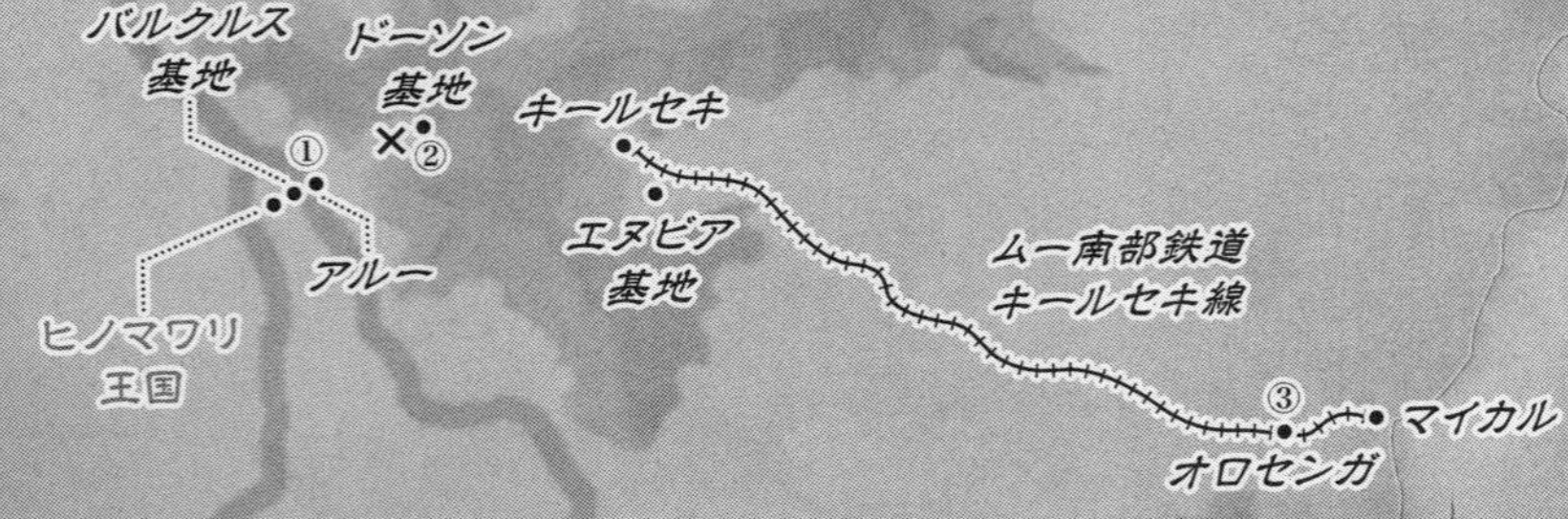

Illustration by archa_

第11章
空洞山脈の攻防

■中央暦1643年6月28日　第二文明圏　ムー　キールセキ　西側約50㎞地点　空洞山脈

静かな洞穴の中に、ほのかな光が満ちている。

光の正体は、空洞山脈を構成する魔石が放つ光だ。それ自体の発光と、地表から吸収した光を通し、拡散する性質を持つために、昼間は〝やや暗い地下鉄の駅〟程度の明るさを保つ。

その洞穴の中で、ムー陸軍の偵察隊隊員は国産バイク、ガラッゾ発動機社製空冷単気筒350ccエンジン搭載『ガラッゾ350スポーツスター』に跨がり、西の方向を望遠鏡で眺めていた。

「ん……！　き、来た!!」

遠くのほうから、微かに上がる黒い煙が迫ってくる。

グラ・バルカス帝国の戦車部隊が侵攻してくる証拠だ。それは空洞山脈の地平線を徐々に埋め尽くし、横一杯に広がっていた。

「なんて数だ……正気じゃない」

試作の戦車を作り上げたばかりのムーは、その戦術を現在進行形で研究中だ。

製造コストもランニングコストも高い戦車は基本的に虎の子兵器として考えられており、あくまで歩兵を補助するための少数による運用の予定だった。これは〝大地を制するのはあくまで歩兵の役割である〟という基本理念に基づく。

しかし迫り来る敵はほぼすべて、戦車や自動車に乗っているように見える。

洞内を黒く染めて侵攻してくる敵戦車部隊に、どれほどの軍事費を投じているのかとムー偵察兵は戦慄する。

だがすぐ我に返り、魔導通信で司令本部に報告を入れ、職責を全うする。

■ ヒノマワリ王国領内　グラ・バルカス帝国陸軍　バルクルス基地

基地に併設された航空隊基地では、グラ・バルカス帝国の主力戦闘機がエンジンをかけ、出撃の準備を進めていた。

『アンタレス』戦闘機のほか、『シリウス』爆撃機や海軍にはない『ベガ』双発爆撃機が整然と並ぶ。その数、総勢216機。第1次攻撃隊はその内の3分の1、72機が務める。

ムー南部の拠点キールセキを落とすために、バルクルスとを何度も往復させる大規模な爆撃作戦を予定している。ムー航空機は弱いが、規模が規模なので陸軍航空隊も気合いが入っていた。

陸軍航空隊の作戦責任者である戦隊長パース・ビレッジア大佐と基地司令兼軍団長ガオグゲルは、格納庫の前から駐機中の戦闘機たちを眺める。

「圧倒的な戦力、壮観の一言だな」

基地防衛のために大量の戦闘機が並ぶ様子は何度も見ているが、彼らはこれから敵基地を叩くために出撃していく。その背景があるだけで、かくも勇壮な姿に見えるものだろうか。

「この異世界において自国に並ぶ者なし」と軍上層部が言っていたことを思い出す。

今なら納得できる。それだけの自信を肯定できるほどの航空戦力が、眼前にある。敵がいかなる戦力を投入しても、決して戦況が覆ることはないだろうという、圧倒的な力強さと安心感を覚える。

「第4機甲の露払いですから、気合いも入るというものですよ。我々航空戦力だけでキールセキに展開する敵軍を殲滅してしまうかもしれませんな」

「そんなことになったら、ボーグ君に申し訳ないと思わんのか」

「花を持たせるためだけに敵を残すというのも、少将殿に失礼かと」

ガオグゲルが「ぬかしおる」と笑う。

部下からの厚い信頼を寄せるパースは、同様に部下だけでなくボーグやガオグゲルからも信頼されている。これまでの戦績も優秀で、今回の爆撃作戦にも期待が掛かる。

グラ・バルカス帝国陸軍第8軍団隷下第9航空団は、離陸後にキールセキ駐屯地とエヌビア基地を爆撃して航空戦力と陸軍戦力を損耗させる。

そのあと、先行して空洞山脈を抜けている第4機甲師団がキールセキ市に突入し、残りの敵戦力を掃討、占拠する予定だ。

「確認ですが、敵基地の2箇所を叩いたあと、さらに街にも爆撃を実施するんですか？　歩兵1個連隊だけで十分市街地を制圧できると思いますが」

「簡単なことよ。街に恐怖をばらまけば、歩兵の負担が減るであろう？　住人に無駄な抵抗をされて歩兵に余計な被害が出るのは多大な損失だからな」

「そういうもんですか」

そんなに変わるもんだろうかとパースは首を傾げるが、中将はこの作戦を素晴らしいものだと思い込んでいるようなので、特に反論も疑問も呈さないでおいた。

「パース大佐、ムー航空戦力と第9航空団には圧倒的な差がある。失敗は許されんぞ」

「承知しております。所詮複葉機が主力の旧式空戦力、急旋回だけは脅威ですが対策はすでに完了しております。帝国航空兵の敵ではありませんよ」

「ここを落とせば、第8の評価も上がる。終わったら本国でゆっくり余生を過ごしたいもんだな」

「第八帝国から第8を冠した最強の軍団、その名を汚すわけにはいきませんからねぇ。じゃあ私はそろそろ航空団司令室へ向かいます故」

「うむ、頼んだぞ！」

パースが司令部施設へ足を向けると、『アンタレス』が離陸を開始した。

爆撃機を含めた圧倒的な航空戦力はバルクルス基地上空で旋回し、編隊を整えてから東へ向かう。

■　ムー　エヌビア基地北西　上空

——ブゥゥゥゥゥゥゥゥゥゥ…………。

空洞山脈上空に、ムー人が見慣れない1機の航空機が飛んでいた。

双発のターボプロップエンジンに取り付けられた4枚羽根のプロペラを回転させ、時折両翼をふらふらと不安定に揺らす。

機体の上には円盤状の物体が取り付けてあり、くるくると回っている。

560㎞もの探知距離を誇るAN／APS－145レーダーは、ヒノマワリ王国領内に建設されたグラ・バルカス帝国のバルクルス基地から飛び立つ多数の航空機を捉えていた。

「すげぇ……えらい数だな」

近づいてきている敵機は72機。おおよそ現代戦では見ることがないほどの編隊が、レーダースクリーンに映し出される。

ロウリア王国戦やパーパルディア皇国戦を経験した隊員であればそれほど驚くこともなかっただろうが、このレーダー監視員にとっては初めての実戦だったので、これまでの先輩たちと同じように驚きと呆(あき)れを同時に覚える。

「レーダーは正常に作動しているか？」

「問題ないですよ。さすが電子攻撃(ECM)に強いだけありますね」

『E－2C』の西側には、日本に1機のみ存在する『EC－1』が飛行している。

西暦2011年に更新されたECM装置J／ALQ－5改を搭載し、対グラ・バルカス帝国戦用にフルスペックで運用できるようリミッターが解除されている。

「『E－2C』は4機あるからいいものの、向こうはたった1機だからな。もう少し量産に早く着手していたらよかったんだが」

「アルーが終わったら、今度は中部防衛ラインに移動。連戦で疲弊するでしょうね」

「彼らの負担を減らすためにも頑張ろう」

「ええ」

進路から考えるに、敵の侵攻目標はキールセキの街か基地、あるいはその両方だと推測される。

『E－2C』ホークアイの機上から得られたデータは、エヌビア基地へ適切に伝達された。

■ エヌビア基地

基地全域で、けたたましくブザーが鳴り響く。

「おいでなすった」

敵の侵攻が近いことを察知し、『E－2C』を飛ばしていたエヌビア基地の航空自衛隊は、当然ながら『F－15』戦闘機12機、『F－2』戦闘機16機の出撃準備をすでに整えていた。

滑走路に向かってゆっくりと戦闘機が地を走る。


データはすでにムー空軍にも伝えられており、エヌビア基地所属の『マリン』180機も自国を守るために離陸準備に入っていた。

ムー空軍南部航空隊第106キールセキ＝エヌビア空軍基地第33飛行隊所属パイロット、パーテリム・サガン中尉の視界に、滑走路に向かう日本国の戦闘機が入る。

「ん？　日本軍も動き始めたか！　助力してくれることはありがたいが貴君らの出番はない!!」

ベテランパイロットである彼は、日本のデモ飛行があったタイミングでたまたま哨戒任務に出ており、その飛行特性を見ていない。プロペラもない奇妙な機体がそんなに速く飛べるのかと疑問を抱いていた。

そんな彼をフォローするように、別の中隊長から無線が入る。

『パーテリム中尉、頼むから日本の邪魔はしないようにね』

「馬鹿を言うな！　自国を守るのが自国民でなくてどうする！」

『その意気は買うけど、恥かくだけだからやめといたほうがいいよ』

パーテリム隊の番が回ってきて、滑走路の発進位置につく。

スロットルレバーをいっぱいまで倒して出力を全開にし、エンジンのアイドリング音が急激に甲高くなる。プロペラの回転も高まり、ストロボ効果で残像がゆっくりと動く。

自動車では体感できない加速度を全身で感じながら、十分に加速するまで待つ。

「恥だと？　他国任せで軍人が務まるものか。ムーは……儂が守る!!!」

グラ・バルカス帝国の強さは噂に聞いている。

神聖ミリシアル帝国の主力艦隊が殲滅され、ムーも甚大な被害を受けた。世界中が束になっても引き分けたことも記憶に新しい。

しかし人一倍愛国心が強く根性だけはあるパーテリムは、ムーの技術の結晶である『マリン』に絶対の信頼を置いており、気迫で負けなければ勝てるとまでは言わずとも引き分けに持ち込むことも可能だろうと自信を漲らせる。

パーテリム隊『マリン』中隊が順調に加速し、次々と離陸した。向かってきている敵編隊の位置までそう遠くないだろう。戦闘行動半径に収まっているはずなので、最高速で飛翔する。

「侵略者どもへの今日の初撃は、儂がもらうぞ!!!」

室内には耳栓をしていても腹の底や頭の芯まで響くエンジンと風を切る轟音が反響し、ガラスも振動でぶるぶると震えて視界が揺れる。

この轟音と振動こそが生きている実感。

時速約３００㎞まで加速して眼下のキールセキ市を眺める。この活気ある街に、銃弾の１粒とて落としてはならない。

部下たちも編隊を整え、そろそろ最高速まで加速しようとさらにスロットルレバーを倒そうとした、まさにそのときだった。

――ゴォォォォォォオオオオオオオ――――――――ッッ!!!

『マリン』編隊の後ろから日本軍の戦闘機が追い抜いたあと、急角度で上昇していく。

「ば……バカな!!　化け物か!?　次元が違いすぎる!!」

その上昇角度は今までパーテリムが見たこともない角度で、加速度も目が飛び出しそうになるほど圧倒的だった。

レシプロ機ではおよそ達成不可能な速度と上昇能力。秒で置き去りにされた事実に混乱し、次第に冷静になる。

「あんなもの……張り合うことすらおこがましいではないか……」

『ほらな』

別の中隊長の声が聞こえた気がした。

機体背後から炎の柱を吐きながら、頭が変になりそうなほどの速度で上空へと高く上っていくワシとクサリヘビたち。

透き通るような青空へと、瞬く間に消えていった。

■エヌビア基地　管制司令室

先行して飛ぶ空自の『F－15』と『F－2』の中距離空対空誘導弾の射程に間もなく入る。

パーパルディア皇国戦でデュロ空襲に参加した航空自衛隊幹部樋口浩介（ひぐちこうすけ）二等空佐は、責任の重さに胃を痛めていた。

「頼むから誤射だけはしないでくれよ……」

離陸後、『F－15』と『F－2』に急いで先行させたのには理由がある。

『E－2C』ホークアイから送られてくる敵の位置は、コンピュータによってノイズを処理され、管制司令室のレーダースクリーンにはっきりと映し出されている。が、他にも映る機体の影がいくつもあった。

ムー航空機は未(いま)だ敵味方識別装置を全機に装備していない。オタハイトやマイカルのいくつかには試験的に導入してもらっているが、旧式機化するであろう機体にわざわざ付けるのは人件費的にもコストパフォーマンスが悪いということで、遅々として進んでいないのである。

要するにムー戦闘機が戦闘空域に到達する前に、敵の航空部隊を全滅もしくは撤退させる必要があるというわけだ。

「何ならムー戦闘機部隊は基地で待機するか、最悪基地上空でおとなしくしててくれりゃいいんですけど」

部下のレーダー管制官が愚痴とも何ともつかないぼやきを口にする。

「そう言うな。彼らにだって面子(メンツ)を立たせてやらないと、国民からの突き上げを食らう。〝出撃していた〟という事実が重要なんだ」

「軍の存在意義は定期的に宣伝していかないと、すぐに弱体化しようとする人たちがいますからね。防衛を甘く考えすぎなんですよ」

「それに俺たちばかり頼られても困る。自分たちの国は自分で守ろうという気概は、実は非常に大事なんだ」

「あとは軍備の近代化さえ進めば、って感じですね……」

敵航空機部隊第1次攻撃隊は72機にも及ぶ大編隊。同数から倍くらいの『マリン』であれば、勝てる見込みはゼロだ。

対空戦は主に『F－15J改』が攻撃する手筈になっている。

後ろには『F－2』も控えているため、撃ち漏らしはないだろう。万一ムー戦闘機が戦闘空域に達してしまうと、有視界戦闘をしなければならない。それだけは避けたい。

速度域が違いすぎて接近するのが危険な上、たとえ機体を見て判断しても人間がやることなので誤射が出る可能性が高いからだ。

「しかし……本格反攻作戦の開幕戦で、先頭を務めるのが俺たちとは……」

世界連合艦隊のバルチスタ沖海戦の裏で、オタハイトとマイカルを狙ったグラ・バルカス帝国艦隊を、ムー艦隊と海上自衛隊が潰しているので初戦ではない。

だがそれは防衛戦であって、反攻作戦――グラ・バルカス帝国の勢いを抑え込む戦いという意味では今回が本当の開幕戦だ。

こんな重要な戦いの口火を切る航空隊の隊司令に任命されるとは、デュロ空襲の『BP－3C』護衛任務よりも緊張して汗が止まらない。

ムー支援派遣混成戦闘航空団はアルー奪還のあと一部を残して北の基地へ移動し、さらにその後の作戦に備える。そちらのほうが大規模な作戦になるが、今ほど緊張するまい。

当たり前だが、グラ・バルカス帝国にいい感情など抱いていない。

世界に宣戦布告し、巡視船を撃沈し、乗務員を勝手に処刑し、それだけで印象は最悪だ。直近でも日本の自動車運搬船を攻撃して、乗組員を多数殺害したという話も聞く。

多くの国に侵攻してなお進撃を続けているので、世界征服をするというのは本気なのだろう。正気の沙汰ではない。

ここで日本の力を証明し、グラ・バルカス帝国の野心を挫き、各国からの求心力を高めなければならない。

国益を大きく左右する一戦だ。責任はあまりにも重く、決して失敗は許されない。

眼前に設置されたレーダーモニターでは、敵を示す光点と空自機が徐々に接近する。

決断の時が迫る。

訓練は何度も行っているのでミスはないはずだという自信と、戦場に絶対はないという不安が樋口の中でせめぎ合う。

穴が空きそうな胃を押さえながら、その時を黙して待つ。

「——敵、有効射程に入りました！」

「……攻撃を開始せよ!!」

「司令部より各機へ、攻撃開始！　攻撃開始!!」

樋口は訓練通りに決断を下した。

■　空洞山脈　上空

大山脈ガム・デ・リオラに連なるマルムッド山脈の上空を、多数の無機質な物体が飛ぶ。

総勢72機にも及ぶグラ・バルカス帝国陸軍第9航空団キールセキ第1次攻撃隊。機体が重奏する太く重厚な音は辺り一帯に響き渡り、不気味な進軍を演出する。

『アンタレス』戦闘機16機、『シリウス』爆撃機32機、『ベガ』双発爆撃機24機で構成された爆撃隊は、一定の速度で整然と編隊を組み、一糸乱れぬ飛行姿勢を保つ。

眼下には空洞山脈に引っかかった真綿のような白い雲が、美しい雲海を形成していた。

『アンタレス』戦闘機で構成された第4飛行隊所属の小隊長スペンズ・ヒアロウ少尉は、周囲を警戒する。

相手は世界序列2位の列強だの文明国だのと言っているが、その軍ははっきり言って弱い。

撃たれれば無事では済まないので警戒監視は怠れないが、この調子なら問題なく敵基地に到達し、爆撃して帰投できるだろう。心配なのは油断することだけだ。

特に対空砲は脅威である。ドーソン基地で1機、対空砲から被弾して基地に逃げ帰っている。ワイバーンとかいうでかい飛行トカゲが存在するので、対空兵器の命中率や威力が案外高いのかもしれない。

そうした理由から、主に地表の警戒監視を強めるよう出撃前のブリーフィングで強調された。

（この変な山は禿げ山だから監視するまでもないが……アルーの砲兵陣地の件もあるし、用心するに越したことは――）

そのとき、左前の下空を飛行していた編隊の辺りが、一瞬強く光った。

「ん？」

何が起こったのか、反射的に顔を上げる。

——パガァンッッ!!!

「なっ……!!」

この間、1秒も経っていなかった。光、爆発、知覚、そして驚くまで、思考が緩やかに流れていたのを感じ——耳栓越しに爆音が伝わったと同時に、急速に頭の芯が冷えていく。

『ベガ』双発爆撃機1機が猛烈な爆発で四散し、凶器となった破片が近くの3機を巻き込んで撃墜した。合計4機の残骸が火と煙を纏いながら、雲の海に落下する。

『何が起こった!?　今の爆発は何だ!!』

『わからん!!』

急に無線が慌ただしくなった。

『周囲を警戒し……ぐぎゃっ!!』

次から次に友軍機が爆発し、最初の4機と同じように雲の中へと消える。

第1次攻撃隊が恐怖とパニックに陥った。

『何が起こっている!!　敵は!!　機影は見えないのか!!?』

『誰か、何か見ていないのか!?』

スペンズはこれに反応して無線を流す。

「真っ白な槍が飛んできた!!　目にも留まらない速度の槍だ!!!」

『槍!?　そんなもの——ガッ』

『我、攻撃を受けつつある！　攻撃を受けつつあ——ガジッ』

『攻撃だ、攻撃に晒されているぞ!!　散開するんだ!!!』

何が起こったのか、まったくわからない。

青空に黒い爆発がいくつも現れ、黒煙が柳のように垂れる。

あまりにも呆気なく訪れる中隊単位の死に、全隊が恐慌状態に陥った。

『何処だ!!　何処から狙われている!!?』

『誰か報告を、何でもいいから情報をくれぇぇっ!!!　――ザザッ』

散開の命令で編隊が乱れ、謎の攻撃から逃れるために各機が無秩序に急旋回を開始する。

各々の機体が翼端から白い尾を引き、透き通るような青空に白い線となって残った。

その後も謎の攻撃は止まらず、グラ・バルカス帝国航空兵に多くの死をもたらす。


日本国航空自衛隊『F－15J改』（MSIP改修機）戦闘機12機から発射された99式空対空誘導弾（AAM－4）計48発が、設定された目標に対し正確に飛翔し、相手がどう旋回しようが上昇しようが下降しようが、容赦なしに襲いかかる。

発射直後ならともかく、終末誘導は白い軌跡すら残さず、その速さもマッハ4から5（時速約5千から6千㎞）に及ぶため、目視などできない。スペンズが見たものは、戦闘機乗りの並外れた視力と集中力が捉えた、ほんの一瞬のシーンだった。

AAM－4は巡航ミサイルでさえも迎撃可能な国産ミサイルである。時速500㎞程度の大型目標を外すわけもなく、1発が飛翔中に不具合を起こしたが、残る47発は期待された性能を発揮した。

「ばっ!!　ばかな!!　これでは一方的すぎる！」

最初の1機が爆発してからというもの、未だ何が起こっているのか理解が追いつかない。

眼前に広がる光景は、次から次へと爆散し、ただただ炎の雨となって墜ちゆく友軍の姿のみ。

正体不明の攻撃から逃げるため、全員がエンジン出力を全開にして各々の方向へ飛ぶ。

攻撃は爆撃機だけでなく、『アンタレス』戦闘機に対しても例外なく及んだ。

「うおぉぉぉぉ!!!」

スペンズは、見通しのいい高空にいるのは危険だと判断し、反転急降下を開始していた。

久々の激しい振動で、機体がばらばらになるのではと恐怖を感じる。翼端では下部の空気が上空へ回り込み、白い尾を引く。

戦闘行動でここまでエンジンを全開にするのは、前世界と訓練のときだけだ。

海軍航空隊のカルトアルパス海戦やバルチスタ沖海戦を経験した者たちから、ケイン神王国が配備していたものと同等の強力な戦闘機がいるとは聞いていた。空中戦艦の理不尽なまでの強さに関しては、大げさに吹聴された眉唾物だと思って笑って流した。

だが今さっき隊が受けた攻撃はそんな生易しいものではない。

完全な目視範囲外からの、正体不明の攻撃。戦闘機を一撃で粉砕し、あまつさえ破片すら武器に変えてしまうほど強力無比な破壊。一瞬で死ぬかもしれない恐怖が、空域全体に渦巻いている。

「くっ……！　まだ駄目か……!?」

スペンズが後ろを振り返る。

後方ではなおも爆発が続き、一瞬で多くの命が失われている。

呪われた空域から離脱しようと無様なほど必死に逃げる。キャノピーの外の景色がゆっくりと流れ、快速を誇るはずの『アンタレス』がもどかしいほど遅く感じられた。

前世界においても今世界においても、最強を誇ったグラ・バルカス帝国。

帝国航空兵が、為す術もなく空で散る。

「こんな……こんな馬鹿なことがっ!!」

あり得ないことが起こっている。

ほんの数分前——いや、もしかしたら1分も経っていないかもしれないが、作戦に楽観的だったスペンズは一転、恐怖と絶望で混乱する。

いつ自分が標的になるかわからない。あの攻撃は、標的にされた瞬間に死ぬものだ。全力で逃げる以外に助かる術はない。

僅かな可能性に賭け、急降下を続ける。

もうすぐ空洞山脈にかかる雲海に突入する。下がどうなっているのかはわからないが、確実に死ぬ攻撃よりは助かる可能性が高い。

「神よ、我を守り給えっ!!」

白い水蒸気の中へ突入し、フロントガラスがびしゃっと水滴で濡れる。

そのまま降下して底へ抜けると、山肌との僅かな空間だった。

(あ、危なかった……！　いや、まだ安心できない！　とりあえず洞窟の中に!!!)

スペンズは頭をフル回転させ、山肌に沿って降下しつつ、旋回して山の中に逃げ込めるよう角度を整える。

落下と表現すべき垂直に近い急降下体勢から、空洞山脈中層に開いた少々広めの穴に向かって命知らずのダイブを敢行する。機首を持ち上げながら、凸レンズの断面のような形状で横たわる石のアーチの下へ、トンネルに突入するようにエンジン出力をカットして減速しつつ機体をねじ込んだ。

直後――

――ガァアッッ!!!

穴の入り口、スペンズが通り抜けた場所の上の石梁(せきりょう)に、敵の正体不明の攻撃が当たったようだ。やはり狙われていたのだ。振り向くと、石の梁(はり)が爆発とともに粉々に砕けて崩れ落ちている。

「今のは下手したら完全に死んでいた……。俺たちは一体何と戦っているんだ……？」

洞穴内に入ってからはさらに減速を続け、立体の網状になった内部を下へ、そしてアルー側へゆっくりと反転して出て行く。

攻撃隊に再合流すべく、空に向かって上昇を開始した。

またあの恐怖の空域に戻るなど正気ではないが、このままでは敵前逃亡で処刑される。

それにどういう状況になっているのか、この目で確認しなければならない。

――ボンッ……ボンッ……。

機内にいても音が伝わるほどの爆音が上空から時折届き、炎の塊が雲海から抜けて山肌へ落ちる。

「なん……まだ……奴(やつ)らがいるのか……」

本能が全力で警鐘を鳴らす。

この先は現在進行形の地獄だ。決して戻るべきではない。

徐々に冷静さを取り戻しつつある中、雲に近づくにつれ、雷鳴のような轟(とどろ)きも聞こえるようになってきた。

やっと仲間の無線が届くようになり、悲鳴か報告かよくわからない喚き声ばかり繰り返される。

『くそっ！　アルスがやられたっ!!』

『速い！　速すぎるゥゥっ!!　――ガガッ』

『助けてぇ！　誰かぁぁぁっ――ジッ』

冷静になっていたスペンズは、歯をかちかちと鳴らしてスロットルレバーを緩めた。

「帝国軍を子供扱い……一体何が起きているんだ……」

恐怖と戦いながらも雲に突入し、上昇を続け、やがて雲海を抜けた。

「な……なんだ!?　あれは!!!」

黒い花火がいくつも咲いている。赤い火の花びらが降り、残り少ない友軍機は巨大魚に襲われた小魚のようにあてどなく逃げ惑う。

「くそっ！　敵は何処だ!!」

スペンズは怒りを燃やし、全神経を集中して空を見回す。

「――あれか!?」

東の空に、微かな点が見えた。

点に見えたそれはすぐに鏃のような姿を現し、次の瞬間には上空を通過した。

――ガァン!!!

音速の2倍の速度で上空を通過した『F－15J改』が衝撃波を放ち、スペンズの機体が揺れる。

「は、速い!!　今の音は何だ!?」

――バラララッッ!!

疑問に思った瞬間には、すれ違いざまに放たれた敵の機銃によって友軍機が爆発していた。

異次元の戦闘だった。信じられないような速度で飛び回り、瞬時に仕留める正体不明の敵の姿がそこにあった。

残存している『アンタレス』は、敵機を撃墜しようと敵の方向に機首を向けて追跡を試みるが、速度差がありすぎてあっさりと引き離される。

かと思ったら後ろから猛追され、光の雨を受けてバラバラになる。

青い空に、ゆっくりと墜ちる赤い火の玉が量産されていく。

スペンズの無線機からは、相変わらず友軍機の絶望的な悲鳴だけが流れていた。

『追いつけない!!　あんなの倒せるかよォ!!』

『後ろから来た!!　狙われてる、助けてく――ガッ』

スペンズはようやく理解した。

自分たちは目覚めさせてはならないものを呼び起こした。

虎の尾であればまだよかった。伝承のドラゴンの尾か、あるいは神の足を踏んだのではないだろうか。これはそういう類いの、抗(あらが)えない存在からもたらされる無慈悲なる死だ。

「逃げろ!!　逃げるんだ、死ぬぞ!!!」

敵機からロケットのような兵器が放たれる。

友軍機は回避しようとしていたが、それは明らかに向きを変えて追従していた。

兵器の速度も何倍も違う。

「あんなもの、避(よ)けられるかァ!!」

あまりの理不尽さに、スペンズは叫んだ。

「し……信じられん!!　このままでは帝国は――はっ!!」

友軍を狙う正体不明機は、機銃で狙うために急速に速度を落としていた。

その機体に注目すると、翼の下に白く縁取られた赤の丸が控えめに描かれていることに気づく。

「あのマークは……やはりあれが日本軍かっ!!!」

グラ・バルカス帝国と同じ転移国家にしてムーの同盟国、そして科学技術立国。

カルトアルパス時点では大した戦力は持ち得ないとされていた。

しかし今、目にしている日本機との性能差はとんでもない開きがある。

しかも目に映る範囲の敵はたったの10機程度。たった10機前後に、72機の友軍は全滅に近い被害を受けていた。

誰が評価を誤ったのか。今すぐにでも追及してぶん殴ってやりたい。

速度差は明らか、兵器としての概念が違いすぎ、同じ戦闘機のカテゴリーとは思えない。練度でなんとかなるレベルを遥(はる)かに超えている。

まるで鷲(わし)と蜂だ。数の優位など通じない、絶望的な戦力比がここにある。

このまま戦争を進めると、帝国は取り返しのつかない多大な損害を被るだろう。そう考えたスペンズは、敵前逃亡も承知で引き返し、グラ・バルカス帝国の占領下にあるドーソン基地に届くことを期待して無線を発信する。

「司令部!!　司令部!!　こちら第9キールセキ第1次攻撃隊!!　我、攻撃を受けつつあり!!　我、攻撃を受けつつあり!!!」

　スペンズの報告中、空に光の線が走る。

　――ブゥウゥウゥウゥウンッッ!!!

「敵はとてつもなく速い!!　日本国の戦闘機!!　敵は日本国!!!　全滅に近い――がぁっ!!」

『Ｆ－15』が放った20㎜機関砲弾約２００発が、『アンタレス』の右翼を掠める。

　翼の先が消滅して炎が噴き出し、バランスを崩した機体が回転を始めた。

　そのまま再び雲海へと落ちていく。

「ぐうぅぅ……!!　落ちるか!!　落ちてたまるか!!!」

　空力の一部を失ったために回転し続ける機体の中、操縦桿を回転とは逆方向手前に倒しながら、コントロールを回復させようと足掻く。

　これだけ激しく回転して振動していれば、とっくに平衡感覚を失っていてもおかしくなかった。

　だが生への執着が、意識の放棄と嘔吐を許さない。否、三半規管などとっくに麻痺している。

　妻と、小学生になったばかりの子供の顔が脳裏に浮かぶ。

「死ぬ――わけにはいかない!!!」

　目を大きく見開き、機体の状況を確認するために必死に制御する。

　右翼の先が消失して、補助翼が動かない。だが左翼の補助翼はまだ動く。方向舵、昇降舵も駆使し、エンジン出力を調整してようやく機体を水平飛行させることに成功した。

「司令部！　司令部!!　……くっ」

　いくら無線機を発信しても、激しい振動のせいで壊れたのかまったく作動しなくなっていた。

彼は燃料を気にしながら、基地に帰投すべく全神経を集中させる。

グラ・バルカス帝国陸軍第9航空団キールセキ第1次攻撃隊72機は、空洞山脈上空において日本国航空自衛隊『F－15』戦闘機12機の迎撃を受け、1機を除き全滅、部隊消失した。

■ヒノマワリ王国領内　グラ・バルカス帝国陸軍　バルクルス基地

陸軍第9航空団の司令室は、蜂の巣を突(つつ)いたような大騒ぎになっていた。

「何が、何が起こった!!?」

『わかりません！　状況不明!!』

パースの額に汗が滲(にじ)み、こめかみから顎にかけてつつっと伝わって床へと滴り落ちる。

アルー戦のあとに占領したドーソン基地に、グラ・バルカス帝国軍の対空レーダーと有線通信機器を設置し、空洞山脈上空到達まで警戒監視させていた。

だが中継中、ドーソン基地駐留中の航空隊員がパニックに陥った。第1次攻撃隊が飛行していた付近が真っ白になったという。

レーダーの故障を疑ったが、機器自体は正常に作動していることが確認された。

レーダースクリーンの一部だけが見えなくなる不可解な現象。レーダーの原理を知っている詳しい技術士が、もしかすると細かい金属片を撒(ま)くなど何らかの妨害を受けた恐れがあると判断する。

文明水準の低い国から電波妨害などあり得ないと考えていたが、まもなく司令部を恐怖に陥れる無線が入ってくる。

『……撃を受けつつあり、攻撃を……り……速い……本国の戦闘……は日本国……全滅に……』

不気味な報告はそこで途切れ、それ以降無線は沈黙を保ったままだ。

間もなくレーダー画面の真っ白になっていた部分は正常に戻るが、そこには友軍機の姿は1機たりともなかった。

『パース大佐……第1次攻撃隊は何らかの攻撃を受け、全滅したものと思われます……』

「何を根拠にそんなことを言っている!?」

『空洞山脈入り口直上で爆発が起きるのを見た者がいました。この地表すれすれまで戦闘機が飛んでくるのは異常事態です……。〈アンタレス〉のエンジン音を聞いた者も複数います。間違いありません』

悲痛な声の報告に、バルクルス基地航空隊司令室もしんと静まり返った。

栄えあるグラ・バルカス帝国陸軍航空隊が全滅など、あってはならないことだった。

ワイバーンとかいう空飛ぶトカゲを根絶やしにする勢いで撃墜してきた。改良種もただの的で、世界序列2位と謳(うた)われるムーの空軍も大差なかった。

この世界において最強と畏怖されるミリシアルの戦闘機でさえも、『アンタレス』には遠く及ばないと聞いている。

にもかかわらず、全滅。損害何%ではなく、殲滅である。

「信じられるか!!! どこかに隠れているのではないか!? よく捜せ!! そうだ、ムーの対空砲陣地が山の上にあったのかもしれん!!」

『お言葉ですが、攻撃隊から〈山脈表面に異常なし、編隊飛行を継続する〉と報告が入っていました。それに山脈は東西に約200㎞、対空砲を置くのは現実的ではありません』

「ぉぅ……」

部下のほうがいくらか冷静だった。

「では……まさか、ミリシアルが空中戦艦とかいうやつを出してきたのか？」

噂には聞いている。

『アンタレス』を撃墜したのは、カルトアルパス海戦のミリシアル戦闘機とエモールとかいう国の風のドラゴン、そしてバルチスタ沖海戦でミリシアルが持ち出した空中戦艦とかいう常識外れの飛行物体だ。その空中戦艦というのが特に海軍航空隊を苦しめ、多大な損害を被ったらしい。

仮にそれが相手であれば、もしかすると全滅もあり得るのかもしれない。

『いいえ、ミリシアルの空中戦艦とやらが相手でしたら、どんな敵でどんな攻撃をしてくるか、報告くらいはできたはずです。あれは直径200ｍ強、時速200㎞程度という話でしたし、そんな飛行物体が浮いていれば、確実に報告します』

「確かにそれもそうだ」

『今回の攻撃隊は、無線を入れる間もなく全滅したように思います……。レーダー妨害が意図したものであっても、こんな短時間で70機余りが殲滅されるのは異常です。何かが起こっているとしか考えられません』

「そうだ、レーダー妨害が人為的なものであるなら、無線にも影響を与えるかもしれんぞ」

『そういえばドーソン周辺で4機がロストした際も……』

パースは心臓が締め付けられるような感覚を覚える。

対空レーダーに障害が起き、4機が行方不明になった。ドーソン基地の対空砲にやられたのかと考えていたが、今回の第1次攻撃隊と同じ末路を辿っていたのかもしれない。

何が起こっているのかが判断できない。

未知への恐怖が航空隊司令部を蝕んでいく。

『いずれにせよ、敵の正体が判明するまで第2次攻撃隊の出撃は控えるべきであると愚考します。このままですと第9は……』

「馬鹿を言うな!! これは陸上部隊と連携した作戦なんだぞ!! 爆撃でキールセキの戦力を削がなければ、いかな第4機甲とてただでは済まない! それに制空権は絶対に必要だ、敵に空を奪われた状態で陸上部隊を送ればどれほどの被害を受けると――待て、そんなことを言っている場合じゃない……!」

パースはパニックになりそうな頭を必死で落ち着け、この基地に危険が迫っている可能性に思い至った。

「第3次攻撃隊から直掩を32機上げろ!! 全隊いつでも発進できるように準備させておけ!!! パイロットは機内待機だ!!!」

「はっ!!」

部下が作戦司令室から走って出て行った。

「あとは……こっちのレーダーはどうなってる!?」

「ほ、報告します!!! レーダー画面が!!!」

監視員が悲鳴のような声を上げた。

背筋が凍り付くような、嫌な予感がする。

「どうした!!?」

パースが画面を覗き込むと、一面真っ白になって何も映っていなかった。

自身が発するレーダーの軌跡さえも停止したように。まるで目隠しをされたように。

「ま……まずい!!　今すぐ全機上げろ!!!　敵機を全力で迎撃せよ!!!」

基地建設後、初めて緊急事態を告げるサイレンが鳴り響く。

敵がどこから来るのかわからない。

それはレーダーに戦闘を頼るようになった航空部隊にとって、何よりも恐ろしいことだった。


空に溶け込むような青い機体が、目にも留まらない速度で飛ぶ。

洋上迷彩に塗装されたそれは、グラ・バルカス帝国航空機がどう足掻こうと到達できない空域、海抜高度約５万５千ft（約１万７千ｍ）を西に向かっていた。

事前に電波妨害を行っているため、おそらく帝国の迎撃はないだろうと予想されたが、第二次世界大戦時水準の対空兵器を擁する国相手に、パイロットたちは緊張に包まれていた。

第二次世界大戦当時の対空兵器と一口に言ってもピンキリである。黎明期のものなら最大射程が９００ｍくらいだが、末期には８千から９千、終戦間近になると１万２千ｍもの長大な射程を持つ強力なものもある。どれほどの対空砲を持っているかはまだ未知数なので、楽観は禁物だ。

機内に響く轟音の中に、パイロットの呼吸音が混じる。緊張で心拍とともに荒くなっているのだろう。

『F－15J改』は制空戦をやり遂げ、制空権の第1段階（航空優勢）を確保してくれた。

次は『F－2』戦闘機16機が基地を爆撃し、敵航空戦力を一時制圧して第2段階の制空権確保を目指す。

『F－2』の見た目は旧世界のアメリカ製戦闘機『F－16』に酷似しているが、中身はまったく異なる。開発当初は支援戦闘機、海外からは戦闘爆撃機とされ、現在は単に戦闘機として扱われる。対艦・対地攻撃に特化した機体であるが、制空戦闘もこなせる優秀な多用途戦闘機だ。

「もうすぐ爆弾投下地点か。平常心、平常心」

パイロットが呟（つぶや）いた。

現在は無線封鎖中なので指示はない。

それでも訓練通り、おまじないのように攻撃報告を口にする。

「Cleared attack. Fire. Ready, now. Bombs away. Laser on. Lasing...」

パーパルディア皇国戦後、精密誘導兵器の不足を痛感した日本国政府は、積極的に誘導兵器の開発と量産を行った。

敵を破滅に導く一撃。精密終末誘導シーカーを搭載した爆弾自身が放つレーザーの反射波を捉え、目標に向かって正確に投下できる誘導爆弾、日本版ＬＪＤＡＭだ。

『F－2』を離れたＬＪＤＡＭは、眼下にあるグラ・バルカス帝国最前線基地、バルクルスに向かって落下していく。

航空隊の司令室において、パースは未だ兵たちに指示を出し続ける。

レーダースクリーンが使えない今、敵からの攻撃はほぼ確実と見ていい。迎撃に際し、対空砲や迎撃機の配置を的確に指示していく。

『第1対空砲陣、配置完了。オーバー』

「了解、砲撃、いつでもできるよう装填開始。オーバー」

『迎撃機、順次離陸開始。オーバー』

「了解。第13から15までの中隊、最大高度まで上昇。スズメ1羽見逃すな。オーバー」

「第1次攻撃隊は何者かによって全滅させられた。何が来るかわからん、気を抜くなよ！」

パースは司令室の後方で注意を促した。

「「「はっ！」」」

「……まぁ侮りはしませんが、敵が何であろうとも我が軍は不敗ですよ。あの空中戦艦だって帝国の戦艦が撃ち落としたんですから。決して負けやしません」

根拠のない楽観論を吹聴する軍幹部に、パースは苛立ち(いらだ)を覚える。

幹部の間抜けぶりに反して兵たちは命令通り迅速的確に動き、練度の高さを発揮する。

そのときだった。

――カッ――

突如、窓から閃光(せんこう)が走る。

――ボオオォォォンッッ!!!

続いて響き渡る爆音。

基地の窓ガラスがビリビリと振動し、衝撃波で外にいる兵たちがその場で転倒した。

パースが音のした方向を見ると、猛烈な爆炎と土煙が上がっている。

「か……滑走路が!!!」

炎と煙に包まれているのは滑走路だった。爆発は1つではなく、いくつもの破壊が簡易舗装を食い破る。

離陸中の戦闘機も運悪く爆発に巻き込まれており、翼が折れて燃料に引火し、滑走路から外れた場所で盛大な炎を上げて停止する。

「どこだ!!!　どこにいる!!!　敵は——ガッ!!!」

——ドドオォッッ!!!　ガガッッ!!!

炎を上げていた駐機中の航空機の爆弾にも引火した。耳をつんざく爆発音とともに、猛烈な炎を噴き上げる。

誘爆による爆発はすさまじく、その衝撃は司令室の窓ガラスを割り、室内に撒き散らした。

パースは窓辺に駆け寄って空を見上げるが、爆弾を投下したとおぼしき敵機を見つけることはできない。

——ウウウウゥゥゥゥゥ——————……。

爆発からややあって、バルクルス基地に敵の襲撃を知らせるサイレンが鳴り響く。

人間の警戒心を刺激するサイレンが恐怖を呼び覚まし、「嘘(うそ)だ」「悪い夢であってくれ」と兵たちの士気が駄々下がりになる。

それでも攻撃に対応しようと必死に走り回る。最初のサイレンで叩き起こされた休憩中の兵たちも、半泣きで消火活動に追われていた。

しかし爆発は止まらない。

なおも続く攻撃で、駐機中の航空機もどんどん爆発に巻き込まれていく。第２次攻撃のために抱えていた爆弾も誘爆し、誘爆は他の航空機を引火させ、もはや手に負えない状況になっている。

まだ無事な戦闘機からパイロットが逃げ出し、もはや制空権どころか迎撃機能すら消失したも同然だ。

航空隊基地だけでなく基地全域から猛烈な炎と煙が上がり、攻撃は緩む気配もなく、敵の爆弾は的確に航空機を破壊していく。

「ちくしょう、航空機がやられた!!　対空陣地は何をしている!!!」

パースは基地の前にあった対空陣地に目をやった。

が、その対空陣地はすでに跡形もなく消えており、炎と煙が残るのみ。

「やられ……ていたのか……」

付近に爆弾が落ちた形跡はないのに、ただ一撃。たった一撃で対空陣地が破壊されている。

「爆撃の命中精度がおかしい……どこからどう落とせば命中するか、研究し尽くしているとでも言うのか……?」

反撃手段を失った。バルクルス基地周辺は完全に制空権を失い、援軍を呼ぼうにも北に５００km ほど離れた基地には無線が届かない。

電線が断たれ、基地内の電力はすべて予備電源に切り替わっている。

もはや陥落は時間の問題だ。

パースの背中は冷や汗でびっしょりと濡れていた。

「レーダーはまだ戻らんのか!?」

「レーダーは故障していません、何らかの外的要因です。高出力化してみます」

「頼む、原因を探ってくれ!!」

まだどこから攻撃を受けているのかわからない。

攻撃方法、レーダーが使用不能な原因が不明だと、今後対策の取りようがない。上への報告もある。この戦いが終わったあとも生きていれば、の話だが。

空を睨んだところで何がわかるわけでもない、どうにもならないことは理解していたが、気を張っていないと恐怖で逃げ出しそうだった。

重要施設だけを狙い撃ちにする正確さが、いつ司令部施設を襲うとも知れない状況だ。むしろ司令部を真っ先に狙わない理由は何なのか。

グラ・バルカス帝国航空兵でも、これだけの精密爆撃を姿も見せずに連発するのは不可能だ。練度云々以前の問題である。

失われていく基地機能に、パースは無力感と戦慄からくる震えが止まらなかった。

——ガァァァァンッ!!!

「第2レーダーがやられましたァ!!!」

「くっ……そうくるか……!」

敵はまず反撃手段を奪い、その後、重要施設を狙って攻撃している。

レーダーが狙われたということは、レーダーが重要な施設であると敵が理解しているということになる。いや、それよりももっと重要な意味がある。

（レーダーはやはり壊れていなかった！　極めて高度なレーダー妨害……敵は近代戦を我々以上に理解している!!）

レーダーが故障していたのではない。あえて邪魔をして動きを探らせず、安全になったところでいい、本当に壊す。明らかに近代国家水準の戦術眼を持ち、それを実行する武力を有している。

敵の分析を怠り、このまま戦線を拡大すれば、グラ・バルカス帝国の被害も拡大するだろう。

あまりにも分が悪すぎる。ムーかミリシアルか、どちらがこんな力を隠していたのかわからないが、対抗する方法が思いつかない。

グラ・バルカスでは普通、爆弾というものは多数投下し、そのうちの1発でも目標に命中して破壊を期待するものだ。しかし今回の攻撃は1発1発そのすべてが重要物を的確に破壊していく。

『第1レーダーサイト、大破!!　レーダー使用不能!!』

『滑走路使用不能!!』

『待機中の第7から13、16、18飛行隊、全滅!!　稼働可能機数、10機を切っています!!!』

基地内の有線通信で、各所から悲痛な叫び声が届いた。

「駄目だ……駄目だ、こんな……」

万に——億に一つの勝ち目もない。

こんな敵がいるなど、報告になかった。第1次攻撃隊は確実に全滅している。今ならその理由がわかる。

「だがどこから攻撃を……まさか……爆撃ではなく砲撃か……?」

敵機が見つからないので、陸からの砲撃かもしれないと思い至った。

「――違う。陸ならドーソン、アルーから連絡が入るはずだ……いくらなんでも200㎞、300㎞もの長大な長距離射撃ができる大砲などありはしない。向こうの占領部隊はどうなっている？」

パースの疑問を肯定するように、航空隊基地の東端に設置された申し訳程度の防空監視所から報告が入る。

『敵機発見……超高空!!』

目のいい監視員が、望遠鏡を使ってようやく発見したらしい。

「方角は!?」

『直上、旋回中です！』

情報を共有した兵たちが、一斉に双眼鏡を手に取って上空を必死に捜す。

パースも兵に持ってこさせた、基地で最大望遠を誇る大型双眼鏡を手に上空を捜し、ようやく戦闘機らしき機影を捉えた。

先進的な機体が、ほんの1、2㎝程度の大きさに見える。双眼鏡の倍率と機体の大きさを考慮すると、おそらく海抜高度が1万5千mを超えた場所を飛行しているであろう。

高空になればなるほど空気が薄くなり、エンジンの出力が低下する。にもかかわらず、自軍の常識では考えられないほどの速さで飛んでいるようだ。

動きに合わせて双眼鏡の方向を変えていると、その角度と距離から大体の速度が掴(つか)める。

「は……速い!!　プロペラがないぞ!!」

ミリシアル機にはプロペラがなかったという報告は海軍から聞いているが、グラ・バルカス帝国機よりも性能は遥かに下だったはず。

双眼鏡を通して見る敵戦闘機は圧倒的な速度を誇り、そこから来る運動性能は常軌を逸していた。

「ミリシアルの新型か!?」

「グラ・バルカス機を2年や3年であそこまで性能向上させられるか！　ミリシアルかどこかが最初から持っていて、隠していたとしか思えん！」

「カルトアルパスだけならまだしも、バルチスタにあれが投入されていないのは理屈に合わない！先程報告にあった日本軍ではないのか!?」

「カルトアルパス……バルチスタ……た、確かに日本は両方とも航空戦力を投入していない！」

作戦司令室に居合わせた幹部たちが、必死に議論を交わして敵の正体を突き止めようとする。

結果的に正解に辿り着いているが、誰かが答えを教えてくれるわけではない。

「あ……あんなに高空から……!!」

高射砲が無事だったとしても、あれほどの高空までは届かないだろう。

そして、あんな高空から爆弾を投下して、重要施設へ正確に当てられるはずがない。

練度でカバーできる領域を遥かに超えている。論理的に考えれば、異常なほど進化した兵器、あるいは〝何でもあり〟の魔法である可能性も捨てきれない。

あるいは、実際は多くの爆弾をばら撒き、そのほとんどが基地の外側に着弾している線もある。

航空機や重要施設に当たったのは偶然かもしれないと、変な望みを持つ。

だとすれば、あれほどの高空から基地などの狭い範囲を爆撃するなら、戦闘機サイズではないもっと大型な爆撃機がいるはずだ。

「もしかしたらデカい爆撃機がいるかもしれん!!　他の敵機も捜せ!!」

兵たちが必死で空を捜すが、その当てが外れたのか、大型の爆撃機らしい姿はどこにも見つからなかった。

基地への爆撃が始まってから——もっと言えば第1次攻撃隊への攻撃が始まってから、まだ1時間も経っていない。なのに航空隊基地は半壊し、基地機能のほとんどがダウンしている。

弾薬庫にも命中して誘爆し、混乱がさらに大きくなった。

報告が報告の体を成していない。各所の被害状況の他、復旧応援要請、救護要請、基地機能の低下、ありとあらゆる情報があまりにも短時間に集まるため、もはや正確な被害を把握できないほどパンク状態に陥いる。

発進準備していた機は軒並み空に上がることもできず破壊され、滑走路もすべてが使用不能になり、陸軍側でも基地防衛用の戦車や予備戦力、その一部が破壊されたらしい。

混迷を極めるバルクルス基地。

敵の攻撃が止(や)んだとき、敷地や建物から立ち上る炎と黒煙、救護活動の声と急性のパニック症による悲鳴と嗚咽(おえつ)だけが残った。

司令部施設も大部分が破壊された。外へと避難したパースは、燃え盛る炎を前に立ち尽くす。

対空砲と航空機の残骸。穴だらけの敷地。建築物の瓦礫(がれき)の山。優秀な部下の骸(むくろ)。

圧倒的な戦力を誇るはずのグラ・バルカス帝国兵が、何もできずに翻弄され、あっという間に死ぬ。つい先程まであった高揚感は、見るも無惨に打ち砕かれた。

日常が唐突に終わりを告げる。

突然の死と不条理に、ただただ恐怖とやり場のない怒りを感じる。

将となったときから部下が死ぬことは覚悟していた。

だがそれは、こんな一方的かつ不条理なものを想像したわけではない。勇猛果敢に戦い、その中で死ぬ。名誉ある死なら受け入れられた。

圧倒的な力で押し潰された兵たちの遺体は、ただ人の形をした炭のようなものにしか見えない。

「お……おのれぇ……！」

視界が歪(ゆが)む。

恐怖、悲しみ、そしてこみ上げてきた怒りをぐっと飲み込み、己の職務を果たすべく幹部や兵たちに指示を出す。

「救護活動を最優先！　消火活動を急げ!!　将校は走って被害状況を調査せよ!!」

「「「はっ!!」」」

部下たちはこのような状況の中でも、迅速に動く。

実に頼もしく、誇らしく、それ故に失った者たちを想(おも)い心が痛む。

『こっ……航空機多数接近中!!　数は約１５０!!!　機影確認、複葉機!!』

ようやく電波が回復したのか、防空監視所にいた監視員が無線で報告を上げてきた。

レーダーサイトが沈黙したため、対空警戒は彼らだけが頼りだ。防空監視所も破壊されたために地上から望遠鏡で東の空を人力で見張って監視していたが、その能力はレーダーによる周辺警戒が当たり前になった今も衰えていなかったようだ。

「くそっ、こんなときに……ムーの攻撃隊か！」

この地域で飛来する複葉機なら、ムーの航空機で間違いない。

バルクルス周辺のムー空軍基地は粗方爆撃して沈黙させたはずだった。

何処から送り込まれた攻撃隊かはわからないが、偵察に漏れがあったということらしい。

そしてこの期に及んで複葉機を飛ばしているということは、さっきのはムーの攻撃ではない。

先程までバルクルス基地を正確に攻撃していたのは、可能性は低いがミリシアルの新型機か、あるいは噂の日本軍のものであろう。情報局からも、あれほどの性能を持つ航空機の情報は届いていないので推測でしかないが。

普段であれば、基地機能が正常であれば、ムーの航空攻撃隊など恐るるに足りない。

万全の態勢であれば、返り討ちにして即全滅させてやるのに。

パースは気力を失い、呆然（ぼうぜん）と立ち尽くす。


ムー空軍の大規模航空基地のうち、バルクルスから手が届く航空基地のほとんどは、グラ・バルカス帝国軍の爆撃によって壊滅的な被害を受けた。

しかし、点在する小規模基地や空洞山脈――マルムッド山脈より南北の、木が生えている山々に囲まれた空から見えにくい航空基地は、辛うじて被害を免れていた。

従来のムー軍の技術や戦闘教義であれば、各航空基地から飛び立ったあと、空で合流して大規模な攻撃を行うことなど不可能であったが、日本国がエヌビア基地に設置した大出力対空レーダーと、各基地で教導した航空管制技術により、大編隊を組んで作戦に当たれるようになった。

その成果を今、バルクルス基地に向けて発揮すべく編隊飛行中である。

ムー統括軍は今回のアルー奪還作戦を、本土に侵略してきたグラ・バルカス帝国に対する初の大規模反攻作戦の嚆矢と捉え、ムーによる第1次攻撃隊を〝ムーの剣を以て閃光の如き速さで敵を討つ〟という意味を込めて『剣閃隊』と名付けた。

グラ・バルカス帝国機が空洞山脈まで侵入してきた場合を想定してキールセキ＝エヌビア基地から飛び立ったエヌビア基地航空隊が盾なら、バルクルス基地を叩くために集った彼ら剣閃隊は矛だ。

剣閃隊は156機という大編隊を組んでいる。そのうち『マリン』戦闘機は隊長機を含めて30機程度であり、残りは旧式の戦闘機や爆撃機で構成されていた。

その貴重な30機の先頭、隊長機にムー空軍南部航空隊のナギー・ビリンガム中佐が搭乗する。

（『マリン』ですら赤子の手を捻るように撃墜されるというが……この旧式航空戦闘団で基地強襲など敢行して大丈夫なのか？）

中西部辺りの大規模基地や首都近くであれば最新型の航空機が大半を占めたであろうが、地方隊の寄せ集めとなるとどうしても旧式が多くなる。キールセキは重要拠点だが、空洞山脈を抜ける必要がある一本道なので必要戦力も甘く見られがちだ。

とは言え156機もの大編隊が編隊飛行するのは壮大な光景であり、旧式部隊の寄せ集めだろうが自分たちがムー単独としては初の、グラ・バルカス帝国軍に対する反攻作戦の攻撃部隊第1号を任せてもらえるとあって、士気は高揚する。

無線機の性能も、日本国との交流によって2年前とは比べものにならないほど向上し、もはや魔導通信はグラ・バルカス帝国による傍受を警戒するでもなければ過去のものとなっていた。

旧式機の多いこの航空団であっても、すべての機に改良型電波無線機が搭載されていた。間もなくグラ・バルカス帝国の最前線基地上空に到達する。

『ナギー中佐、まもなく基地が見えてくる予定です』

「うむ。各機、グラ・バルカス帝国の要撃機が待ち構えているはずだ。厳重に警戒せよ!!」

異界の戦闘機の性能は、最新の『マリン』を遥かに超えていると聞いている。アルー防衛隊も手も足も出ずに全滅したというから、それは間違いなさそうだ。

『中佐、日本軍が先行して敵の空戦能力を削ぐという話だったかと思いますが、やはり敵機は襲ってくるのでしょうか?』

部下の1人が訊ねた。

中央の規律に厳しい部隊であれば、無線でこんな軽口を叩いていると厳しく罰せられる。だがアルー奪還作戦は非常に困難を極めると予想されており、皆死地に向かう覚悟を持っているので無線での軽口程度で咎められることはない。

「先に向かった日本の戦闘機は、たった30機にも満たないと聞いた。いくら精強無比と謳われる日本軍でも多勢に無勢、奇襲が成功したとしても敵はまだかなり残っていると考えるべきだろう。最悪、日本軍が全滅している可能性だってあり得る」

『やはりそうですか……では政府は何故、今回がグラ・バルカス帝国に対する本格攻勢の第一陣と定義しているのでしょうか? バルチスタ沖海戦もグラ・バルカスに相当なダメージを与えたと考えますが』

「バルチスタ沖海戦ではミリシアルが連合艦隊を率いていたのに引き分けたから、政治的には敗北なんだよ。だけど今回は、俺たち——と日本軍だけで戦う。これでアルーだけでも奪還できれば、グラ・バルカス帝国の出鼻を挫くことになるだろ？　そういう意味で重要な反攻作戦ってわけだ」

『日本軍の戦闘機部隊が頼りになればいいのですが……』

「どれだけ信用できるかわからんが、軍のお偉いさんにはえらく日本を買っている人たちが多い。お偉いさんが強いと判断したから、たった2個中隊でも作戦の先陣切らされているんだろう。上に行くほど考えは現場から乖離するからな」

『エヌビア基地のエリートさんたちも同じように日本軍を持ち上げてましたよ。何か理由があるんでしょうか？』

「あそこも中央と変わらんということだ。……まぁ日本のすべてを否定するわけではないがな。このところムーの景気もいいし、信用できる相手ではある。だからせめて骨を拾うくらいはせにゃならん」

『我々も相当な戦力ですからね』

「はっは、数だけは一丁前だな。全機！　日本が討ち漏らした戦闘機は我々『マリン』に任せろ！諸君らは動かない基地を徹底的に叩け。油断せず戦い抜き、祖国の栄光を取り戻せ!!」

『『『はっ!!』』』

剣閃隊は雲海を渡り、雲の切れ間から飛び出してアルー直上に差し掛かった。

先行していた偵察飛行中の部下が、ナギーに報告する。

『——前方！　煙!!』

「煙？　何の煙だ……？」

敵機か友軍機か、あるいは基地か。この位置から見えるということは、もう敵基地しかない。

やがて本隊も全容を見渡せる位置まで接近する。

「――なっ⁉」

眼下には帝国の最前線基地がある。

いや、「あった」と表現するのが正しいか。そこに今あるのは、基地の残骸でしかない。空を焦がすほどの炎と黒煙が立ち上り、目に付く施設はことごとく破壊されている。

そこかしこで誘爆があったらしく、基地の至るところに航空機の破片や瓦礫が飛び散っていた。

もはやどれを攻撃目標にすればいいのか、自分たちにもわからない。

「一体何が……」

『敵航空機のほとんどが破壊されています!!! 滑走路も使用不能状態!!!』

そんなことは見ればわかる。敵はまだ残っているだろうと言った手前、部下も報告すべきと判断して報告してきたのだから、何も言えない。

「どれほどの力を振るえばこんなことになるのだ……」

『もしや日本軍が30機程度と言っていたのは、敵に情報が漏れた場合を想定した欺瞞情報で、実際は200機以上で攻めたのではないですか？』

「いくら欺瞞情報でもそんなにサバを読むか？」

ともかく、敵の航空機による反撃の可能性は潰えた。

「まぁいい。各隊、攻撃開始！　まだ形を残している施設と、基地外の道路を徹底的に叩け！　周囲の警戒も怠るな！」

部隊の士気は微妙に高まり、先頭から順にスロットルを全開にする。

前方を飛ぶ部下が数度バンクし、急降下を開始した。

ナギーはガラス越しに流れる景色を眺めながら、内心で疑問を抱き続ける。

（日本軍はたったの30機足らずでこれを成し遂げたというのか……!?　空洞山脈上でもグラ・バルカス帝国機と遭遇することはなかった……日本とは一体……）

次々と急降下する、１５６機にも上る旧式複葉爆撃機は、バルクルスに追い撃ちを開始した。

「パース大佐！　対空砲も戦闘機も全滅です！　迎撃手段がありません!!　どうかご采配を!!」

悲鳴にも似た幹部の叫び。

そんなことは見ればわかる。先程まで帝国は負けないと言っていた心意気を見せてほしい。

とはいえ――

「手段は……ない……」

正確無比な攻撃のあと、徹底して叩く攻撃は旧式機でもできる仕事だ。この作戦は、相当な自信を以て遂行されたものだろう。

冷静になって見回すと、基地の外側への着弾はないように思えた。

基地の中だけに攻撃が集中したなら、爆弾の総量は帝国の大規模爆撃1回に遠く及ばない。

しかし、この投射量でこの大打撃である。

悪い夢でも見ているかのようだ。こんな爆撃があるなどと、グラ・バルカス帝国の技術力では考えられない。まるで自ら目標物に飛び込んだかのように、爆弾が命中している。

（どうする……？　第8軍団はすでに壊滅状態だ……白旗でも揚げるか？）

確か日本相手には白旗を揚げれば降伏宣言になったはずだ。それがムーに通じるかはわからないが、少なくともこれ以上の人死にを出すことはない。とはいえ、空爆だけで陸軍を含めた基地を明け渡すなど、そんな例は歴史上存在しないし、できるはずもない。

パースが気力を失って悩んでいると、陸軍将校たちが走って現れた。

その先頭には基地司令ガオグゲルの姿がある。

「パース大佐！　無事か!?」

「中将！　私は……いや、中将のほうこそお怪我をなさっているではないですか！」

息を切らすガオグゲルの額には大量の血のあとがあり、だいぶ乾いているようだが今も少しずつ滴り落ちている。

「はぁ……はぁ……ああこれか、ちょっと瓦礫が当たっただけだ」

「衛生兵はどこだ!?　中将殿の傷の手当てを……」

「そんなことはいい！　航空隊司令部は第18倉庫へ行け!!　移動式対空機関銃が数機残っている。すでに指示は出しているが、隊舎も無線も破壊されていて命令が届いているのか確認できない、人員が不足するかもしれん」

「で、ですが……」

「早くしろ、帝国陸軍がこの程度で引けるか……！　何をしている、さっさと行け!!」

大怪我を負っても職務は忠実にこなす。腐っても陸軍中将の姿がそこにあった。

パースを筆頭に、司令室の将校たちは走り出す。

予想外の攻撃を受けたグラ・バルカス帝国陸軍バルクルス基地は、迫り来る脅威を前に足掻き続ける。

１００を超える数の敵機の機関銃が火を噴く。そして投下される小型爆弾。基地の重要施設から再び爆炎が上がる。

地上から曳光弾（えいこうだん）を交えて撃ち上げる機関銃が敵を捕らえるが、その数は少なく、逆に報復するかのように撃ち下ろされた機銃に銃座や銃本体を撃ち抜かれて沈黙する。

バルクルスは損壊率がすでに80％を超え、基地機能や補給物資、機体だけでなく車輌（しゃりょう）やライフラインまで攻撃を受け、もはや基地としての役目を果たせなくなっていた。

「お……おのれ……！　あんな旧世代機、基地機能さえまともであれば!!!」

日本軍さえ参戦していなければ。奴らに多大な損害を与えられていなければ、こんな攻撃は難なく防げていたはずだ。

唯一残った移動式の対空機関銃では火力も弱く、それもムー旧式戦闘機に破壊されて被害は拡大していく一方だった。

応戦手段を失った敵に対し、ムー空軍剣閃隊はその力を遺憾なく発揮した。

バルクルス基地に対する一連の航空攻撃は、帝国の異世界における最初の〝痛烈な敗北〟として、のちの歴史書に記されることとなる。

■ 空洞山脈内部

まるで軽石を拡大したかのようなスカスカのマルムッド山脈内部だが、人間から見れば巨大な石柱が蜘蛛（くも）の巣のように張り巡らされ、視界は非常に悪い。

当然ながら物理障害に弱い単純な無線の浸透性も最悪で、第4機甲師団に向かってアルー、ドーソンから何度も発信された通信が届くことはない。

この山の中に、動員数1万人を超える近代においては大規模な師団がいた。彼らのそのすべてが自動車または戦車に乗車し、石柱を避けながらゆっくり移動中である。

第4機甲師団を指揮する戦闘指揮車は大きめの装甲車だった。通信機器の出力が強く、部隊全隊に指令を行き渡らせるために隊列の中程に位置していた。

指揮車内において、第4機甲師団長ボーグ少将と参謀長が会話する。

「あと2時間ほどで空洞山脈を抜けます。そのあと3時間で補給を済ませ、侵攻を開始します」

「やれやれ。直線に進めないからってゆっくりだらだら進むのは気が滅入（めい）るな」

「景色も変わりませんからね……山の中に湖があったのは驚きですが、見所といえばあれくらいでした」

「変な動物やコウモリなんかがいるのも面白いが、遠足ではないから集中できん」

何だかんだ言いながらも行軍を楽しんでいる様子ではあった。

「――ところで、すでに事前の航空攻撃は終わっているんだったか？　もしかすると敵の陸軍基地も併せて全滅しているかもしれんぞ。せめて出番があればいいが」

圧勝することを前提に話すボーグに、部下は多少の不安を覚える。

「万一にでも爆撃が失敗していたら、我々は危機に晒されますよ。航空隊がきちんと叩いておいてくれることを願うばかりですね」

「皮肉にしてはイマイチだな」

ボーグは笑う。

敵の主力が複葉機であっても、陸戦力は空の力に対して無力と言えるほど弱い。対空砲を持ち運んでいるわけではないので、もし空から襲われたら銃撃で対処するしかない。

第4機甲師団が空洞山脈を抜けてキールセキに抜けたあと、連絡機がキールセキ基地群爆撃作戦の成否を煙の色で知らせる手筈になっている。もし爆撃に失敗していたら、緊急連絡用の『アンタレス』が空洞山脈を抜けた瞬間に空に現れ、赤い雲を引く予定だ。その場合は撤退すればいい。

青い雲を引けば作戦続行で、来なければ24時間の待機となる。

だがここまで連戦連勝を重ねているグラ・バルカス帝国である。バルチスタの引き分けは実質的にグラ・バルカス帝国の勝利に等しく、アルーでの勝利もあって帝国陸軍は勢いづいている。作戦の失敗などあり得ない。

「――第4機甲師団は帝国の中でも、前世界においても今世界においても無敵だ。ムーは戦車も実用化していないし、防衛戦術も疎かだ。我々の練度は高く、敵との戦力差は比べものにならんさ」

「……そうですね」

だが参謀長は、何も皮肉で言ったわけではない。

前世界の列強国が相手なら、こんな甘い戦術は取らなかったはずだ。この異世界においては敵が弱すぎるために、軍部は戦争を狩りか何かと勘違いしている節がある。

その甘さが怖かったが、参謀長は言葉を吞み込む。

揺れる車内で、ボーグは座席を少し倒しブーツを脱いで顔を帽子で隠した。

「あと5時間か……しばらく眠るから、時間が来たら起こしてくれ」

「了解です」

ボーグの言う通り、帝国が強いのは間違いない。

ただ、奇妙な不安があった。この閉塞感のある山が、そういう気分をもたらしているのかもしれない。後ろも先も見えず、無線通信は通じない。2つある歩兵連隊のうち1つはアルーに駐留しており、もう1つは後ろをついてきているがだいぶ離れている。

空からの攻撃が物理的に不可能なのはありがたいが――

（そんな場所を、敵が何もせずに放置するだろうか？　ここまで無事なのが逆におかしい）

動いているグラ・バルカス帝国戦車を倒せる敵は存在しない。その自信だけが、この頼りない行軍を支えている。

グラ・バルカス帝国陸軍最強の機械化部隊、第4機甲師団は、空洞山脈の中をキールセキ市に向けて進軍を続ける。


一方。

グラ・バルカス帝国陸軍第4機甲師団が通り過ぎたあと、石柱の陰から鋼鉄の塊のような四角い物体が動き回り、獲物を狙っていた。

上下に分かれた車体の上部から突き出る１本の棒は、グラ・バルカス帝国製中戦車、２号戦車ハウンドⅠのそれよりも遥かに大きく、車体自体も大きく力強く見える。

日本国においても最新式に分類される10式戦車である。日本国陸上自衛隊第７師団第１戦車中隊所属の10式戦車10台は空洞山脈に潜り込み、グラ・バルカス帝国陸軍戦車部隊に対し背後を押さえ、退路を断つ役目を担っていた。

敵偵察部隊は10式戦車隊から距離１㎞ほど離れた場所をうろうろして通り過ぎた。山脈内の洞穴は確かに迷いそうな景色であるため、本隊からあまり離れたくなかったのだろう。

空洞山脈出口、キールセキまで約50㎞地点。そろそろ燃料補給を始める頃合いだ。

中隊長が乗る車輌の中で、砲手が中隊長に確認する。

「中戦車と軽戦車が中心ですね。燃料補給車（タンクローリー）はどうします？」

「山の中で爆発炎上したら目も当てられん。主砲では戦車と装甲車を狙え、あとは機関銃で対処する」

「了解」

「時速20㎞くらいか？　だいぶ遅いな。中隊各車、隊列を整えて配置に就け。距離を敵戦車部隊最後尾から２㎞に保ちつつ等速で追跡開始、１時間後に攻撃を開始する。目標は敵戦車及び敵車輌群。燃料補給車は攻撃対象から除外、決して爆発炎上させないように。では『追い込み漁』開始」

10式戦車に搭載されたＣ４Ｉシステムによってすでに狙いを定められており、仲間同士での敵の振り分けも完了しているため、狙いが重複することはない。

加えて連携する射撃管制システム（ＦＣＳ）と砲安定装置により、初撃を外すこともない。

区切った1時間が経ったところで、中隊長が命令を下す。

「各車、射撃開始！」

はっきりと聞こえる声で、無線機で指示を通達した。

「距離よし、撃てえっ!!」

車内に響き渡る車長の命令を聞き、砲手は発射ボタンを押し込む。

――ドドンッ！　ドドドォォ!!

各戦車から轟音とともに、破壊が撃ち出される。

日本国ムー支援派遣混成戦闘団に参加する陸上自衛隊第7師団第1戦車中隊の10式戦車10台は、グラ・バルカス帝国陸軍第4機甲師団に対し攻撃を開始した。


空洞山脈キールセキ側出入り口から約30㎞地点を戦車が進む。

最後方の戦車の車内で、戦車長のマルタ・ノッテボーン軍曹と部下が話す。

「あと少しで空洞山脈を抜けますね」

「まったく……見通しが悪いしどこから撃たれるかわからんしでだいぶ気を遣った。さっさと青空を拝みたいよ」

ハッチから顔を出すマルタが見上げると、天井まで石が立体的な編み目のように張り巡らされている。いくら日中のような明るさが確保されているとはいえ、この景色を2日も見続けていると気がおかしくなりそうだった。

「どこから撃たれるかわからないと言っても、ムーの大砲は弾速が遅いから大丈夫じゃないです

か？　こちらに当てようと思えば、かなり近づかなければならないでしょう。それはこの洞穴の中では無理です」

「まぁそうだが、長距離射撃ができるならハッチから顔を出してる俺なんかは無事じゃ済まない」

「ヘルメット被ってるんだから大丈夫ですよ」

「薄情な奴だなお前は……。まぁ実際に会敵したら、先にこっちが見つけて砲弾を叩きつけることにはなるだろうな。仮に先手を取られても、ムーの大砲なんざ我が戦車の装甲が簡単に跳ね返してしまう」

「アルーで1輌撃破されてますけど」

「……当たり所が悪かったらそうなるかもしれんが」

空洞山脈には天井があるため、放物線を描く榴弾砲や上空支援は敵味方ともに使えない。直線的な攻撃が主となるならば、戦車は圧倒的なアドバンテージとなる。

そして他国で戦車を運用している国は、現状把握されていない。

つまりは帝国が最強であり、その機甲師団こそ世界最強の陸上戦力、という図式が成り立つ。これこそ機甲師団の兵たちの圧倒的な自信を支える論拠である。

マルタが外を見渡すと、左右等間隔に戦車が並び、前にも戦車の他に装甲車や自動車、燃料補給車が続いている。その数はバルクルス基地で散々見慣れた彼でも圧倒される。

「帝国はやはり無敵だ。この行軍を止められる者はこの世界に存在しないだろう」

率直な感想を漏らした。

そのとき、後方で小さな光が生まれる。

「ん？」

視界はおよそ1㎞といったところだが、石柱の隙間からほんの少しだけ遠くが見渡せる。そのさらに先で何かが動き、光ったようだ。

次の瞬間、マルタが乗る戦車の後方、隊の殿を走る戦車が振動し、金属と金属がぶつかるような音がこだました。

「――攻撃か!!」

攻撃を受けたであろう戦車は突然、糸の切れた操り人形のように停車する。

特に爆発したわけでもないのに、突然の停車。

そして同時に最後列9台にも同様の現象が起きて停車した。

『何が起こった!!?』

マルタと同じ列の別戦車から報告が入ったのだろう、隊長車から状況確認の無線が飛んできた。

「わかりません、確認してみます！」

マルタは戦車を停車している戦車の前に移動させ、状況を確認した。

その間にも次々と停車する戦車が増える。

「あ……穴が開いている!!!」

戦車の乗務員室部分に、前後に貫通する大きな穴が開いていた。

急いで無線から報告を上げる。

「――大尉、敵襲です!!　攻撃を受けた戦車は貫通するほどの損害を受けています!!!」

『な、何ぃ!?　見間違いじゃないのか!?』

「ちゃんと確認しました、今も被害が増えています!!! ここで捕まるのはまずいです、どこから撃たれるかわかりません!! 全速力で出口まで走ることを具申します!!」

『わかった! ――全隊、全速力!! 後方の敵を撒け!! ――こちら第2小隊! 後方より敵襲! 繰り返す、後方より敵襲!! 現在の被害状況は戦闘不能2!!!』

時速約40㎞の限界速度まで引っ張っても、敵は一定距離を保って攻撃を仕掛けているらしい。

その攻撃はほとんど百発百中で、第4機甲師団は後方からパニックに陥った。


「装甲が薄い。貫通しているみたいだ」

「そりゃあ第二次世界大戦時の……チハと同じスペックならHEAT弾はオーバーキルになっちゃいますって。中の人ズタズタですよ、多分」

「嫌な表現の仕方するなよ。考えないようにしてるのにさ」

「すみません。通常弾頭にしたほうがいいんじゃないですか?」

「そうしよう」

10式戦車は弾頭をHEAT弾から通常弾頭に変更し、持ち前のFCSで走行しながら正確な射撃を続ける。

■ 空洞山脈　キールセキ側洞門

グラ・バルカス帝国第8軍団第4機甲師団長ボーグは、空洞山脈出口に全速力でひた走る戦闘指揮車の中で焦りを滲ませる。

「まだか!?　山を抜けるのは!!」

「あと少しです！」

どこに潜んでいたのかわからないが、急に後方から攻撃を受けているらしい。

その攻撃の威力と正確さは異常の一言というので、ひとまず山脈から出ることを優先して全速力で駆け抜ける。

大所帯で狭い洞穴の中、戦おうとすると大混乱が起きて半壊するのがオチだ。態勢を立て直そうにも200輌を超える戦車の陣形を作るのは容易ではない。

山の中で2度ほど燃料補給をしていたおかげで燃料は無事だったが、もし補給していなかったらキールセキ直前でガス欠になっていたであろう。

「山を抜けます！」

「よし、第1旅団は山から少し下りた場所で前方の警戒！　第2旅団は反転して山内部に潜む敵を迎撃する！　第1旅団は航空隊の合図があるまでキールセキへ突入するなよ！」

ボーグが空洞山脈を抜けたとき、第1旅団はその場で固まっていた。

「!?」

爆撃を受けているはずのキールセキは平穏無事な状況で、煙一つ上っていない。

いつもと変わらないであろう日常の風景がそこにはあった。

「第9航空団はどうした!?　連絡機はどこだ!!」

空に『シリウス』や『ベガ』の姿はおろか、『アンタレス』さえいない。敵の『マリン』が警戒飛行していないのもおかしい。

時間は間違っていない。アルー、ドーソンから2日前に出発した第4機甲師団は、山の中で2泊のキャンプをして、今日がキールセキ襲撃の作戦決行日だった。

先程の空洞山脈内での攻撃、そして甚大な被害といい、あり得ない状況が続いている。

ボーグの焦りは部隊へと伝わっていき、部隊の混乱がボーグをさらに焦らせた。

「と、とにかく第1旅団は待機。第2旅団！　状況知らせ！」

『こちら第2旅団、第22連隊がすでに部隊消失!!　第21連隊は残存6割です!!!』

「半壊しているだとぉ!!?　敵は何だ!?　何が襲ってきた!!?」

『敵は戦車!!　たった10輛の戦車ですッ!!!　距離を保ちつつずっと追いかけてきま——駄目だ、当たるッ——ガガッ』

「おい、旅団長!?　おい！　返事をしろ!!」

それ以降、第2旅団長が報告を寄越してくることはなかった。

第4機甲師団は戦車200輛を優に超える大所帯だ。補助車輛も加えると、もっと多い。

それが一列に並んで行軍しているので、先頭から殿まで約6㎞もの距離が発生する。第1旅団がすべて空洞山脈から出て、第2旅団も同じように出てくるまで、全速力でも10分少々かかる。

だが10分経っても、やはり第2旅団は残る3割ほどしか出てこなかった。

「戦車が……10輛？　グラ・バルカス以外にも戦車を持つ国が存在したのか？」

「もし戦車が実用化されていたとしても、たった10輛で旅団を半壊させるなんてありえないですよ。1輛仕留めるのに必要な弾を考えれば……」

「1旅団につき戦車だけで112輌あるからな。それが約70輌が消えて、補助車輌含めると何十台あると……何が起きてるんだ……？」

猛烈に嫌な予感がする。本能がここから動くべきではないと警鐘を鳴らしまくっており、全身が冷や汗で濡れていた。

「了解!!」

第4師団第1旅団は大部隊で、現在の残存戦力でさえムーにとっては強大な戦力である。連絡に関する齟齬(そご)が多少あったからと言って、すぐに部隊撤退という選択肢は取れない。何より、空洞山脈の中には得体の知れない何かが潜んでいる。戻るのは損害を増やすだけだ。

「今日は運が悪そうだ。索敵範囲をさらに広げ、キールセキ周辺まで偵察部隊を出せ!!」

ボーグは第19偵察隊に対し、戦略目標であるキールセキ周辺まで部隊偵察を命じた。

トラックに積まれたオートバイがいくつか降ろされ、約5㎞先にある小高い山を迂回(うかい)するルートと南北の山に分散させる隊に分け、計16台を発進させた。

「ボーグ少将、キールセキでの兵への褒賞はいかがいたしましょう？　アルーのときよりも人的被害が増加しているため、しっかりとやるべきだと意見具申します」

「ああ？　こんなときに褒賞の話か？」

「あ、いえ……兵は皆、気が立っているかと思いまして……」

今は師団そのものが不安定な状態にあるというのに、油断丸出しの質問が幹部将校から出たことに苛立ちを覚える。

しかし、兵の精神衛生管理は必要なことかと思い直し、適当に喜びそうな答えを口にする。

「好きにさせていいぞ。兵の本能のままにな」

(生きていられたらな)

「はっ！　ありがとうございます！」

幹部は下卑た笑みを浮かべたかったのだろうが、引きつった笑いにしか見えない。この状況がこれまででもっとも危険だと感じているのだろう。

それにしても今回の侵攻はストレスが溜まる。

慣れない土地を侵攻することは元々心理的負荷が高いのは当然だが、この異世界に転移してからあまりに弱い相手ばかりだったので、これほどまでに緊張したのは初めてだ。

ボーグ自身、キールセキを落とした暁には、らしくもなく現地人の女を好きにいたぶるつもりだった。それほど気が立っている。

(落とせるのか？　この街を……)

航空機による爆撃が始まっていておかしくないタイミングだった。いくら背後から襲われて急いで空洞山脈から出たとはいえ、機甲師団が突入する3時間前。順当に行けば制空戦が終わり、キールセキ侵攻の口火が切られている時間だ。

第9航空団のパース大佐は時間を間違えるようなヘマはやらかさない。ガオグゲル中将はあれでむしろ作戦遂行にうるさい。航空団に何かが起こったと考えるのが妥当だ。

「一体何が……」

ボーグが呟いた瞬間、約200m離れたところで突然猛烈な光が発生した。

――ゴォォォォォォッッ!!!

同時に耳を劈く猛烈な炸裂音がこだまし、爆発の衝撃波で全身がびりびりと震える。

「攻撃!!? 何処から!!!」

目視範囲に敵はいない。

ここは空洞山脈から出てすぐ、アルーほどではないがやや傾斜が付いている。25kmは見渡せる位置で、グラ・バルカス帝国の陸戦兵器の最大射程を遥かに超えている。

ボーグは空を見上げるが、やはり航空機は見当たらない。

「ま……まさか射程外からの攻撃だとでもいうのか!!?」

着弾地点には煙が舞い、半径50mほどの大穴が空いていた。

「砲撃か!! まずい、各車陣形を――」

命令を出そうとするも、次々と着弾して一帯に土煙が舞い上がり視界が埋め尽くされる。

轟音と爆炎が、広大な範囲に展開する味方車輌に効率的に降り注ぐ。

ボーグは急いで装甲を施された戦闘指揮車に逃げ込んだ。

――ガガッガガガッガコッガンッ！

装甲車を激しく叩く金属音。爆発した破片や石が装甲を叩いているようだ。

外で小さな爆発も連続して起きている音が聞こえる。

まるで金属と石の暴風であった。車の外で上がる悲鳴が途切れるのが生々しく、たとえるなら地獄そのものだ。

やがて攻撃が止み、わずかな静寂が訪れた。

「何だったんだ……？」

ボーグが恐る恐る扉を開けて周囲を見回す。

「う……視界が悪いな」

まだ土煙が流れていかず、外の様子はよく見えない。硝煙と金属、火、そして焼け焦げた肉の臭いが鼻腔を刺激した。

徐々に視界が晴れてきて、戦場の一部の様子が目に映る。

「――っ!!」

後続は自動車のみならず、戦車、装甲車の大半も穴だらけとなり、沈黙している。

燃えている車輌も多数あった。

地面にいた兵は倒れ、動く者はいない。

「被害確認!!　誰か、被害の確認を!!」

「了解!!」

戦車に囲まれて無事だった通信車に、被害状況の報告が少しずつ集まり、被害が判明していく。

「少将!　ぶ……部隊の7割が消失しました……」

「何ィ!?　全部隊の7割か!?」

師団全部隊の7割であれば、空洞山脈ですでに約3割が失われている。それでも今の数分で4割が消されたのは異常事態だが、まだ理解できなくはない――が。

「い、いえ……残存部隊の7割です……。敵攻撃範囲内は全滅しています。攻撃範囲外の部隊と、第19偵察隊は全員無事のようです」

通信士の声は震えていた。

残存部隊の7割が消失ということは、もはや大隊規模しか残っていない。

200輌以上あった戦車と大量の装甲車、輸送車、燃料補給車、そのほとんどが消え、バルクルス基地を出発したときの2割程度にまで減っている。

ボーグは再び付近を見回した。

戦車や装甲車は押し潰され、鉄の部品を撒き散らしている。燃料補給車は盛大に燃え盛り、多くの兵がまともな形を留めておらず、焼けた土と混ざって無念の表情を晒す。

まるで巨大なハンマーで、たくさんの車輌や人を虫のように押し潰したかのような、凄惨な現場だった。

「なんと……いうことだ……」

心の声が漏れ出た。

グラ・バルカス帝国最強と謳われた第4機甲師団は、ごく短時間の攻撃を受けて、数千人の命を失った。

「こんな現実が……あっていいはずがない……」

ほぼ8割の部隊が消滅し、戦闘部隊の主力である戦車・装甲車も大半が沈黙していた。

侵攻部隊としては部隊消失と言って間違いない。残存戦力で敵の基地はおろか、街さえ制圧できない。

かつてグラ・バルカス帝国がこれほどまでの一方的敗北を喫したことはなく、また敵を確認する暇もない瞬間的な部隊消失という現実に、ボーグの心は完全に折られた。

一時の放心のあと、ようやく我を取り戻す。

「……はっ!!　いかん、第2波が来るかもしれん!!　残存部隊は空洞山脈に一時後退!!　偵察隊にもキールセキを確認したら戻るよう指示を出せ!!」

グラ・バルカス帝国第4機甲師団の残存部隊は反転し、再編をあとにして空洞山脈を目指した。

第2旅団が出てくるつもりで前方に出していたため、洞穴まで5km以上の距離がある。

兵たちは先程の攻撃にひどく狼狽(ろうばい)しており、全速力で逃げようと車輌を動かす。

2日通ってきて見飽きた山が、今はひどく遠く感じる。

「面制圧射撃、敵部隊の7割の撃破を確認。敵残存車輌は空洞山脈に向かって後退中」

陸上自衛隊第7師団自走榴弾砲の後方に陣取る大内田陸将の下に、続々と戦況報告が入る。

基本的に逃げている敵は追わないという不文律があるが、このケースにおいては残念ながら適用できない。一応は（外務省が窓口を開いている以上）交渉の余地のある相手なので、警告ののちに攻撃という前提も守りたかった。

ただ、残念ながらこの戦車部隊はアルーへ侵攻し、現地人を蹂躙(じゅうりん)した挙げ句キールセキでもその再現をしようとした、言うなれば〝ツーアウト〟の部隊である。

降伏しない限りは止(とど)めを刺すべきである――頭でわかってはいるものの、やはり撤退中の敵に攻撃するのは気が引ける。

そんな小さな迷いを微塵(みじん)も見せることなく、大内田は淡々と令を下す。

「残存戦力を排除する。作戦第2段階へ移行!!」

「了解。作戦第2段階へ移行、残存戦力を排除する。送れ」

グラ・バルカス帝国第4機甲師団の残党は、空洞山脈に向けて蛇行しつつ全速力で疾走する。隊列など関係なく、とにかく何処から敵砲弾が降ってくるかわからない攻撃を避けるため、各自全力で洞穴を目指す無様な行軍だった。

ボーグが怒りを漏らす。

「ここまで来て、おめおめと尻尾を巻いて退却せねばならんとは……！」

「命があるだけでも、と考えましょう。――あと8分ほどで最前の車輛が空洞山脈に到達します」

参謀長の報告を聞いて、後部座席からフロントガラスを覗くボーグ。

山に近づくにつれ、小さく空気を叩くような音が聞こえてくる。

「……ん!?」

――パパパパパパパパパパパパ……。

音は前方から聞こえてくるようだ。

視線を高く動かすと、見たことのない――頭に巨大なプロペラを勢いよく回す航空機が5機、まるで進路を塞ぐかのように滞空していた。

「あ……あれは……」

レンズの割れた双眼鏡で、その不思議な物体を見る。

機体下に描かれた、赤色を白丸で囲んだマークを見て、ボーグはこれまでの攻撃があの国の仕業だと理解した。

「に……日本国のマーク!!!　あれは日本の兵器か!!!　いかん、奴を叩き落とせ!!!」

いくら日本を侮っていると言っても、敵国の国旗や国籍マークくらいは把握している。将校であるならなおさらだ。

約45台残った2号戦車ハウンドI、2号戦車シェイファーの重機関銃が上空に向けられ、各自で射撃を開始する。

曳光弾を交えて発射した銃弾が空へと撃ち上げられるが、被弾面積が少なくひらひらふわふわと軽快に舞うそれには当たらない。

仕返しだと言わんばかりに、敵航空機の脇から光の矢が放たれた。

——バシュッ！

「敵航空機、ロケット弾発射!!　回避運動を取れ!!」

無線で一斉に指示し、勘のいい車長、操縦手が乗る戦車は我先に右へ左へ大きく回避する。

「な——何ぃっ!!?」

ボーグは思わず悲鳴を上げた。

見た目からおそらくはロケット弾だと思っていた。単発で撃つロケット弾などそう当たるものではないので、被害はないだろう、とも。

しかし、敵の放ったロケットはまるで意思を持っているかのように向きを変えた。

通信士が報告する暇もなくロケットが友軍戦車に突き刺さり、砲塔が上空に大きく吹き飛ぶほどの爆発を引き起こす。

轟音が戦場に響き渡った。

当然のように1発で終わらない反撃は、矢継ぎ早に発射されるロケット弾となって、連続して友軍車輌に着弾する。

グラ・バルカス帝国の戦車や自動車は次々と爆発を始め、その1回の爆発だけでも2人から4人の兵がこの世を去っていく。

無敵であるはずの戦車も、まるで玩具（おもちゃ）のように破壊され、蹂躙される。

『ひぃぃぃぃぃ!!　こっちに飛んで――ガッ』

『第12小隊全め――ガピーッ』

通信途中で無線が途切れる。

味方が相変わらず機関銃を敵機に向かって撃ち続けているが、絶望的に当たらなかった。

エンジン音と機関銃の音は途切れるのに、敵機の空気を叩くかのような飛翔音だけは1つも減らず、聞き続けているうちに恐怖が募っていく。

「敵、ロケット弾を連続発射!!!」

「避けろぉぉぉぉ――――ッ!!!」

空中で並んだ敵機が、ロケット弾を一斉に連続発射した。

ロケットは薄灰色の煙を残して直線的に飛び、付近に着弾する。強烈な爆発が連続的に発生し、視界が土煙で遮られた。

流星群の如きロケット弾幕を地上に叩きつけた敵の航空機は、反転して南の空へ去って行った。

「被害……報告」

わずかな時間の攻撃だった。戦闘と言えるようなものではない、一方的な攻撃をたった数分受けただけで、さらに甚大な被害をもたらす。

空洞山脈を出て最初の攻撃ほどではないが、35輌の戦車と補助車輌が大破、使用不能に陥った。

「早く!!　早く逃げろ!!!　早くしろおぉぉぉぉ!!!」

グラ・バルカス帝国第８軍団第４機甲師団第１旅団第11連隊所属、第２戦車小隊の２号戦車ハウンドⅠの中で、戦車長モント・セラト軍曹が喚いていた。

短時間の攻撃で部隊消失し、あまりの恐怖に正気を失ったのだ。

無敵であるはずの友軍はもはや蛇に睨まれた蛙以下の士気ほどもなく、ただ狩られる立場だ。

付近には友軍の死体が車輌の残骸と一緒に転がり、その上を戦車で乗り越えなければならない。

戦車で、ともに戦った戦友の死体を乗り越える。

エンジンによる大きな振動と穴だらけになった地面のせいでわからないはずだが、人の骨が砕ける感触や音が伝わってくる気がして、なんとも嫌な気持ちになった。

運転手のジブラ・ルタル伍長も恐怖で狼狽していたが、戦車長がパニックになっているので逆に冷静になる。もう戦車放棄して逃げたほうが安全なのでは、と結構適切な対応まで思いついていた。

あと２㎞、あとたったの２㎞で空洞山脈に入れるというのに、その２㎞が遠すぎる。

前方には約20輌の友軍車輌が土煙を上げて走っていた。

「まだか!?　まだ空洞山脈には着かないのか!!?」

狭い車内でモントが叫ぶので、甲高い声が耳に残ってキーンとする。

「もうちょっとです!!　しばらく黙っててくださいよ!!」

あまりにもうるさいので、ジブラはつい怒鳴り返してしまった。おかげで戦車長も静かになったので結果オーライだ。

先頭の車輌が山に差し掛かった頃、再び爆発音が戦車を揺らした。

前方に炎と煙、飛び散る破片が見える。

「なっ……何だ!?　今度は何があった!?」

またモントの癇癪が始まった。

続けて発生する爆発音でジブラは怯むが、操縦手たるもの前方監視は怠れない。食い入るように注視していた視界に、上空からの攻撃が一瞬だけ見えた。

「上から攻撃を受けたようです!!」

「まさかさっきの回転翼の航空機か!?」

「わかりません!!」

山の入り口を塞ぐかのように、上空からの攻撃と爆発が続く。


陸上自衛隊は『AH－1S』コブラによる攻撃のあと、96式多目的誘導弾システムで南北グラ・バルカス帝国陸軍第4機甲師団から見て左右の山肌から追撃を加える。

光ファイバーによって繋がれた有線誘導は正確で、弾頭の映像を見ながら射手が敵戦車に誘導を手動で行っていた。

人がカメラで見て誘導するため、たとえ熱探知型誘導システムを誤らせるフレアや、レーダーによる誘導システムを欺くチャフなどを撒かれたとしても、判断を誤らなければ一切効果がない。

「ボーグ少将!!　前方が攻撃に晒されています!!」

状況は報告を聞くまでもなく、目視できる。

ボーグは頭が痛くなった。

最初に猛烈な範囲の——艦砲射撃かと思うような制圧射撃を受けた。これにより残存部隊の大半が破壊され、撤退判断を余儀なくされた。

撤退を開始したとき、敵航空機が現れて弾薬の限り破壊を行った。

さらに上空からの正体不明の攻撃により、単発ではあるが残った車輌が破壊されている。

部下を死なせた焦燥感、命を奪われる恐怖、この世界で初の屈辱的な敗走だった。

「この俺を……こんな目に遭わせやがって……絶対に許さんぞ!!　態勢を立て直したら、今度こそキールセキを、そして日本を蹂躙してくれる!!!」

まもなく空洞山脈に到達する。

敵の射撃密度は思ったよりも薄く、部隊が甚大な被害を受けはしたが、師団長たるボーグが乗車する戦闘指揮車はおそらく逃げ切れるだろう。

微かに生まれた希望と、猛烈に燃える復讐心(ふくしゅうしん)。

それを叩き折る存在が前方に現れた。


ジブラが必死の集中力で操縦を続ける中、車内では狼狽したモントが静かに車長席でガチガチと歯を鳴らして大人しく座っている。また騒ぎ出したので、ジブラが「黙ってないと車外に放り出しますよ!」とキレたからだ。

「あ、あれは!!」

精密射撃も終わったかと思った頃、空洞山脈内で僅かな閃光が走ったように見えた。

（まさか発砲!!?）

そう判断した瞬間には、右前を走っていた友軍戦車が金属が砕けるような音とともに猛烈な爆発をあげて四散した。

「やっぱり敵が……!!!」

ジブラの目に絶望が宿る。

かなりの間隔をおいて並ぶ敵戦車。その数は何十輌とあるように見えた。

「車長!! 敵戦車発見!!! 数は不明、もしかしたら１００以上いるかもしれません!!」

たった10輌でさえ約70輌もの戦車と多数の車輌をスクラップにした敵戦車が、１００輌以上という旅団規模で行く手を阻む。

目に入る数だけでも、すでに残存車輌の台数を超えている。

「ま……まずい、まずいまずいまずい!! もう駄目だっ!!! 戦闘指揮車に報告、降伏を具申するしかないっ!!」

狼狽が最高潮に達したモントは、無線のプレストークボタンを押し込んだ。

「ボーグ少将、先行する第2戦車小隊戦車から通信!! 『敵戦車発見。前方、空洞山脈付近、数１００以上。広範囲に展開していて逃げ場がない。降伏すべき』と具申しています!!!」

「ひゃ、１００を超えているだとっ!!?」

敵戦車と友軍戦車の性能差は、兵の練度や数程度で覆るものではないと、ボーグは本能で理解していた。

それが100以上。対する第4機甲師団の戦車は、すでに10輌ほどしか残っていない。

「そんな数、何処に隠れていやがった……!!」

ギリギリのところで生き残ったのに、最後の最後まであり得ないことが続き、思考停止寸前まで疲弊する。

このまま進めば全滅は免れない。降伏すべきだ。

しかし、帝国の意思が、プライドが、世界征服を目指す思想が、合理的判断を鈍らせる。

「この第4機甲師団が……グラ・バルカス帝国最強の第4機甲師団が、異界の蛮族どもに降伏するだと!? 俺たちは栄えある帝国最強の機械化師団なんだぞ!!! 臆病者め!!! 我らは敵を撃滅し、突破しなければならないのだ!! 上申してきた奴はあとで処分してやる!!!」

「ですが少将、これ以上は無駄死にです！ たった50人だろうが60人だろうが、兵を付き合わせるわけにはいきません!!!」

「黙れ！ 貴様も反逆罪で軍法会議にかけられたいのか、参謀長!!」

「時には！ 生き恥を晒してでも祖国に戻らねばならない場合もあります!!!」

「ならば貴様は今すぐ降りろ!!!」

「あっ……！」

ボーグは参謀長の座席の扉を開け、時速40㎞で疾走する戦闘指揮車から蹴落とした。

「第4機甲師団に軟弱者はいらん!! 全隊、密集隊形!! 広範囲に展開しているならば、密度は薄い!!　密集して、敵隊列の薄い部分を砲撃しつつ突破するぞ!!」

「りょ、了解!!」

ボーグの指令は、残ったグラ・バルカス帝国第4機甲師団全車輛に伝えられた。


『全隊、密集隊形』と指示が来ました……」

無線手兼銃手が泣きそうな表情で告げた。

「なんだとっ!?　バカか!!　奴らはバカなのか!!?　現実が見えていない!!　確実に全滅するぞ!!!」

大声でモントが喚き散らし、皆耳を塞ぎたかったが手が離せない。

ジブラも同じ思いではあるが、上の命令に逆らう気概まではなかった。

誰もが死を覚悟する――１人を除いて。

「おい!!　白旗を揚げろ!!　俺たちだけでも降伏するぞ!!」

「白旗!?　白い旗を揚げればいいんですか？」

「日本軍に対しては、白旗を揚げれば降伏するという合図になるらしい！　敵の強さは常軌を逸している……死にたくなかったら白旗を揚げて降伏するんだ!!!」

帝国軍は降伏することを想定しておらず、日本国だけでなくほとんどの国に対する降伏の合図を末端まで行き渡らせていなかった。

日本に対する降伏方法が白旗であることもわずかな上層部の人物だけが知る情報だったが、モントは昇進に強く執着していたため、この情報も誰かから掴んだのだ。

「し……しかし、上の命令を無視して降伏なんてしたら、軍法会議にかけられますよ!!」

　銃手が食い下がった。

「どうせ降伏しなけりゃ死ぬ!!　軍法会議にかけられる可能性――いや生き残る可能性は０・１％以下だ！　降伏すれば生きられる!!　どっちを選ぶ!?　早くしろ!!　この一瞬が命を左右するぞ!!!」

「し……しかし……」

「ええい、もういい!!!　俺がやる!!!」

　モントは急いで服を脱ぎ、白い肌着を鉄の棒に括り付けて即席の白旗を作った。

「ジブラ！　ブレーキだ!!　左端に逸れて停車しろ!!!」

「了解!!」

　このときばかりはジブラも戦車長に素直に従った。

　モントは上半身裸のままハッチを開け、戦車から顔を出した。そして白旗を大きく振る。

「降伏！　降伏する!!　俺たちは降伏する!!　俺たちだけでも捕虜にしてくれぇ!!!」

　次の瞬間。戦車右側をいくつもの赤い光が突き抜けた。

　すべてが一瞬だった。砲弾の通過と着弾、爆発四散。残っていたすべての車輌が爆発し、広範囲に爆炎と黒煙、土煙が広がる。

　戦車長は破片に当たってあちこちから血を流し、震えながらも白旗を振り続けていた。

　風で徐々に煙幕が流れ、視界が開けていく。

「お前ら、出てこい。見てみろ」

　震え声の戦車長が白旗を掲げながら、車内の乗員たちに降車するよう指示する。

先に降りた戦車長に続いてジブラも武器を車内に置き、両手を挙げながら外に出た。

「……うわぁ」

つい2分前まで慌ただしかった戦場は静けさに包まれ、爆走していたはずの友軍の戦車と車輌はすべてスクラップと化していた。

「お前らの命が助かったのは俺のおかげだぞ。感謝しろよ」

いけ好かない戦車長だったが、彼の行動は正しかったのだとジブラは理解した。

グラ・バルカス帝国陸軍最強の機械化部隊である第4機甲師団は、日本国陸上自衛隊第7師団と交戦し、降伏した1輌の戦車を除いて部隊消失した。

第4機甲師団長ボーグ少将は戦闘指揮車の中、90式戦車の砲弾が直撃して戦死した。

第19偵察隊だけはあちこちに隠れていたおかげで無事に生き残り、ムー陸軍と陸上自衛隊がいなくなったあと、空洞山脈からバルクルス方向に命からがら逃げ帰った。途中、キールセキ占領のために進軍していた歩兵連隊と合流し、第4機甲師団の部隊消失を伝えて引き返させた。


現場の視察に来たムー統括軍南部管区キールセキ駐屯地司令マクゲイルは、その場に立ち尽くしていた。

あたりには微かな煙がまだ残り、金属の焼ける臭いが鼻を突く。

「なんと……凄(すさ)まじいな」

キールセキを襲おうとしていたグラ・バルカス帝国の機械化師団は、日本国の自衛隊と交戦して文字通り跡形もなく全滅した。

「大内田陸将殿、何故敵国兵を助けているのですか？」

「簡単に説明すると……我々の概念では〝戦争は国と国が行うもので、兵はその代行者、巻き込まれた者に過ぎない。敗北が確定した時点で兵は捕虜として手厚く扱われなければならない〟としています。これは我々が敗北したときも同様に扱ってもらうための、大事な協定です」

「それは相手国も守らなければ意味がないのではないか？」

「我々が率先して行動することで、相手にも同じ意識を持たせることが重要、ということです。今後、交戦規定の概念とともに戦時国際法を国家間で成立させていきたいと、政府は考えていると思います」

「なるほど……勉強になる。我が国もそれに従うだろうな」

「という話を、我々がすることは本来タブーなんですけどね」

「文民統制というやつか。軍人も国民の1人だと思うんだがなぁ」

「武力というのはそれだけ、暴走しやすいということです」

大内田は笑って現場指揮に戻っていった。敵機甲師団の参謀長を名乗る男が保護されたらしい。数十人の生存者が陸自とムー陸軍に助け出され、大内田が言う通り治療後に捕虜となる予定だ。

マクゲイルは部下の将校とともに戦場を歩く。ムーの兵器とは比べ物にならないほど強力な戦車や車輌の残骸を目の当たりにし、ただただ戦慄するだけだった。

部下が微妙な表情のまま、率直な感想を漏らす。

「あの帝国が手も足も出ないなんて……信じられませんね」

「……陸、空軍の損害ゼロでキールセキを守れるとは、夢にも思わなんだが……何とも恐怖しか残らん勝利だな」

「……まったくです」

このキールセキが戦場になると確定した以上、一定の損害と市民への被害を覚悟していた。

それが蓋を開けてみればこの状況である。夢でも視(み)ているかのようだ。

「次の作戦には多くの人材をつぎ込めそうだよ。志願者が続出だ」

「そうなるでしょうね。日本国の支援があれば作戦の成功も間違いないかと」

「アルーとドーソンの奪還……いや、その前にバルクルス基地の本格的な壊滅・解体か。ヒノマワリ王国にも軍事協定を結ばせんといかんかもな」

「あの小国に中立条約を結ばせるのは気の毒だと思いますが……」

「この1年間、陸軍精鋭特殊部隊も日本の第1空挺(くうてい)団の下で学んで、以前とは比較にならないほど精強になっているらしい。基地機能を損失したバルクルス程度、難なく制圧できるだろう。そしたら安心して応じるさ」

「バルクルス解体には、日本の第1空挺団も友軍として支援してくれますしね」

ムー軍の現場にも、自国を守り切れるという自信が生まれていた。

マクゲイルはその現場筆頭として、自国のために身を粉にして働くのだった。

① 中央暦1643年6月28日、日本国航空自衛隊『E-2C』、グラ・バルカス帝国陸軍第8軍団第9航空団第1次攻撃隊72機を捕捉。
② ムー空軍キールセキ＝エヌビア基地より航空自衛隊ムー支援派遣混成戦闘航空団28機とムー空軍南部航空隊180機が出撃。
③ ムー支援派遣混成戦闘航空団『F-15』12機、グラ・バルカス帝国陸軍第9航空団第1次攻撃隊72機のうち1機を除き殲滅。
④ ムー支援派遣混成戦闘航空団『F-2』16機、グラ・バルカス帝国陸軍バルクルス基地に対し高高度爆撃を開始。滑走路、対空砲の他、レーダーなど主要施設を破壊。続いてムー空軍剣閃隊156機、バルクルス基地の残りの施設、兵に損害を与える。
⑤ グラ・バルカス帝国第8軍団第4機甲師団、マルムッド山脈を通過中に日本国陸上自衛隊第7師団の10式戦車10輌の奇襲を受ける。第2旅団第22連隊が部隊消失、第21連隊の約半数が大破。第1旅団第19偵察隊16台出動。
⑥ 第4機甲師団、マルムッド山脈キールセキ側洞門で日本国陸上自衛隊第7師団を含むムー支援派遣混成戦闘団の猛攻を受けて1輌と数十人を除き部隊消失。

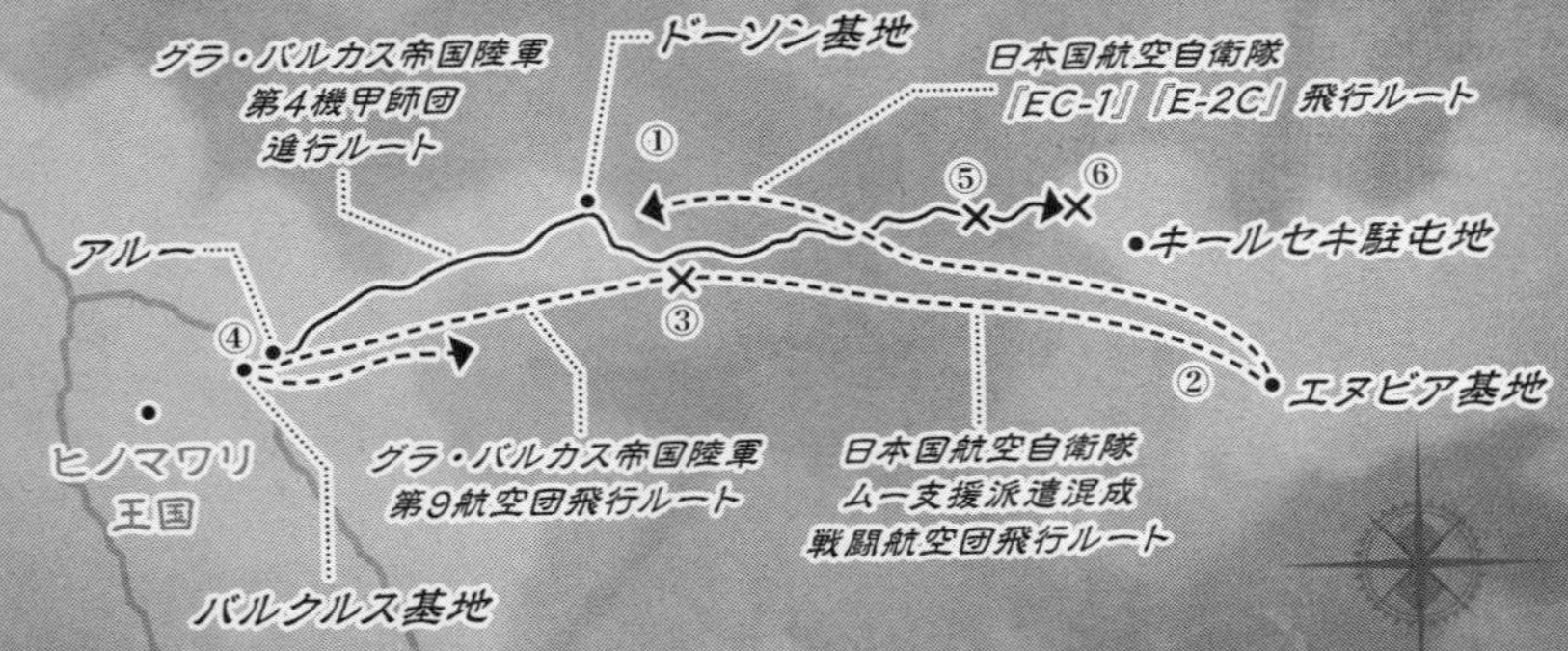

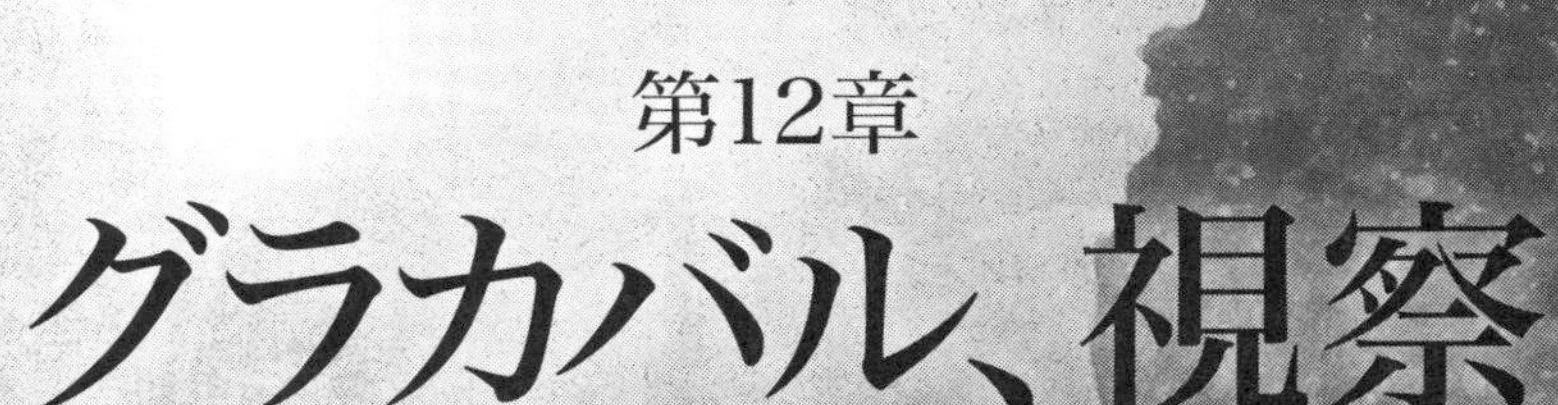

第12章 グラカバル、視察

■中央暦１６４３年７月４日　第二文明圏　グラ・バルカス帝国領　レイフォル地区　レイフォリア　外務省レイフォル出張所

レイフォル征統府に併設された外務省戦時外交局管轄、レイフォル出張所執務室にて、シエリアは普段と変わらず仕事をしていた。

コーヒー休憩がてら、傍らのダラスに話しかける。

「ダラス。グラカバル殿下のバルクルス訪問の件は、４日後だったか？」

「はい。10時30分に来所なさって、同日15時00分にバルクルス基地を視察、17時00分にバルクルスを発ち、22時00分にレイフォリア空港へ到着予定です」

「そうか。丸一日エスコートだな」

帝王府内局の王款庁から突然、皇太子による最前線の視察が通達された。

王款庁は、帝王家一家や皇族の身辺の管理、予算取り、スケジュールのマネジメントを担う機関である。要はプロ世話係たちだ。

視察について軍部はもちろん、外務省も反対したが、グラカバルの強い意向と皇太子権限により強行することになったという。

「まぁ……そうですね。粗相のないようにしなければ……」

ダラスはあまり元気がなかった。

帝王グラルークスに心酔する彼は、当然皇太子であるグラカバルにも畏敬の念を抱いている。

だが今回ばかりは状況を考えてほしかったというのが正直なところだ。

皇族の権力は絶大で、彼らが来るとわかれば通行予定のルートはすべて舗装し直される。道路標識もどれだけ新しくともすべて新品に交換され、見える範囲の景観は一からすべて手直しが入り、確認の対象となる。

通行ルートは万が一のことも考えて複数用意するものだが、もし3案あればそのすべてが整備し直されるほどの徹底ぶりだった。

段差の一つも許されない。

それほどに気を遣う皇族が、最前線基地の視察に行く。

最前線といえばいつ銃弾が飛んでくるかわからない、いつ爆弾が落ちてくるかもしれない激戦地。いくら帝国陸軍第8軍団が精強で、一番近いアルーを落として次の町を攻略中だとしても、不測の事態は十分考えられるため、外交官一同は気が気ではなかった。

王款庁の文面からもその苦心ぶりが伝わってきたので、何も言えない。

「皇太子殿下には困ったものだな……帝王陛下が指揮された〝冬戦争〟時代とはわけが違うのに」

「まぁ殿下のご意志を叶えて差し上げるのも我々下民の務めです……頑張ってエスコートします」

「陛下や殿下が大好きな君ならやれるさ。――ん？」

弱り切ったダラスを慰めていると、慌ただしく扉を開けて職員が駆け込んできた。

息を切らして汗をかく彼は、1枚の紙を握り締めている。

「どうした？」

ダラスが訊ねた。

「帝国陸軍より通信が入りました!!」

「ほう、見せてみろ」

「もうキールセキを落としたのか？」

「キールセキは確か先週の話ですよ。バルクルス基地の受け入れ態勢が整ったんじゃないですか？　皇太子が来るから軍も張り切っているのでは。……どうした？」

「いえ……」

ダラスが表情を柔らかくする一方、紙を手渡す職員の顔は硬いままだった。

怪訝に思いながら紙を受け取り、その内容に目を通すダラスの表情が、元に戻るどころか徐々に険しく歪んでいく。

「な……なんだと!?」

愕然としながら脂汗で額を濡らす。

文字を追う彼の指先は震え始めていた。

「どうした？」

「そんな……そんな馬鹿なことがあってたまるか!!!」

パニックで声も届いていないらしい。

シエリアは席を立ち、ダラスの肩を叩いて呼びかける。

「おいダラス、何が書いてあったんだ？」

「シエリア様……こ、これを……」

ダラスから動揺の元凶になった紙を受け取ったシエリアは、読み進めるにつれ眉根を寄せていく。

「……え？　ええ……？」

要約すると、左記のように記載されていた。

○　早朝、キールセキ爆撃に向かっていた陸軍航空隊第9航空団は、敵の迎撃を受けて全滅した。

○　その後、バルクルス基地が爆撃を受けた。

○　爆撃前にレーダーが通じなくなる現象が起こったため、迎撃が遅れた。

○　日本軍と思われる戦闘機により、基地の防御機能と待機中の戦闘機、さらに重要施設を破壊され、ムー空軍機の追い撃ちにより基地機能は完膚なきまでの壊滅状態に至った。

○　消息を絶っていた帝国陸軍第4機甲師団は、第19偵察隊の帰還により部隊消失したことが判明した。第20歩兵連隊はドーソン基地を放棄してアルー占領に専念、キールセキ占領部隊の任を失った第21歩兵連隊はバルクルス基地へ帰還させ基地修復に従事。

○　バルクルス基地及びキールセキ侵攻作戦で第8軍団軍団長ガオグゲル・キンリーバレッジ中将が負傷。ボーグ・フラッツ少将が戦死。戦死者は少なくとも1万以上、負傷者4千以上。

○　現在陸軍はムー侵攻作戦を全面的に停止、配置転換などで戦力の立て直しを図っている。

「な……何かの間違いではないのか……？」

戸惑うシエリアに答える者はいない。

帝国陸軍は普段、戦果や損害をいちいち外務省に通達してこない。最終的な判断は帝王陛下にあるからだ。

わざわざ通達してきたということは、皇太子をまともに迎えられる状態ではないという明確な意思表示だろう。本当に書いてある通りなら、まさにそんな状況ではない。

王款庁の指示で警備は軍部が担うが、案内と総責任は外務省に一任されている。

このままでは皇族の指令を外務省が果たせなかったということになり、その責任はレイフォル出張所の責任者であるシエリアと現場責任者のダラスが負うことになる。

シエリアとしてはそれならそれで別にいい、外務省に未練はないと思っていたが、ダラスはそもそも陸軍からの通達自体が信じられないらしい。

「こんなことが……帝国にこんなことがあってたまるか!!!」

普段は滅多に感情を露わにしないダラスが叫ぶ。

仮にキールセキを案内できなかった場合、少なくとも出世の道は間違いなく閉ざされる。彼は本気で次官まで上り詰めるつもりでいた。

重苦しい空気となった執務室に、電話の着信音が鳴った。

シエリアの受話器だ。

「お疲れ様です、外務省戦時外交局のシエリアです」

『お疲れ様です、参事官殿。陸軍ナルガ戦線（ムー—レイフォル国境南部のレイフォル側）司令部です。副官のランボール大佐がバルクルス基地の警備状況の説明のため、至急お会いしたいと仰っています。ご都合いかがでしょうか？』

「すぐにお目にかかりたい。我々がそちらに出向けばいいですか？」

『いえ、そちらに向かいますのでそのままお待ちください、とのことです』

「——……！　わかりました。会議室を空けておきますので、直接入っていただくようお伝えください」

陸軍でも相当な混乱が起きていると見えた。下士官以下に知られたくないから、外務省でやりたいというわけだ。あまりいい話ではなさそうである。

シエリアは以降5時間のスケジュールをすべてキャンセル、すぐさま職員に指示して会議室を確保し、一切の人払いを命じた。


陸軍レイフォル司令部からの距離を考慮して、20分ほどしてからシエリアとダラスは会議室に入った。それからすぐ扉が開かれ、陸軍将校ランボール・フーリマン大佐が入室した。

「急な来訪をお許しください。通信文だけでは状況が理解できないかと思い、説明に参りました」

ランボールの表情も青ざめており、額に汗を浮かべていた。

「いえ、お気になさらず。詳しい話を聞けたほうが、我々としても助かります。で、何が起きたんですか？」

「ナルガ戦線バルクルス基地は、大規模爆撃により壊滅的被害を受けています。率直に申し上げて、とても皇太子殿下をお迎えできるような状況ではありません」

「——そんなことはわかっている！　何故(なぜ)そんなことが起きたのか、さっさと要点を説明しろ!!」

ダラスがいてもたってもいられず激高した。

相手は大佐である。当然ダラスのような一外交官よりよっぽど偉いのだが、4日後という喫緊の問題に、焦りと不安から情緒が乱れまくっていた。

これに対し、ランボールはムッとしながらも大人の対応をする。

「目下、原因を調査中です。詳しいことはまだ何も……」

他官庁かつ目上の者に対する態度ではないので気分が悪かったが、外務省が総責任を負うので焦るのも無理はない。そして陸軍の失態でもあるので、強くは出られない。

そういうことも計算に入れて、ダラスはお構いなしに怒りをぶつける。

「調査中？　そんな情報を持ってきてどうしろというんだ!!　何故まだわからない？　軍の怠慢ではないのか!!?　皇太子殿下の来訪を断るということがどういうことか、理解しているのか!!!」

「そんなことは重々承知している！　だがわからないものはわからない!!　特に第４機甲師団などは短時間で全滅している。情報は初期の段階では断片的なものしか集まらない。情報を精査して確実な情報を届けるには、相当な期間がかかる。迅速な情報というものは不確定なものなのだ!!　精査するまで時間がかかれば、貴殿はそれはそれで文句を言うだろう!!」

「相手は殿下だぞ!!　俺がこうして噛みつくのとはワケが違うんだ!!　それを――」

あまりにも目に余るので、シエリアが割って入る。

「ダラス、言葉を抑えないか。相手は私と同等の階級だぞ。ランボール大佐殿も迅速な情報を伝えにわざわざ出向いてくださったのだ。――ランボール殿、部下が失礼した。続けてもらえるか」

ランボールも頭に血が上っていたことを自覚し、うっかり敵を作るところだったと反省する。

「んん……わかりました。バルクルスを爆撃してきた飛行機の中にはとんでもなく高性能な機体があり、日本国の国籍マークが描かれていました。軍部では現時点で、第４機甲師団を壊滅させたのも日本国で間違いないと見ています」

「な、何だと!?」

ダラスは４ヶ月前の日本国使節団との会談を鮮明に思い出した。

発展した都市を映像で見せつけられ、70年以上の技術格差があると言われた。

しかし、兵器に関する情報はまったく見せなかったと記憶している。

日本国の外交官朝田(あさだ)は言っていた。

『全面戦争になった時点であなた方は我々に手も足も出ず敗北します』

（まさか……まさか本当だったのか？　いや、本当ならば兵器の実演も映像で見せつけてくるはず……そのほうが威嚇効果は高い。だが奴(やつ)らの言うことはイマイチわけがわからなかった。武力を誇示せず、国際協調……とか言ったか？）

ダラスが自分は致命的な思い違いをしているのではと動揺する中、その表情を横目にランボールは続ける。

「軍部では、今回の基地壊滅を非常に重く受け止めています。これまで集めた情報と照らし合わせても、――まぁムーの対戦車砲で2号ハウンドⅠが1輌(りょう)破壊される誤差みたいなものはありましたが、部隊が丸々消失するような大打撃を受けることは想定していなかった。いや、できなかった」

転移後、今まで連戦連勝を続けてきたグラ・バルカス帝国。

ミリシアルの本国艦隊さえ退け、誰もが世界征服に疑念を抱いてはいなかった。

しかし、ムー大陸侵攻初期ともいえるこの段階で、最前線基地がほとんど跡形もなく破壊され、そしてそれを行った戦力の総数や具体的な手段についても未(いま)だ判明しない。

最強の機械化師団まで壊滅してしまい、陸軍上層部は火事場のような大騒ぎになっていた。1日で失った戦力が大きすぎた。

「ちなみに海軍から情報は来ていませんか？」

「海軍？　何故海の話になるので？」

海軍からはバルチスタ沖海戦以降、特に何の情報も来ていない。

他官庁の質問なので、仮に情報が来ていたとしても「何についての情報だ？」と答えるのは当然だ。中継していい情報とそうではない話があるからだ。

「ムー大陸侵攻作戦は、情報を共有化しておかないと今後の国家運営に支障を来す恐れがありますので、この場でお話しします。――その前に、日本国についてどの程度の認識がありますか？」

ランボールの問いに、ダラスは少しの時間を置いて答える。

「我が帝国と同じ転移国家であり、四方を海に囲まれた島国である。それなりに技術力を有しているが軍事力は低く、他国に対する植民地化政策も進めていないため国土も小さいであろう――というのが、これまでにわかっている情報から推測した日本像です。この世界では列強だったというパーパルディア皇国も降したようですが、それは技術格差によるものと考えます。我がグラ・バルカス帝国に比べればその力は特筆に値しない、というのが……」

外務省の認識はダラスが話した通りだが、シエリアとダラスは日本との会談で実像の一端を垣間見て、これが誤りだったというのは薄々感づいていた。

それを肯定するかのように、ランボールが語る。

「我々もそのような認識でしたが、どうも海軍が日本国を危険視しているようです。ムーやミリシアルなどとは比較にならないほど、『あの国と交戦してはならない』と」

まるで帝国海軍が日本国に怯えているような言い方だ。

シエリアはこれ以上聞くのも嫌になっていたが、敵を知ることは己の身を救うことにもなる。

「それは何故でしょう？」

「わかりません。現時点では陸軍も、海軍と日本が衝突した類いの情報を有してはいませんので、何らかの接触があったのか、それとも何らかの情報を掴んだのか……現状では不明ですが……」

「危険視しているという話はどこから出たものですか？」

「ギーニ・マリクス議員をご存じか？」

「ああ、海軍と財界に強いパイプを持つ議員ですね。主戦派で、極めて好戦的な」

ギーニは王侯系民族主義の右翼で、転移直後から「この異世界を征服するべきだ」と主張した急進派だ。パガンダ王国での皇族殺害事件のあとにはタカ派の議員連盟の長として選出され、「逆らう国の民は皆殺しにしてしまえ」とまで発言した危険思想の持ち主である。

「──ダラスなんかはギーニ氏と気が合うんじゃないか？」

「私もグラ・バルカス帝国がこの世界を征服することに異論はありませんが、ギーニ氏の過激な発言は後世に必ず禍根を残すでしょうから支持はできません。何より、帝王陛下の美学に反します」

「そうなのか」

シエリアはもちろんギーニのことをよく思ってはいなかったが、ダラスですら不支持としていることに軽く驚いた。

ダラスがギーニを嫌う理由は他にもある。財界の中でも兵器関係の企業と結びつきが強く、軍拡に積極的であるためその見返りを受け取っているであろう背景の汚さが許せなかった。また、海軍では占領地護衛艦隊の創設に携わり、歴代司令と個人的に交友関係を結んでいる。転移後は占領地護衛艦隊は本国艦隊に編入されたが、現在も変わらず交友は続いているらしい。

だがそれはギーニ自身の利益のためであって、私腹を肥やすために軍を動かすのは、寄生虫のように思えた。ダラスはそういう意味で、意外と潔癖症である。

「そのギーニ議員が、急に消極的な発言を始めました」

「「は？」」

「『この世界の蛮族どもは既定路線通りに征服することを第一と考えるが、同じ転移国家である日本とは戦うべきではない。もし日本が同盟を結んでいる国であると判明した場合、即座に侵攻を中止し、協議の場を設ける必要がある』──だそうです」

「それ、ギーニ氏の秘書か誰かが言っていたのですか？」

信じられないのでシエリアが訊ねると、ランボールが首を振った。

「一言一句そのままの、ギーニ氏の発言です。『同じ科学技術国家として、不足する部分を補い合い、ともに発展していくべきだ』とまで言い放ったらしいです。一体何があったのか……海軍経由で何らかの報告があったのか、それとも軍事企業が何らかの情報を掴んだのか。詳細はわかりませんがね」

ダラスが首を傾げる。

「その内容では、海軍が日本を危険視していることにはならないと思いますが？　ギーニ氏の個人的な主張でしょう」

「そう、この話には続きがあります。カルトアルパス海戦で、日本国の巡洋艦が世界連合側として参加し、それを『グレードアトラスター』が撃沈したのはご存じですか？」

「知っています。日本の巡洋艦も主砲を命中させていたが、砲が豆鉄砲だから大した損害にはならなかったと……航空隊はかなり撃墜されたようですね」

「これは日本国の砲の命中率が極めて高いことを意味します。……実はバルクルス基地の爆撃に関しても、第1次爆撃の機数がごくわずかで、爆弾の投下量もそれほどではなかったという証言が出ています。あくまで未確認ですが」

「ごくわずか？　具体的には？」

「10機前後です」

シエリアとダラスは絶句した。

たったの10機程度に、軍団規模が駐留できる基地が壊滅させられるわけがない。悪い冗談だ。

「……もしグラ・バルカス帝国の爆撃機が同じ機数で同じ規模の基地を爆撃したとして、同じ損害を稼ぐことはできますか？」

「無理です。敵の爆弾は1発の威力も異常に高いですし、同様の話を第4機甲師団が壊滅する様子をその目で見ていた第19偵察隊からも聞いています。つまり、陸・海・空、すべての兵器で驚異的な命中率と威力を持っている、ということになります」

「だが……日本の巡洋艦は……」

「どうやらカルトアルパスの巡洋艦は、軍艦ではないかもしれないという話も聞いています。そうなると日本には口径の大きい軍艦も多数存在している可能性もあります。あくまで現段階では可能性にすぎず推測の域を出ませんが、現に海軍の同期も『上層部が日本とことを構えるのに消極的になっている』と伝えてきています」

「陸軍もそういう方針になるのでしょうか？」

シエリアが訊ねた。

「なる、と私も予想しています。とにかくバルクルス基地壊滅の件については、引き続き情報収集を進めます。戦況分析については並行して進めていますが、今回のバルクルス攻撃が不意打ち的なものではなく、もし万全の防衛態勢が整っていても同様の被害を受けたのであれば、日本国の戦力の評価と今後の作戦立案、侵攻計画を見直す必要があります。――すまない、外務省から警告してもらっていたのに甘く見ていました」

「そのことですか。もうご存じかとは思いますが……」

ランボール――陸軍の合理的な判断はシエリアとしても納得がいくものだった。

外務省の警告というと、シエリアが上げた4ヶ月前のグ日実務者会談の件だろう。そう思って詳細を伝えようと切り出すが、

――ダンッ!!

彼女の言葉を遮って、我慢の限界だとばかりにダラスが机を叩いて怒鳴る。

「栄えある帝国陸軍将校がそんな考え方でいいのですか!! 議員が何を言おうが海軍が何を掴んでいようが、陛下の命である速やかなムーの制圧、早期の日本攻略を実現し、世界征服に貢献するのがあなた方の務めではないのですか!!」

ダラスは帝王グラルークスに心酔し、神のように崇める思想の持ち主である。帝王の言ったことは絶対で、それが果たされないことは悪であるという、ギーニとは別の方向性で危険な考え方だ。

「努力はしている。何も今すぐ撤退すべきだなどと言っていないし、まずは情報の収集と多角的な精査が必要だという話だ」

「今までもグラ・バルカス帝国軍は勝利を重ねてきたでしょう! きちんと戦況分析ができていた

からではなかったのですか!?　何故今になって日和るのか、それをご説明いただきたい！」

帝国周辺の国々とは戦況分析も必要ないほどに技術格差があり、戦えば勝ったから勝ち進んできただけである。

それを理解しているランボールは、唇を噛んでぐっとこらえながら言い返す。

「お言葉だが、外務省とて我々軍部の戦力を当てにした外交を続けてこられたのではないか？　イルネティアの件も、不必要に戦火を撒いて制圧したと聞く。そんな急進的なことを続けていれば、いずれ破滅に陥るのが道理だ」

ダラスも痛いところを突かれ、ますます怒りを剥き出しにした。

「それが日和っていると言うのですよ！　それとも戦うのが怖くなったのですか？　日本と講和しろと仰るなら陛下に采配を仰いでからにしていただきたい!!」

「おいダラス……」

「私がいつ日本と講和すべきだと言った!!　軍団規模の基地が壊滅し、1日で1万人以上が死んだんだぞ!!　こんなことは前世界の〝運命戦争〟以来だ!!!　敵味方の戦力を冷静に見直す必要があるのだ!!」

「陸軍は臆病風に吹かれたのか!!!　〝運命戦争〟で軍部が徹底抗戦を主張したことを今でも覚えています!!!　生ぬるいこの異世界で、あのときの気概も忘れてしまったのではないですか!!?」

「おい」

「私の発言が陸軍のすべてではないし、また逆も然りだ!!!　一を見て全体にレッテルを貼るな!!　精神論だけで世の中は回らん!!　我々が分析を間違えれば最前線の兵が死ぬんだぞ!!　安全なところから口だけ出す外務省にはわからんかもしれんが、冷静に敵を分析するのは我ら将校の務めであり義務だ!! 必要な情報を掴み、前線の兵の被害が減るよう全身全霊をかけることが、多くの死者が出るとわかっていてもなお『死地に赴け』と命令する側の、最低限の義務なんだよ!!」

グラ・バルカス帝国海軍では、カイザルやラクスタルといったできた人物が存在するために、ある程度合理的な考え方が浸透している。が、陸軍には未だ精神論を振りかざす将校が多い。そんな中でもランボールは珍しく合理的な考え方をする希有な人材であった。

これ以上ランボールと外務省の溝が深まるのはよろしくない。

話も脱線しているので、シエリアが割って入る。

「おいダラス、いい加減にしろ。さっきも言ったぞ、口の利き方に気をつけろと。ランボール殿、度々失礼して申し訳ない。私の教育不行き届きだ」

「ぐっ……!」

ダラスは注意を受けてようやく黙った。

グ日実務者協議の内容を言い出す機会を失ってしまい、今回は伝えるのをやめておこうとシエリアは考えた。不安定なダラスを再び刺激しかねないし、何より本省が軍部に正確な情報を伝えていない恐れがある。どのような内容か、ランボールの口から聞いてみないと誰が悪者にされるか——下手をすれば自分が尻尾切りに遭う可能性が高い。そうなると、シエリア自身は別に構わないとしても、ランボールや無辜の民に無用の被害が出る。今はまだ職を辞せない、と内心で結論づけた。

これは、グラ・バルカス帝国の暴走を止める戦争になる。

そういう予感がしていた。

そんなシエリアの引き締まった表情を見て、ランボールは何か感じ取ったのかダラスへの怒りを抑える。

「外務省の混乱も理解できますのでお気になさらず」

「とにかく、好戦的なギーニ議員が日本との講和を望むなど、これまでの振る舞いからは考えられないことです。具体的に何があったのか、我々の独自ルートでも調べましょう。海軍にも何があったのか、探りを入れてみます」

「すみません、よろしくお願いします。陸軍からもお話しできることが見つかれば、また折を見てお伝えしたいと考えます」

日本国が、外務省にとっても軍部にとっても脅威となり得るという共通認識になったのは収穫だった。特に具体的な数字が出てきた以上、外務省も無茶はできない。

議題は皇太子の視察の件に移る。

「グラカバル殿下の来訪は、陸軍としてはとても満足のいく警備態勢を整えられません。外務省が本件の主体となっているみたいですので、王款庁に延期を申し入れることはできませんか?」

「そうしたいのは山々ですが、何しろ皇太子権限と聞いていますので……」

シエリアの苦虫を噛み潰したような言い方に、ランボールも「ああ……」としか言えなかった。

2人の様子を見たダラスは、皇太子をまるで厄介者だとでも言っているように感じて不満を口にする。

「殿下がいらっしゃるのはバルクルス基地だけでしょう。10機程度の戦闘機にやられただけで迎えられなくなるほど脆弱な基地だったのですか？」

「言っていなかったが、10機にやられたのは重要施設と戦闘機を破壊された最初だけだ。そのあとムーの戦闘機からも爆撃を受け、主要施設が半壊または全壊した。滑走路も穴だらけ、格納庫や弾薬庫は跡形もなくなっている。すべての復旧には……相当な期間がかかる」

どんな被害を受けたのだ、とシエリアは引く。

もしかしたら、自分の想像を遥かに超えているかもしれない。想像していた3倍くらいの惨状を覚悟したほうがいい。

だがダラスにとっては知ったことではない。とにかく帝王、皇太子最優先である。

「警備責任は軍部にあるでしょう？　施設は無理でも、軍部が兵力を増強するなりして、警備を万全にすればいいのではないですか」

「その軍部が、本件壊滅の原因が判明するまで視察を止めたほうがいいと言っている。キールセキを陥落させていれば多少警備が手薄でも問題なかったが、今やドーソンさえ放棄させているのが実情だ。最前線はアルーどころかバルクルス基地に逆戻りした。その現実をどう考える？」

「皇太子殿下が来ることは決定事項だ。人が足りない？　危険性がある？　できない理由を並べるのではなく、やらなければいけないんですよ!!　そんな弱気でいいんですか!!!」

「あのなダラス……」

「弱気？　バルクルスは次いつ襲撃を受けるかわからないんだ。『アンタレス』が１００機あったって足りない。軍事パレードでもやるつもりか？　帝都みたいな万全の態勢で陛下や殿下をお迎えするのとはワケが違う。警備する以上、殿下の命を最優先にするのは当たり前だ。だがその殿下のお命を守れるかどうかわからないと言っている」

「わかるわからないの話ではない！　やれと言われたらやるのが軍人だ!!　何を腑抜けたことを
――」

「ダラス!!　もうやめろ、冷静に議論ができないなら出て行け!!!」

「――ぐっ……！」

ダラスも一線を越えかけたことに気づいて、さすがにまずいと思ったのか足早に会議室を出て行った。

「……ランボール殿、本当に申し訳ない。彼は元々陛下、殿下に心酔していて、今回の視察を取り仕切る責任者に適任と思って任命したんだ。どうやら失敗だったみたいだ」

「いや。まぁ陛下シンパにはああいう極端な人物が多い。差し出がましいが、今後は気をつけられたほうがいいと存じます」

「ご忠告感謝します。とにかく皇太子権限でお越しになる以上、確定事項と考えてもらいたい。その上で、そちらにもできる限りの対応をお願いできれば助かります。殿下の御身を危険に晒すわけにはいきませんから、外務省としても王款庁には中止するよう再度進言はしますが……」

「承知しました。では今後の進展は密にやり取りするということで」

「はい」

会議は終了した。

その後シエリアはすぐ本省に連絡を取り、最前線基地が奇襲を受けたこと、未だ危険性が除去される見込みがなく、むしろ高まっているため、皇太子視察の日程を延期するよう進言した。

外務省でもバルクルス基地壊滅は問題になっていたらしく、この進言はそのまま王款庁に伝えられた。

■ 翌日　グラ・バルカス帝国　帝都ラグナ　帝王府

ニヴルズ城の一室で、王款庁幹部職員が冷や汗を流しながらグラカバルに説明をしていた。

「――バルクルス基地は正体不明の攻撃を受け、相当の被害を受けております。殿下の御身を危険に晒すわけには参りません。本件攻撃原因の究明と安全性が確認されるまで、バルクルス視察は延期するほうがよろしいかと……」

「ふん、お前たちはわかっていないない な」

カバルは怒るわけでもなく、下々を導くのも上に立つ者の役目とでも言いたげな表情で鷹揚(おうよう)に続ける。

「最前線基地とは元から危険な場所だ、そんなことは百も承知よ。しかし私は信頼している。帝国臣民の作った絶対的な強さを持つ兵器を、そしてそれを運用する精鋭グラ・バルカス帝国兵を!!」

絶対わかってないしやっぱりこの人アホだと思いながら、幹部職員はどう説き伏せるか必死に頭を悩ませる。

「殿下、帝国陸軍最強の第4機甲師団が部隊消失するような情勢の悪化を見せております。戦力の再配置を行っている最中だそうです。どうか再考なさってくださいませ。戦線をキールセキまで押し上げていられれば誰も何も言わなかったのです」

「愚か者、戦線を押し上げているならそこに行くのが視察の道理であろう！　最前線に危険は付きもの、だが危険があるからと言って行くのを躊躇うようであれば〝グラカバルは安全な場所にしか行けない臆病者〟と世間や兵たちが考えるのは明白！」

もしキールセキが陥落していれば、カバルはキールセキに行くと言うつもりだった。

アルーはまだ奪還されていないが、それは絶対に言えないなと職員は胃を痛める。

「ええ……そんなことありませんよ。一体誰がそんなことを……」

「スノッラ出版が刊行する雑誌『フリッグデイ』だ！」

ただのゴシップ誌だ。職員は当該記事を書いた記者を不敬罪で逮捕し、『フリッグデイ』そのものを休刊に追い込むことも決意する。

「殿下、そんなものを皇族が読むものではありません。また陛下に叱られますよ。今度はただの謹慎では済まないでしょう」

「お前たちが告げ口しなければいいことだ！　それに今回はもう父上に許可を取り付けてある。皇太子権限でバルクルス基地へ赴くとな！」

「それは許可を取り付けたとは申しませんよ」

「くどいぞ！　皇族の、しかも皇太子が危険な最前線基地で兵たちを励ます。それこそが重要なのだ!!　私がバルクルス基地に行くのは決定事項だ。外務省と軍幹部にもそう伝えろ、ただし大げさな警備など必要ないとな!!」

「で……ですが殿下!!　どうかご再考を!!」

万が一にでも皇太子に何かが起きれば、軍幹部も外務省幹部も当事者はみんな首が飛ぶ。

当然、皇太子を引き留められなかった自分も、社会的に抹殺されるのは明らかだ。今日には出立するので、今ここで諦めさせなければもう誰にも止められなくなる。

「これより出る!! 準備はできているな!!」

「「「はい……」」」

職員の諫言(かんげん)は無視され、世話係の従者たち数人が力なく返事した。

同日昼、カバルは皇太子権限を行使し、バルクルス基地の視察のためにラグナを発った。

■ ムー陸軍　キールセキ駐屯地　会議室

駐屯地司令部内にある会議室で、ムー統括軍幹部と陸上自衛隊第7師団幹部、そして第二文明圏国家群の軍団長たちが、作戦会議のために集まっていた。

「では今回の作戦概要について確認を始めます」

今回集まったのは、一定水準の陸上戦力を動員できる国の軍幹部たちだ。

日本、ミリシアル、ムーの三国作戦は海だけでなく陸上の作戦も考慮に入っており、ミリシアルの参戦が望めない今、第二文明圏の国家による協力が欠かせない。

当たり前だが、当初グラ・バルカス帝国との戦争にはニグラート連合、マギカライヒ共同体、ソナル王国は消極的だった。カルトアルパス、バルチスタと敗戦続きで、ミリシアルでも勝てない相手に自国の形をいかに残すかが目標に定まりつつあった。

だが日本がムー防衛に参加し、完全に潮目が変わった。

『参戦はしなくていいから、いつでも陸上戦力を動員できる状態にしてキールセキ防衛戦を観戦してくれ』とムーが依頼すると、ムーと同じ科学技術文明国の日本がどれほどのものだろうかと各国から観戦武官がキールセキに集まった。

そこで見たものは、日本の師団と航空部隊がグラ・バルカス帝国軍を圧勝かつ完封する姿だった。

グラ・バルカス帝国機甲師団の動員数は異常で、人数も多ければ兵器も多い。ドーソンでどれだけ準備を整えていたとしても、補給のない空洞山脈約２００㎞を抜けるのは至難の業だ。

その侵攻を、日本は全力に遠く及ばない反撃で殲滅した。

人は希望がなければ戦えない。希望を見出した今、第二文明圏国家群は、日本と、日本を動かしたムーの御旗の下で戦う決意をした。

ミリシアルが成し遂げられなかった第二文明圏で初の――いや、世界初ともいえる大規模反攻作戦に、ムーとしても気合いが入る。

「すでに一時的な空爆で破壊したバルクルスですが、グラ・バルカス帝国は戦力の再配置で基地機能の回復、そして兵を増員する動きが見られます。アルー奪還においてはバルクルス基地を今度こそ回復不能な状態に追い込み、動けない状況を作ることが目標となります」

ちなみにバルクルス基地がヒノマワリ王国領内に作られていることは、陸上自衛隊にとって好都合だった。〝武力で脅された結果、勝手に基地を設置されていたので代わりに制圧してあげた〟というポーズが取れるので、侵略かどうか微妙なラインを議論する手間が省ける。

さらに多角的な情報から、バルクルス基地が機密保持のために現地住民を1人として出入りさせていないことも確認済みだった。

「作戦第1段階として、バルクルス基地への新規着任航空機及び新たに持ち込まれたレーダー施設、対空砲施設、重砲、戦車部隊、さらに弾薬庫と燃料タンクに至るまで、日本国航空自衛隊が空爆を実施します。第2段階ではムー空軍が残った施設、インフラ設備、宿舎といった兵の駐留に必要なものまで徹底的に破壊します。ムーの威信をかけ、内陸部からも航空機をかき集めました。バルクルス周辺の友軍基地からの同時爆撃となりますので、ムー史上最大規模の空爆になると予測しています。この時点で敵兵力のほとんどを減ずる予定です」

(（要するに日本が危ないところを叩いて、ムーにお膳立てするだけの話では？）)

説明を聞いていた日本とムー以外の各国代表は、若干呆(あき)れながらも黙っていた。

本当なら陸自と空自がすべてやってしまうのが手っ取り早いのだが、今回はムーの面子(メンツ)を立てることも重要である。そして各国代表もそれに気づいていたが、大人なので野暮なことは言わない。

そもそも論になると、これだけバルクルス再攻撃作戦が遅れたのもムー空軍が派手に暴れすぎたのが原因だ。弾薬、燃料を使い切ったキールセキ周辺の空軍基地に、燃料と弾薬を補給するのに時間がかかってしまった。逆に、ニグラート、マギカライヒ、ソナルの足並みを揃(そろ)える時間にもなったので、一概に悪いとも言えないが。

日本としては第1次バルクルス空襲とキールセキ防衛で粗方グラ・バルカス戦力を削ることには成功しているので、あとの燃料・弾薬の浪費についてはムーの勝手ということで何も言わなかった。フラストレーションを発散させたい気分も理解できる。

「――第3段階では基地周辺に日本国陸上自衛隊第1空挺(くうてい)団が降下、爆撃では潰しきれないであろう対空陣地を沈黙させたあと、ムー陸軍がこの度新設した特殊作戦部隊も空挺降下を実施、基地西側要塞内に位置すると見られる司令部を制圧し、残存陸軍の指揮系統を遮断します」

（（……実戦訓練をここでやるのか……））

突っ込みは心の中に留（とど）める各国代表。

「——最終段階では第二文明圏連合航空騎士団７００騎及び大型火喰い鳥（スーパーレッドホーク）１６００羽で陸兵各3人、計６９００の増援部隊を輸送・パラシュート降下させ、上空に残る航空騎士団はそのまま上空支援として導力火炎弾による爆撃を行います」

「ワイバーンが運べるのは乗員含め2人までではないのですか？　4人も乗せると機動性や燃費が極端に落ちるのでは……」

陸自幹部がロウリア王国やアルタラス王国などで学んだ知識から疑問を呈した。

「制空戦をやるわけではないですから。それに、ワイバーンはマギカライヒの魔導機械工学で開発された『飛竜強化機（ワイバーンアーマー）』という外骨格フレームで強化していて、トップスピードはロード種、ペイロードは『マリン』並みに向上しています。まぁ複数人乗せることに変わりはないので、比較的体重の軽い者を選出しますがね。彼らは同じくマギカライヒ共同体が開発した小銃を携行します。火喰い鳥（レッドホーク）については運搬したあと、各基地に帰投させます」

歴史上どの国も経験したことのない大規模な作戦だ。日本にお膳立てされているとはいえ、この大所帯を仕切るだけの度量（キャパシティ）を持っているのはさすがのムーだと、各国代表は考えを改める。

「質問であります!!」

ムー陸軍航空隊の幹部が手を上げた。

「どうぞ」

「大型火喰い鳥は文明圏外国家でさえも一線を退きつつある航空戦力です。この水準の戦いにはついて行けないと思うのですが、足手まといにならないのでしょうか？」

地球で言うところの火喰い鳥とは違い、この世界に生息するものは人を乗せて飛べるほどの大型の鳥、竜鳥類とされている。シルエットはコンドルに似ており、季節によって渋柿色から鮮やかなオレンジ色に体色を変える。そして、その名の通り口から炎を吐く。

大きさはワイバーンにやや足りないくらい、ワイバーンよりもいくらか乱暴ではあるが手懐けるのは容易で、太古の時代より長く空戦兵器の主力として君臨していた。

だが速度は遅く、火炎放射の効果範囲も遥かに狭い。航空戦力にワイバーンを採用する国が主流となったために火喰い鳥は退役に追い込まれ、使用されなくなっていった。

この鳥は世界各地に分布するが、約１４００年前に南方の島々で火喰い鳥と同型ながら大きな種が発見された。見た目、生態、どれを取っても火喰い鳥だったため、安直に大型火喰い鳥と名付けられた。

大型で翼面積も広く戦場に登場したこともあったが、使い勝手が悪く小回りが聞かないので主力にする国はほとんどなかった。

多少は重い物を運べるという利点を活かし、現在は商用の輸送鳥として各国で愛用されている。

「その通り、空戦能力は期待していません。本来であればワイバーンもしくはワイバーンロードで揃えたかったのですが、ここ数年レイフォル国境線近くで無警告撃墜されてきた他、バルチスタ沖海戦で多くのワイバーンが撃破されてしまい、数が足りません。本国防衛用に残す飛竜まで引っ張ってこいとまでは言えませんしね」

ムー大陸は元々地球にあった大陸であるため、魔素濃度も低い。そもそもワイバーンの絶対数が少ないのは仕方がない。その点、火喰い鳥はワイバーンより省エネという優れた面もある。

「ワイバーンは撃墜されましたが竜騎士の多くは生き残っており、彼らは基本的に火喰い鳥も操れます。制空戦をやらず数さえ揃えばいいので、火喰い鳥でも用を成せるというわけです」

「なるほど、求めるのは単純な輸送力でしたか……」

陸軍航空隊幹部は、制空戦をやらなくてもいいとは言え、空戦能力の低い航空戦力を使うことに抵抗を感じていた。

それを察して、第1次バルクルス空襲経験者のムー空軍将校がフォローする。

「ワイバーン、火喰い鳥の輸送部隊が到達する頃には、敵の航空反撃能力はほとんど残っていない予定です。その頃には基地ごとスクラップになっていて、やることもほとんどないだろうと想定していますが、万が一の残存戦力の排除と迅速な塹壕(ざんごう)敷設等による防御力の確保、そして敵の援軍が来た場合の一時的な防御措置を担当してもらいます」

「わかりました。ありがとうございます」

「制圧後の流れですが――」

会議は続く。

第二文明圏の盟主ムーと主要国は、作戦の詳細を詰めて自信を深めていった。

また、この作戦は第二文明圏各国の相互理解の一助となる。

■中央暦１９４３年７月７日　グラ・バルカス帝国領　レイフォル地区　レイフォリアムスペル空港

グラ・バルカス帝国がレイフォルを占領後、レイフォリア郊外に作った空港がある。空港基地としてはレイフォル地区の中でも最大級で、ムーが作った空港をベースに勝手に改築が行われた。空港名もムスペル空港と改名され、本国とを結ぶ高級属領線と領内線の両方を離発着している他、軍事利用もされていた。グラ・バルカス帝国一国で回しているせいで、機数が少ないのだ。

何本もあるリッチな滑走路に、中型のレシプロ機『アヴィオール』が着陸した。

外観はただの輸送機だが、内装には豪華絢爛な装飾が施されている帝王家専用機だ。

滑走路からターミナルビル正面のローディングエプロンへゆっくりと移動した輸送機は、静かにブレーキをかけてエンジンを停止する。

機の出入り口に傾斜の緩いラッタルが取り付けられ、その先に敷かれた赤のカーペットへと地続きになる。カーペットの両側に外務省幹部、軍の幹部が並び立ち、軍幹部の後ろには精鋭陸軍兵３千人が等間隔に整列して微動だにしない。

実に盛大な光景である。

軍の音楽隊が少し離れた位置に待機しており、指揮者の合図で優雅な音楽を演奏し始めた。

扉がゆっくりと開かれ、中から男が現れる。

眼光が鋭く、身長１８５㎝以上と並の帝国人より大柄なその男は、衣装も相まって威風堂々としている。

栄えあるグラ・バルカス帝国の皇族、第1の皇位継承権を持つ皇太子、グラカバルであった。

彼がのちの世界の王となることに、疑問を持つ帝国臣民は存在しない。

陸軍兵たちは現れた男が皇太子であること、その一挙手一投足に感激し、生涯のうちにその威光を目にできた事実に、嬉（うれ）しさのあまり涙を流す者までいる。

「出迎えご苦労！」

皇太子グラカバルは一言発し、絨毯（じゅうたん）を歩き始めた。

背筋を伸ばしたまま一段一段ラッタルを下り、カーペットの先に用意されたリムジンへと鷹揚に乗り込む。

「さて、向かおうか！」

グラカバルを乗せた自動車と荷物車は、レイフォル征統府に併設された外務省庁舎、レイフォル出張所へと向かう。

外務省職員からレイフォル出張所と征統府の説明を受けたあと、近くの帝国人用高級ホテルのスイートに宿泊。翌日、外務省職員に見送られて再びムスペル空港から軍用機で国境線ギリギリの第2戦線基地に向かい、基地で一泊。そこからは軍用車輌で一旦アルーを視察後、目的のバルクルス基地を視察する予定となっていた。

アルーへ行くことは敵国内に入るため反対意見もあったが、皇太子の強い希望により予定に組み込まれることになった。

■夜　ムー　オタハイト　とある酒場

オタハイトの歓楽街に、公務員や軍人、高級官僚が通う酒場があった。客層故に個室も存在し、特に高官に重宝されている。

その一室で、ムー統括軍幹部と女性記者が2人きりで飲んでいた。

「――そうそうキャニーちゃん、知ってる？　実はオタハイト、危なかったんだよ」

「え～本当？　怖ーい、どんな風に危なかったの？」

軍へ出入りする大手新聞社の記者キャノーラ・バルニエは、軍関係者と幅広く付き合いを重ねて人間関係を構築し、統括軍幹部将校ルイージ・マウントバッター大佐とも友達感覚で付き合えるほど距離感を縮めた。

「そのうち軍が発表するよ、それまで待ってるといい」

「えー早く聞きたーい!!　気になるぅ～」

キャノーラは酒に酔ったような素振りで、気分よさそうに声を甲高くさせた。

徐々に酒が進み、酔いと場の雰囲気に流され、ルイージは平常心と軍幹部としての心がけを失っていく。


――2時間後。

「そういえばルイージさん、さっきオタハイトが危なかったって言ってたじゃない？　あたし、その話聞きたいなぁ～」

「えぇぇぇ～～～弱ったなぁ～～～……」

「そのうち発表するんでしょー？　言わないから教えてよぉ、あたしと大佐の仲じゃな～い」

「んん～～～……しょうがないなぁキャニーちゃん。人には言うなよ……」

ルイージは軍規を破り、情報を漏らしてしまった。

酒に酔っていたと思われたキャノーラだが、彼女はブランデーのボトルをロックで空けても平然としている、いわゆる枠であった。

■翌日　グラ・バルカス帝国領　レイフォリア　外務省レイフォル出張所

ムスペル空港から皇太子が乗った飛行機を見送り、軍の幹部や外交官たちはほっと胸をなで下ろした。ひとまずの危機は乗り切った。

シエリア、ダラスも征統府やレイフォル出張所において特に問題もなく、拍子抜けするほど無事送り出せたことで、ようやく肩の荷を下ろす。

溜まった仕事を終わらせるために、車に乗って出張所へと戻る。

「もう昼か。先に食事にしよう」

「ええ」

庁舎に着いたシエリアたちは、食堂に立ち寄った。

思い思いの店に散る者もいる中、シエリアとダラス、数人の職員は行きつけの食堂に入る。

食事を注文して付いていたテレビを見ると、ムーの放送局が選局されていた。

「ちょうどよかったな」

レイフォルにもテレビ局はあるが、征統府に近いだけあって来客の公務員が情報収集源として重宝するムーの放送を流していることが多い。レイフォルームー国境に届いた電波を増幅させ、有線でレイフォリアへと延ばして電波塔から配信している。国ぐるみのただ乗りだ。

ニュースが始まる。

『こんにちは、ニュース12のお時間です』

キャスター2名の名前がテロップで映し出された。

男はカイカーツ・エルマー、女性はシリン・フェアチルド。いつもはのんびりと話すカイカーツだが、今日はいつになく真剣な表情を浮かべている。

『本日は特別ニュースがあるため、時間を延長してお送りします』

美人女性アナウンサーのシリンも引き締まった表情で頷く。

『〈オタハイト・タイムズ〉一面に掲載された内容を、こちらでも繰り返しお伝えします』

「……何かあったのか？」

緊迫した口調の2人に、シエリアが思わず呟いた。

『5ヶ月前、世界連合艦隊とグラ・バルカス帝国海軍が衝突したバルチスタ沖大海戦直後の中央歴1643年2月7日。グラ・バルカス帝国艦隊が首都オタハイトとマイカルを強襲するため、大艦隊を派遣していたことが判明しました!!』

キャスターの上にはムー語で「グラ・バルカス帝国艦隊襲来!!」の文字が踊る。

「ブフォッ」

ニュースに聞き耳を立てていていたダラスは、飲んでいた水を盛大に噴き出した。

「どうしたダラス、行儀が悪いぞ」

「ゲホッ……ずびばぜん……ゲホッ」

バルチスタ沖海戦と同時にムー東海岸を強襲する。以前ダラスが本国へ報告のために戻ったとき、たまたま食堂で会った外務大臣に話した案だ。

雑談程度のつもりだったのだが、いつの間にか実行されていた。驚くなというのは無理な話だ。

ダラスも食い入るようにテレビを見つめる。

『今朝の新聞記事ですね。ムー海軍はどうやって帝国の脅威を排除したのでしょうか？』

シリンがカイカーツに訊ねた。

『実際の戦況を詳しく読み解いていきましょう。紙面にも書かれているのですが、オタハイトに差し向けられたのは、グラ・バルカス帝国艦隊8隻です。ムーにとってグラ・バルカスの軍艦というのは8隻でも大変な脅威なのですが――〈ラ・カサミ〉はご存じですか？』

『ええ、ムー海軍の象徴的かつ最強とも言える戦艦ですね。日本国で改良を施され〈ラ・カサミ改〉となり、ムーに返還されたと話題になりました』

『防衛のために首都防衛艦隊10隻が出撃しましたが、実は〈ラ・カサミ改〉は補給をしていたため、少し遅れての出撃となりました』

『では首都防衛艦隊が、グラ・バルカス帝国による首都強襲の脅威からオタハイトを救ったのでしょうか？』

『いえ、首都防衛艦隊はグラ・バルカス帝国の航空攻撃で壊滅的打撃を受け、戦艦〈ラ・ゲージ〉

を除いて壊滅しました。しかし最後に〈ラ・カサミ改〉が戦闘海域に到着するんですね』

『このときすでにムー艦隊は2隻しかいなかった、ということですか』

『その通り、なんですが……〈ラ・カサミ改〉の戦闘能力は驚異的に向上しており、迫り来る帝国航空機をバッタバッタと落とし、なんと単身で8隻との艦隊決戦にもつれ込んだそうです!!』

『えぇぇぇ!!?』

『グラ・バルカス帝国の超大型戦艦は、神聖ミリシアル帝国のミスリル級魔導戦艦にも匹敵する強さを持っています!! その超大型戦艦をも含んだ8隻相手に、〈ラ・カサミ改〉は死闘を繰り広げました!!』

『どうなったんでしょうか!!!』

『実は、一部現場艦橋の……音声テープを関係筋から我が社の社員が入手いたしました。聞いてみましょう!!』

言うまでもなく、オタハイト海戦とマイカル海戦はムー政府、ムー統括軍にとって秘密事項である。時が来たときには公開する予定でいたが、すっぱ抜かれて朝刊で大々的に報道されることになったため、政府は仕方なく戦闘記録テープの一部をマスコミへ意図的にリークした。

カセットテーププレーヤーにテープがセットされ、再生が始まる。

『カチッ――「敵艦発砲!!」――ブツッ。

「弾道を報告!! 回避せよ!!! 敵砲の口径は35㎝以上ある!! 1発でも食らったら終わりだぞ!!!」

「はっ!! 敵弾まっすぐこちらに飛んできます!!」

「とーりかーじ、いっぱーい!!」

水を叩くような轟音が鳴り響く。

「敵駆逐艦、距離25㎞まで接近!!　敵巡洋艦距離28、まもなく敵の射程に入ります!!」

「速い……出し惜しみしている状態ではないな」

「あまり近づかれると射撃密度が上がります！　敵の砲撃威力は高すぎて、1撃でも当たると……我々が敗れるとムーの首都は焼き払われます!!　新兵器を使用しましょう!!」——ブツッ』

『テープは一度ここで途切れます。続きは少し時間が経ってからです』

『ブツッ——「くそっ!!　なんて硬さだ!!」

鳴り響く轟音。

「ひ……被害状況報告……！」

「か……艦首被弾!!!」

「前部主砲湾曲、使用不能!!」

「後部速射砲、撃ち続けろ!!」

再度、爆音と共に、大きな金属と金属がぶつかる音が鳴り響く。

「後部砲塔全損!!　使用不能!!」

「な……なんてことだ!!」

「諦めるな！　皆が絶望しても、俺たちだけは決して諦めてはならん!!　ムーは……俺たちが守るんだ!!」——ブツッ』

『入手できた音声部分は以上になります』

『な……なんと凄まじい……！　私たちが平和な日常を享受している間に、命をかけた男たちがいたのですね!!』

『ムー政府関係筋によりますと、このあと〈ラ・カサミ改〉は日本国より付与された新兵器を使用し、敵戦艦及び巡洋艦を含む数隻を撃沈。その後、首都管区に所属するムー空軍の航空戦力で航空攻撃を実施、敵をオタハイト沖合で殲滅したそうです。ムー海軍の被害としては、首都防衛艦隊10隻が全艦撃沈され、〈ラ・カサミ改〉は大破し、現在ドックで修理中とのことです』

『これまでの戦いで神聖ミリシアル帝国が相当な損害を被ったグラ・バルカス帝国の艦隊を、〈ラ・カサミ〉はただ1隻で足止めし、ムー空軍の攻撃によって全滅させたとは！　これはすばらしい大戦果と言えるのではないでしょうか!?』

『その通りです!!』

『では、マイカルに向かった敵部隊はどうなったのでしょうか？』

『オタハイトよりも大規模な艦隊が差し向けられたマイカルですが、空母機動部隊であったため、こちらが本隊だったと推測されています。詳細な数は不明で、政府発表が待たれます。〈チャーチワード・ポスト〉によると、マイカル強襲艦隊については日本国海上自衛隊第4護衛隊群と交戦し、全滅したとのことです。日本国がこの海域にいたのは、戦闘状態にいた我が国に対し〈ラ・カサミ改〉をムー沖合まで確実に送り届けるために随伴して、マイカルに寄港していたためだそうです。敵艦と日本国が交戦した際、対艦誘導弾という兵器が使用されたとの情報が入っています』

『どんな攻撃なのでしょうか？』

『それを解説していただくために、戦術士官時代に日本へ観戦武官として派遣されたことがある、ムー統括軍所属ラッサン・デヴリン大尉をお呼びしています。どうぞご入場下さい』

スタジオの拍手に迎えられ、ムー統括軍参謀本部の作戦参謀官ラッサン・デヴリンが入場する。

少し老け顔だが、線が細く険しい顔つきのラッサンは落ち着き払って席に着いた。

『ラッサン大尉は、ムー統括軍の中でも特に優秀な技術士官の一人であり、日本国とパーパルディア皇国戦の折に観戦武官として日本へ同行し、国王ラ・ムー陛下が日本との国交締結に踏み切る重要な資料を作成した、ムーでもっとも日本を知る人の一人です。本日はよろしくお願いします』

『よろしく』

挨拶が終わり、カイカーツがラッサンに向く。

『ラッサン大尉、日本国艦隊がグラ・バルカス帝国本国艦隊を葬ったとされる〝艦対艦誘導弾の飽和攻撃〟というのは、一体どういったものなのでしょうか？』

『はい。日本には、この世界にはまだない兵器、艦対艦誘導弾という兵器が存在します。わかりやすく説明すると、この世界の人々が御伽噺でのみ知る古の魔法帝国の兵器、誘導魔光弾に近い性質を有しています』

『御伽噺や伝承の中で語られる誘導魔光弾といえば、水平線の彼方から発射され、音の速度に迫る速さで飛翔し、目標が動こうがそれ自身も向きを変えて百発百中で命中する光の魔弾、でしたか。遥か古代の技術ながら、現代のムー最強の戦艦でさえ1発食らえば撃沈されると言われていますが、果たして本当なのでしょうか？』

『伝承の誘導魔光弾の威力はさすがに不明ですが、日本の艦対艦誘導弾の性能は概ね伝承に近いですね。御伽噺で語られている魔光弾の性能は推測値に過ぎませんので』

『では日本の誘導弾は具体的にどんな性能なのか、解説していただけますか』

『距離は100㎞を超え、速度はほぼ音速に近いのは魔光弾の伝承と似ていますが、魔光弾の伝承に書かれていないことといえば海面スレスレの低空を飛行することが最大の特徴と言えます。グラ・バルカス帝国が使用している電波反射式対空レーダー――敵の存在を捉える魔導レーダーのようなものですが、それにも映りにくい』

『そ……それはすごいですね。飽和攻撃とはどのような攻撃なのでしょう?』

『飽和攻撃というのは、ある兵器を連続で投射し、敵の防御処理能力を上回って損害を与えるという攻撃です。まぁグラ・バルカス帝国は対艦誘導弾に対する防御能力を持たないため、飽和攻撃という言葉が適当なものなのかは疑問ではあります。日本国はマイカル海戦にて対艦誘導弾を大量に発射し、グラ・バルカス帝国艦隊と航空戦力を瞬間的に殲滅させております』

『……そんな神聖ミリシアル帝国も有していないと思われる優れた技術が、実在するのでしょうか?』

『あくまで私個人の感想ですが、日本の兵器は神聖ミリシアル帝国よりも遥かに高性能だと考えています。ただ、神聖ミリシアル帝国には空中戦艦〈パル・キマイラ〉を始めとした、未知の発掘兵器があります。友好国同士で戦わせるわけにはいかないので、なんとも力が測りにくい状態ではありますが』

『それほどの力を持ちながら、グラ・バルカス帝国艦隊撃滅のための世界連合艦隊に日本国が参加しなかったのは、何故でしょうか?』

『単純な理由です。遠すぎて準備が間に合わないと判断した。そして航空優勢が確保できていない地域での海上自衛隊の単独運用を渋っただけのことでしょう。マイカルはムー大陸の東に位置します。当時の状況では、敵艦隊の東海岸への派遣そのものが考えられないことであり、派遣できても少数だろうと考えられていましたので、今回彼らがかち合ったのは偶然でした』

『なるほど。海上自衛隊がマイカルにいたのは、ムーにとって幸運だったのですね』

『ちなみに、皆さんの前でお伝えしたいこともあります。先の戦いで〈ラ・カサミ〉は実質的にたった1隻でグラ・バルカス帝国艦隊を退けましたが、他にもムー軍は日本国からの一部技術供与により、圧倒的に強化されています』

ラッサンの流した技術供与に関する話は、やや誇張した欺瞞（ぎまん）情報である。

ムーの放送がレイフォル側にも流れているのは知っている。このニュース映像はグラ・バルカス帝国情報部にも届くだろう。そのとき、ムーの兵器が強化されていると判断されれば、すべての作戦で兵力強化が必要になり、多大な負担を強いられる。

カイカーツとシリンはカメラに向かって視線を合わせる。

『圧倒的とも言える力を持つ日本国各自衛隊ですが、現在はムーと戦争中のグラ・バルカス帝国軍をムー本土から撃退するため、ムーとともに戦ってくださっています。また、ムー統括軍総司令部からは、本格的かつ大規模な反攻作戦の準備があるとの情報も入っています。夜の時間帯は、この反攻作戦も含め、ムーの未来について特集を組んでお届けする予定です。是非ご視聴ください』

『さてカイカーツさん、マイカル海戦を戦った日本国海上自衛隊の被害についてですが……』

『第4護衛隊群の被害は……なんとゼロだそうです!!!』

『神聖ミリシアル帝国でさえ、カルトアルパスから続く一連の戦闘では多大な損害を被り、敵と同じくらいの数の艦が沈む悲劇に見舞われています。日本国の被害がゼロというのは、ちょっと信じ難いのですが……』

『ラッサン大尉、日本国の被害がゼロというのは、やはり先の対艦誘導弾の飽和攻撃によるものなのでしょうか？』

『そうですね。日本国はグラ・バルカス帝国の主砲の最大射程を遥かに超える位置から誘導弾を投射できますので、砲撃が当たらない、というよりは反撃を受けません』

『しかし、敵には空母も存在したとあります。航空攻撃なら届くのではないでしょうか？』

『その辺りについては、統括軍の正式発表をお待ちください。まだ言える立場にありません』

『わかりました。しかし、信じられないような……まるで空想世界のような兵器ですね』

　シリンが再びカメラに向かう。

『——朝刊記事について、ムー政府は15時から記者会見を開く予定です。記事の真偽が明らかにされることでしょう。繰り返しお伝えしているように、今年2月7日、ムー海軍及び日本国海上自衛隊は、オタハイト及びマイカルに侵攻してきたグラ・バルカス帝国艦隊を殲滅したことが明らかとなりました。この艦隊、関係筋によりますと、グラ・バルカス帝国本国から派遣された艦隊であるとのことです。世界連合艦隊でも成し得なかった快挙を、ムー日連合で達成したのです!!』

　青天(せいてん)の霹靂(へきれき)である。こんな話はどこからも聞いたことがない。

　シエリアもダラスも、注文した食事はすでに配膳されていたが、彼らだけでなくその場に居合わせた征統府員に至るまで、突然飛び込んできた大敗北の情報に食事の手が止まっていた。

「そんな戦闘があったなんて……聞いたことあったか？」

「いや……だって知ってたら話してるよ……」

「外務省は知ってたのか？」

外務省職員たちはすっかり冷めてしまった料理に手を付ける気にもならず、逃げるように食堂から出る。

「あれは知らなかったって顔だぜ」


執務室に戻ってきてからも、衝撃が大きすぎてしばらく沈黙が続いた。

「ま……まさかギーニ議員はあの敗戦を知っていた……？」

最初に頭の中で整理を付けて口を開いたのはシエリアだった。

「そんな馬鹿な……本国艦隊が全滅していただと？　信じられん、欺瞞情報ではないのか……？」

幽鬼のように気の抜けたダラスの呟きに答えられる者はおらず、再び沈黙が始まる。

日本国から技術に関する情報と、繰り返し伝えられた海上保安庁は非戦闘員であるという話は覚えている。だが兵器の性能までは教えてもらえなかった。

「い、いや……待てよ。アサダ氏が言っていた『心当たりがあるのでは』とは、まさかさっきの話を指すんじゃないか!?」

「……!!」

シエリアとダラスは、朝田が言っていたことをようやく思い出した。

──貴国の情報分析官は本当に仕事しているのですか？

あれは煽りでも何でもなく、ただ事実に照らし合わせた所感を述べていたに過ぎなかったのだ。

ここまでの情報と推測がすべて正しければ、日本国は間違いなく強い。

しかも先日、陸軍将校ランボールから「海軍が日本を危険視している」という情報を得たばかりだ。点と点が結びついてしまった。

とはいえ、まだ疑問は残る。日本が周辺国家や、戦争を仕掛けてきたはずのパーパルディア皇国すら支配していないという事実だ。これについても朝田は『日本は平和主義』『属国の運営は高コスト』『国際協調』などと言っていた。どこまで本当かわからない。

今までの帝国不敗神話、そして帝国の常識からすると矛盾した言動の数々に、正常な判断ができなくなる。ムーの報道は、ただの欺瞞情報ではないかと疑わせる。

だが——日本側の主張、ムーが画策しているという反攻作戦がすべて事実であるならば、キールセキに向かった皇太子の身に危機が迫っている。

王款庁を無視して直ちに帝王府へと報告しなければならない。

しかしそれが欺瞞情報だった場合は、踊らされた無能の烙印（らくいん）が押されてしまうだろう。

「まずは状況確認が必要だ。ムーの報道が事実かどうか、本国に問い合わせてくれ」

「はい」

シエリアは別に外務省を放逐されても構わなかった。ダラスと違い、潔さがある。

「ダラス、殿下の御身が危ない。やれるだけやるぞ」

「で、ですが……」

オタハイトとマイカルでの敗戦が本当なら、ダラスの放言が原因だ。実行したのは外務大臣なので責任はないにせよ、帝国、グラルークスの名に取り消せない傷を負わせてしまったことが、何よりも恐怖となってダラスを苛（さいな）んでいた。

「失敗が怖いか？　なら私一人の権限でやろう」

シエリアは考えるのを後回しにして、まずはグラカバル保護のために動き出した。

■　中央世界　神聖ミリシアル帝国　カルトアルパス　とある酒場

ムー大陸から西側に約５００㎞離れた位置に、北海道ほどの大きさの島がある。

かつてその島にあった国はイルネティア王国と呼ばれ、グラ・バルカス帝国から侵略を受けて滅ぼされるまでは貿易国家として繁栄していた。

元王国の王都諸侯ビーリー・マックウェルと王子エイテス・アルフレト・リッキンバーグの一行は、帝国の脅威が迫ったとき、国を救うために外交の旅に出た。

ムー、そして神聖ミリシアル帝国に積極的に働きかけた彼らは、先進11カ国会議の場で国際社会からグラ・バルカス帝国に対する非難決議の採択を実現した。

文明圏外国家の働きかけで先進11カ国会議を動かしたというのは、前例のない後世に残る外交成果である。しかし、決議が行われたときには国がすでに滅びたあとだった。

神聖ミリシアル帝国南端、世界の情報が集まる港町カルトアルパス。

その中でも各国の情報が飛び交う特に有名な酒場には、いつものように常連客が詰めかけ、賑（にぎ）やかに酒を酌み交わす。

酒場の一角で、エイテスとビーリーは失意に沈んでいた。

「——世界連合艦隊は敗れ、今度はムーが侵攻を受けている……やはりグラ・バルカス帝国の侵略を阻止するなど、夢のまた夢だったのですね」

「はい……グラ・バルカス帝国がここまで強いとは、想定外としか言いようがありません。ミリシアルでなくとも、せめてムーであれば食い止めてくれるかと考えていたのですが……」

文明圏外国家のイルネティア王国にとって、文明圏内国は強国揃(ぞろ)いという認識がある。さらに列強となると、もはや雲の上の存在であった。

神聖ミリシアル帝国に至っては古の魔法帝国に準ずる強さがあると信じられていた。魔法帝国復活の際には唯一対等に戦えるであろう、神話の領域に踏み込むほどの力がある、と。

その神話の領域の国が本気を出したというのに、ただの痛み分けに終わったことは衝撃的だ。

世界中が殲滅戦をやればグラ・バルカス帝国による世界征服だけは阻止できるかもしれないが、それでは属国、属領を手放させることはできない。王国を取り戻すなど夢のまた夢だ。

「はい！　ビールだよ!!」

「ああ、ありがとう」

元気のいいドワーフ系の娘が、ビールと旨(うま)そうな肉料理を運んできた。

「まずは食べましょう」

今は生き延びることが重要だ。

特にビーリーは、イルネティア王家の生き残りであるエイテスを何としても守らなければならない。イルネティア奪還への道は限りなく険しいが、生きていればいつか機は巡ってくる。

疲れた身体(からだ)を癒やすために、２人が酒と料理に手をつけようとしたとき——

「お、始まったぞ」

離れたテーブルに座る常連客の大柄なドワーフが、映像を映し出す魔導受像機を指さした。

2人も声につられて画面に目をやると、ニュースが始まった。

「いつも思いますが、テレビジョンはすごいですね。情報が広く素早く伝わるというのは、人々の生活にとって革命的です」

「我が国の魔導技術もこれくらい進歩していれば、と思いますね……ん？」

テレビもニュースも見慣れていたが、今日はどうも様子がおかしい。

美人の女性エルフキャスターが、画面の向こうで真剣な表情のまま原稿を読む。

『臨時ニュースをお伝えします!!　今年2月7日、ムー海軍及び日本国海上自衛隊は、ムー大陸東側の海上において、グラ・バルカス帝国本国艦隊と交戦し、これを撃滅していたことが〈オタハイト・タイムズ〉一面で報じられました!!　グラ・バルカス帝国軍本国艦隊に所属すると見られる空母機動部隊は、ムー首都オタハイト及びマイカルに対する同時攻撃を試みましたが――』

衝撃的なニュースに、酒場が大騒ぎになる。

「おいマジかよ!!　グラ・バルカスの空母機動部隊を撃滅だと!?」

「我が神聖ミリシアル帝国でさえ成し得なかったような大戦果だぞ!!!　一体どれだけ戦力を投入したんだ？」

「ムーの戦艦は大したことなかったはずだが……物量で押し切ったのか？」

「し……信じられん!!　さすがは列強第2位のムーだ!!」

客らは報道番組に釘付け（くぎづ）けになり、口々に感想を並べ立てた。

ニュース内容が読み進められ、ムー政府が公開した音声テープを流したあと、海戦の概要、敵の損失数、そしてムーと日本の被害状況が読み上げられた。

『――バルチスタの虚を衝きムーを強襲したグラ・バルカス帝国艦隊ですが、ムーは首都に戦力を集中させることを想定し、手薄になったマイカル市に艦隊主力を向かわせました。一方、マイカルには日本国海上自衛隊第４護衛隊群が寄港しており、グラ・バルカス帝国の襲来を察知した彼らは、各国の民と自国民を守るため、交戦を決定したと報じられています。なお日本国防衛省は、彼らがムーを訪れていたのは日本で改修した〈ラ・カサミ改〉を届けるためであり、偶発的な戦闘だったと説明しています』

ニュースキャスターの表情は硬く、報道を見ているほうにも緊張感が伝わってくる。

「あれ？　じゃあムーはオタハイトを守っていただけで、マイカルで戦ったのは日本なのか？」

「さすがに首都だけを守るわけはないんじゃないか……？」

『なお、日本国海上自衛隊第４護衛隊群の損害についてですが、損失は――え？　……これ、間違ってません？　……本当ですか？』

急に狼狽え始めた。

音声だけを聞いていた客らも、何事かと画面を注視する。

『本当に間違ってないんですね？　わかりました。――大変失礼しました。改めてお伝えいたします。マイカル沖合にて日本国海上自衛隊第４護衛隊群と交戦したグラ・バルカス帝国本国艦隊は、全滅した模様です。全艦撃沈したとのことです。一方、日本国海上自衛隊第４護衛隊群の損害はゼロです。１隻の損害も、１発の被弾もなく、グラ・バルカス帝国艦隊を完封殲滅したとのことです。

ルーンポリス魔導学院で軍事魔導学の講師を務める軍事専門家タイガー・バーム氏によりますと、信じられないような大戦果であり――』

グラ・バルカス帝国の大敗北が事実であると知れ渡り、酒場は大盛り上がりになって追加注文が相次ぐ。

ニュースに集中していたエイテスとビーリーも嬉しさのあまり震えており、番組が終わると顔を見合わせて口を弓なりに曲げる。その目は希望で輝いていた。

日本の力を借りられれば、屈辱的な統治下にある自国を救えるかもしれない。

「び……ビーリー侯!!」

「ええ、明日朝一でルーンポリスの日本大使館を訪ね、そのあとすぐに日本国行きの航空券を取りましょう!!　これから忙しくなりますぞ!!」

「ええ、構いません!!　国民のために全身全霊を捧げます!!」

この2年間、祖国復興のために様々な外交活動に奔走していたが、目立った成果は挙げられなかった。2人は万感の思いでようやく料理に手を伸ばす。

ビールは少しぬるくなっていたが、久々に明るい展望が開けた2人にとって、それは悪魔的においしい飲み応えだった。

■翌日　第二文明圏　グラ・バルカス帝国領　レイフォル地区　ハーケンドロット基地

「何故今まで黙っていた!!!　迅速な情報の共有は戦の基本だろうがッ!!　貴様ら、儂を舐めとるのかァ!!!」

帝国東方艦隊司令長官カイザル・ローランド大将の怒号が作戦会議室に響く。

幹部たちは凍り付くが、一番恐慌状態にあるのは叱責を受けている海軍省から派遣されてきた本部将校たちであった。

「いえ……あの……あまりにも内容が荒唐無稽であったため、まさかこのような……」

海軍で神に等しき存在のカイザルに怒鳴られると、生きた心地がしない。

世界連合との決戦時、別働隊としてムーの首都オタハイトと主要都市マイカルを強襲したグラ・バルカス帝国艦隊本国艦隊第52地方隊イシュタムは、日本の技術供与を受けたムー戦艦と日本国海上自衛隊と交戦し、全滅した。要するに全部日本に潰されたということだ。

当初、全艦が未帰還ということもあって理由が判明せず、ミリシアルの空中戦艦によって撃沈されたのではないかと調査に乗り出していた。

やがてムーに潜入していたスパイから、日本国海上自衛隊によって葬り去られていたことが判明した。昨日、ムーのメディアが発表した情報通りに、だ。

本省に勤務する海軍上層部に衝撃が走った。

しかし将校が言い訳しているように、あまりに荒唐無稽なので誤った情報ではないか、欺瞞情報ではないかと指摘され、情報の精査とさらなる情報収集を行っていた。その矢先、ムー大陸南東側で通商破壊任務に就いていた潜水艦の1隻が、救命いかだで漂流していたイシュタム艦隊所属重巡洋艦『アマテル』の乗組員数名を発見した。

彼らはひどく弱っており、回復を待って語られた真実は、スパイからの情報と一致していた。

この情報は有力な議員にも秘密裏に伝えられ、帝国海軍共々日本国を危険視し始めた。

敵の使用した兵器、情報を精査し、対策を考え、カイザルにはある程度まとめてから報告しようと考えていた。だが結局報告を前に、ムーのテレビ報道から本国艦隊が全滅していた理由が——カイザルだけでなくレイフォルにいる帝国人のほとんどに伝わってしまった。これを知って海軍省はすぐさま説明のための将校を、その日のうちに軍用機で送り出した。

何らかの原因で本国艦隊が全滅したことは、カイザルも知っていた。

しかし、スパイからの情報があったにもかかわらず、その段階で自分に知らされていなかったことに対して烈火の如く怒りを露わにしているのだ。

一通り怒鳴り散らして荒れたあと、ようやく静かになって会議が始まった。

出席しているのはグラ・バルカス帝国海軍東方艦隊及び特務軍の幹部の面々である。

「そ……それでは、本国艦隊第52地方隊の部隊消失に関し、現在までに判明している情報と日本国に関する現時点での情報について、資料をお渡しします」

急遽始まった会議は、普段なら当然あるはずの根回しなども一切なく、海軍本部の説明形式で進められることになった。

現時点で判明している資料が配られ、東方艦隊幹部たちは目を通しながら話を聞く。

「日本国の軍艦に対する評価について、過去カルトアルパス沖海戦を元にした分析がなされていましたが、ここにおいて新たな事実が判明し、実態が大きく違っていることを確認しました」

「〝ここにおいて〟……？」

眼光鋭いカイザルに睨まれ、本部将校は冷や汗をだらだらと流す。

「すみません、もっと前です……大本の資料は情報局が昨年末に手に入れたものだそうです……」

カイザルは頭に再び血が上りそうだったが、なんとかこらえて続きを促した。

「過去、日本国巡洋艦の対空火砲の命中率の高さが脅威として認識されていましたが、口径は機関砲程度のものであり、対艦戦にさして脅威はないと考えられてきました。しかし、日本国にはさらに強力な兵器を搭載した巡洋艦が存在することが、多方向からの情報により明らかになりました」

航空機を撃ち落とすほど命中率が高いというのも大概脅威だった。だがそれ以上に強力な砲を搭載した艦があるとなると、鉄壁の対空能力に加え強力な対艦能力も備わることになってしまう。

「ん……兵器？　砲ではなくか？」

カイザルの指摘に本部将校が頷く。

「ご説明いたします。資料の4ページの第3に記載をしていますが、情報局が入手した資料とは、日本国が使用する兵器について解説する本でした。これが欺瞞情報か真実なのか、本部で測りかねていたところ、先の本国艦隊地方隊の部隊消失が発生しました」

「それはもういい、先を話せ」

「はっ。多角的に情報分析したところ、……これは少し荒唐無稽でもありますが、一応信用できるとされる情報筋から得られた情報です。今から申し上げる内容は、まだその確度を十分に検討できておらず……」

「いいから早く言え!!」

「は……はっ!!　し……資料の最後のページに掲載しています。ムーの本屋で得られた日本国の情報及びムー要人から入手した情報によりますと、えー、上から5段目をご覧ください……」

カイザルは指定された場所に目を通し、眉間に皺を寄せる。

「な……何だと!!?」

泣く子も黙る海軍大将カイザルの背中が、今まで感じたことのないおぞましさと寒気に襲われた。

そこに書かれていたのは、日本の軍艦の諸元であった。

あきづき型護衛艦　主要装備
○　90式艦対艦誘導弾（別称：ＳＳＭ１－Ｂ）
飛翔速度時速　１１５０㎞
射程　１５０㎞以上
弾頭重量　２６０kg（ＨＥ）
誘導方式　中途：慣性航法装置／終末：アクティブ・レーダー誘導
システム重量――

何度読んでも信じられない性能が記載してあった。

沈黙にたまりかねた東方艦隊幹部が本部将校に質問を開始した。

「これは……どういうことだ？」

「文字通りの意味です……」

「では何かね？　日本の巡洋艦は１５０㎞以上もの距離を飛翔する、当たれば巡洋艦ですら1発で大破に追い込まれるほどの兵器を実用化、配備していると？　誘導爆弾だから必ず当たり、さらには対空用のものもあり、100km以上先から航空機を迎撃できるって？　日本はミリシアルの魔法のようなデタラメな兵器は所有していないという話ではなかったのか？　科学でそこまでできると言うのか？　……そんなSF小説のようなことがあってたまるか!!!」

「はぁ……ですので、本件についてはあまりにも情報そのものが荒唐無稽であり、現在精査中です。ただ、本国艦隊が日本国の艦隊を前に全滅したのは『アマテル』乗組員の証言からも事実ですし、それを裏付ける供述も得ています」

　本部将校はそれみろと言わんばかりに回答する。

　しかし、興奮した東方艦隊幹部はそれだけで収まらない。

「しかも何だ、このイージス艦というのは!!　同時に何百もの目標を追尾し、12以上を同時攻撃可能？　しかも艦同士を連携させるとさらなる能力を発揮するだと？　この対艦誘導弾とかいうのが敵に回って大規模同時攻撃に使われても、それすら防げるだと？　そんなものが……そんなものがあったら……」

　軍艦、艦隊を実際に運用している者にとって、悪夢のような兵器だ。彼が取り乱すのも無理はなかった。

　資料を読み始めてから一貫して渋面のカイザルが、ゆっくりと口を開く。

「なるほど、情報局と本省が俺に伝えてこなかったのはこれが原因か……。これは怒れんなぁ」

「はい……」

「怒鳴って悪かった。そうだな……もしこんな兵器が実在して、小規模でもある程度の数が揃っていた場合……負けるであろうな、この戦」

「「――!!」」

カイザルともあろう者が発したその言葉に、一同は事態の重さを一層深く噛み締める。

「仮にこの資料が本当だったとしよう。戦艦を所有しているかいないかなど関係ない。敵は戦艦の主砲を遥かに超える射程を持つ兵器を、アウトレンジから一方的に放てるということだ。しかも命中率が高い……航空攻撃もほぼ防がれる……対潜能力も異常に高いと記載がある。完全無欠ではないか……」

「……補給基地や生産設備を叩くしかないかと思いますが、敵の拠点は当然無防備ではないでしょうからね……全滅覚悟で突撃しようが事前に阻止されるのがオチです」

「もしも奴らがムーやミリシアルに技術を輸出し、習得してしまったら……いかに生産規模で押したとしても分が悪すぎる。――いや、ムーの将校がそんなことを言っていたな」

「言っていました。技術供与を受けている、と。すでに次世代艦、次世代機の建造、生産を始めていてもおかしくありません」

「ムー大陸が落ちれば、日本も技術流出に気を遣っている場合ではなくなるからな。この戦い、長期化すればするほど我々にとって不利となるだろう。奴らの数によっては……極短期に圧倒的物量で押せばまだ勝機はあるかもしれんが、それは多大な痛みを伴う進軍となる」

1回の大規模戦闘に耐える部隊があれば、それを繰り返し使用されるだけで帝国は疲弊していく。恐怖以外の何物でもない。

「ほ……本部としても、情報局と協力してさらなる情報精査に努めます!!」

「頼んだぞ。欺瞞情報であってくれることを願う」

「はっ!!」

会議は終了し、カイザルは1人で作戦会議室を出た。

誰にも聞こえない声でそっと呟く。

「なんということだ……」

■ 中央世界　神聖ミリシアル帝国　帝都ルーンポリス　情報局

局長室において、2人の男が机を囲んで話をしていた。

局長のアルネウス・フリーマンと、情報官のライドルカ・オリファントだ。

急遽設置された大きな簡易机の上には、多くの資料が並べられている。

「――以上が今回ムーで発表されたグラ・バルカス帝国とムー海軍、日本海軍の交戦記録の、現時点で判明している事項と関連資料です。こっちが外務省出向の情報局員が入手した、自衛隊の兵器性能における資料です。これは2年半前に日本国内で入手し、真偽不明なので極秘裏に精査していたものですが、今回の戦闘結果を見るに真実であろうと思われます」

ライドルカは資料を5点ほどピックアップして、アルネウスの前の資料に重ねる。

「我が国と日本国の国交樹立以降、部分的に我が軍の性能を上回る兵器を所有していることはわかっていたが、その兵器群が組織的に使用されたときの攻撃力が……まさか……これほどまでだったとは」

わなわなと震えるアルネウス。

その様子を疑問に思いながら、ライドルカは発言した。

「言っても、たった数隻を全滅させただけですよ。我が国も『パル・キマイラ』や『パルカオン』を起動すれば、日本国と同じことは可能なのでは？」

「確かに可能だろうが、古の魔法帝国の兵器群が別格であることは当然で、我が国でも作れるならいいがそうではない。替えが利かないということだ。そして我が国の魔導戦艦では、日本国の軍艦と同じことはできない。悔しいが、兵器単体の性能は日本国のほうが上と認めざるを得ない。この……魔導文明の頂点たる我が国が、武力において負けているのだ!!」

アルネウスは頭を振って続ける。

「――ライドルカ、今回の交戦戦績を見て、君はどう思う？」

「え？　ああ……日本の兵器は単体性能においてグラ・バルカス帝国艦艇を超えている……ということですか？」

「それでは半分正解といったところだ。このキルレシオ、日本国艦艇の被害はゼロだ。ゼロというところが――非常に大きい。仮に1隻でも日本国がやられていたら強さを測ることもできただろうが、被害ゼロだと強さの上限が読めない。これは極論だが、日本にとって文明圏外の船も、元列強のパーパルディアの魔導戦列艦も、そしてグラ・バルカス帝国艦、神聖ミリシアル帝国の魔導戦艦でさえも等しく、何隻集まろうが、関係なく、退けることができるかもしれない」

「ええっ……そんな……ご冗談でしょう？」

「冗談だったらどれだけよかったか。それと、ムー戦艦『ラ・カサミ』が日本で改修を受け、大幅に性能が向上していることも気になる。かつてのムーなら1隻残らず全滅していたはず……それが死闘を繰り広げ、満身創痍になりながらも、実質たったの1隻で多数を退けている。日本国からムーへどのような技術供与があったのか、全力で調べる必要がある。仮にムーが陥落して日本の技術がグラ・バルカスの手に渡れば、我が国をも本格的に脅かす……勢力図が大きく書き換わることになる!!」

日本国の兵器は、敵国だけではなく友好国においても深刻な脅威として受け取られていた。

情報局での分析は深夜に及ぶ。

■第二文明圏　ムー領内　グラ・バルカス帝国占領地　アルー

占領から約1ヶ月で疲弊しきった町で、衛兵の他に住民たちが強制的に跪かされていた。

彼らの前の石畳を、車列がゆっくりと通る。

グラ・バルカス帝国皇太子グラカバルを乗せた軍用車と、護衛車輌だ。

カバルは車の中から外の景色を見ていた。戦闘によって壊れた建物、跪く住民たちの暗く悲愴な顔、幾度も見てきた敗者たちの姿。

これが戦争である。いつ見ても気持ちのいいものではないが、帝国のさらなる繁栄のためには必要な犠牲だとカバルは教え込まれていた。

「……ちょっと止めてくれ」

運転手が皇太子の一言で、すぐさま停車した。

「——しばし待っておれ。心配いらん、すぐ戻る」

カバルは突然降車し、スラムと化した町の中を歩き始めた。

「で……殿下!! 占領したとはいえアルーはまだ敵国、危険でございます!!!」

従者たちも慌てて車から降り、すがりついて止めようとする。

「よい、心配なら付いてまいれ」

周囲の人の言葉を一切聞かず、ずんずん歩いて行く皇太子。

予定外の降車は周囲に安全が確認できないので、警備責任者が顔を青くする。

カバルが向かったのは、やや広い路地の先だった。車から離れること150m、子供たちの元気な声が近づいてきた。

「やはり戦争中でも子供は元気だな。よきかなよきかな」

カバルは子供に近づいて話しかけた。

「おい、何をして遊んでいるんだ?」

唐突に話しかけられた男女4人の子供たちは、相手が誰かなどわからない。

正直な子供が殿下に対して失礼なことをしないか、従者たちは心配でおろおろしていた。

「ちょっと疲れたから、お菓子食べよっかって言ってたの。あそこ」

カバルが子供たちの指さしたほうを見ると、小さな趣のある店があった。

「ほう、お菓子か。お兄さんも一緒にいいか?」

膝を曲げて、目線を子供に合わせるカバル。

「おじちゃんも来るの?」

「いいよぉ」

何もわからない子供たちはカバルを快く受け入れた。連れて行かれた店は、日本で言うところの駄菓子屋だった。

「何が美味しいんだ？　お兄さんに教えてくれ！」

「やっぱりこのアイスかな～」

「日本のアイスだよ。すごい美味しくて、お父さんとお母さんは『素朴な味が大人向き』って言ってた」

「そうか、敵国の菓子か……なぁ老婦人、これを俺と子供たちの分もらうぞ」

「はいよ、５本ね。そっちのはいらんのかい？」

老婆は従者たちのほうを見るが、当の従者たちはそれどころではない。

「で……殿下!!　氷菓など、しかも現地民の庶民の食べ物など!!　お腹を壊しては大変です!!」

「よいではないか。占領地の庶民がどのような菓子を食しているか興味がある。さ、遠慮はいらん。食え！」

カバルは帝国で最高額面の紙幣を老婆に渡し、子供たちにアイスを配った。

「あんた、これ多いよ。釣りが大変じゃないか」

「ありがとう!!　おじちゃん!!」

「釣り銭はいらん、取っておけ！　ようし、俺もいただこう！」

アイスを舐め始める子供たちの横で、カバルも袋を開けて口を大きく開けた。

「あ、おじちゃん気を付けて、これ硬――」

――ガキッ!!

「んんっ！　――んぐぅぅっ!!!」

前歯に走る激痛。

ただ痛いだけではない。何か取り返しのつかない感覚がカバルを襲った。

あまりの痛みに悲鳴を上げそうになるが、ぐっと男らしくこらえた。

「ま……前歯が!!」

思わず口を押さえた手を恐る恐る離すと、赤い液体が滴る。

「で……殿下あぁぁぁ!!」

グラ・バルカス帝国の次期皇帝たる皇太子に、怪我(けが)を負わせてしまった。

顔面蒼白(そうはく)になる従者たち。

「ぐ……車に戻るぞ……！」

自分から言い出してやらかした手前、従者たちに心配をかけられない。

そそくさと車に戻るカバルの後ろ姿を、子供たちは心配そうに見送った。

カバルが軍用車に乗車すると、従者たちが彼の口を覗(のぞ)き込む。

「でで殿下!!　大丈夫でございますか!?」

「歯が折れた……視察の前だというのに……!!　おのれ……おのれぇぇ……!!　日本の菓子だと!?　まさか食品までもが武器だというのか……許さんぞ、日本国め!!」

■　第三文明圏　日本　東京　とある大学

2人の男と2人の女性が、大学の広場で息抜きしていた。

「買ってきたよ」

「ありがとうございます、髙町さん。暑かったでしょう」

「いやいや、いいんだって。気にしないで」

女性はアルタラス現女王のルミエスと、大学講師であるリルセイドだった。2人の男は名を汲川稔、髙町好継といい、髙町はルミエスの研究室の同期、汲川はその研究室の教員だった。

彼らはオープンキャンパスの手伝いでこのキャンパスに訪れており、ジャンケンで負けた髙町がおやつを買いに行って戻ってきたところだ。

「ルミさんもリル先生も、日本に来てもう3年になるんだっけ？」

汲川が訊ねた。

「それくらいになりますね。すっかり馴染んじゃいました」

「そんなアイス食べるなんて……染まりきってるよね」

髙町がレジ袋から取り出して手渡した、和を全力で感じさせるその包装袋。特徴的な書体で『井邑屋史上硬さMAX!!　スーパーあずきスティック』という商品名が記載されていた。

「この硬さとちょうどいい甘さが癖になってしまいまして」

「もう女王陛下なのですから、少しは品よくしていただきたいのですが……」

うっとりしながらアイスをかじるルミエスを見て、リルセイドも呆れてうなだれた。

「そうそう髙町君。このアイスの硬さってどれくらいか知ってる？」

「なんかだいぶ前に、わざわざ硬度を計測したブログ記事が話題になってましたね。覚えてないですけど」

「デジタルロックウェル硬度計で測定すると、瞬間的にHRC300を突破したそうだよ。これはダイヤモンドの次に硬いと言われるサファイアの227を遥かに超えている。硬さがまばらで測定不能になったんだけどね」

「マジっスか。まぁ測定不能でも世界最硬のアイスであることには変わりないでしょうね」

「ロビ○マスクの鎧(よろい)の硬さも上回ってるんだよ」

「すんません、俺キ○肉マン履修してないんで……」

男2人のお馬鹿な会話をよそに、ルミエスとリルセイドはちょうどいい柔らかさになったアイスを景気よく噛み砕いた。

「「んん~~~! おいし!!」」

■ 第二文明圏　ヒノマワリ王国領内　グラ・バルカス帝国陸軍　バルクルス基地

「まもなく殿下が到着します!!」

破壊し尽くされたグラ・バルカス帝国陸軍のバルクルス基地は、予定通り皇太子の視察が実施されることになり、基地の復旧よりもまずは航空団司令部の復旧を急いだ。

航空団司令部施設と、施設から見える範囲の体裁を整えることにはなんとか成功し、軍団長ガオグゲルはほっと息を吐く。

正直、この基地に再度攻撃があった場合は、防ぐことは不可能だ。航空機も満足に揃っていないし、対空砲も必要最低限しかない。格納庫の中もボロボロで、整備の人員も足りない。負傷者は全員後方の第2戦線基地の病院に送ったが、あの人数を捌(さば)けるわけがないので内地(レイフォリア)まで再度輸送されるだろう。自分も輸送されたかったとガオグゲルはぐったりする。

この危険な現場に、皇太子が来る。

「現状の警戒態勢では安全を保証できない」とナルガ戦線司令部に上申したが、回答は至ってシンプルだった。

『本国から応援部隊を出す。陸軍兵力を大幅に増強し、対空、対地施設を強化して対応せよ』

バルクルスを飛行可能圏内に収める基地航空兵力も増強して支援するとも言っていたが、攻撃が日本国の戦闘機によるものであれば、どれだけ機数や対空砲の数を増やしたところで無意味だとガオグゲルは考えていた。

あの航空戦力は異常なほどの圧倒的な性能を誇る。第4機甲師団を殲滅した日本の陸軍も、偵察隊から聞いた限りでは常軌を逸している。

たとえバルクルス基地に当初配備されていた兵力を倍にしたとしても基地の警備態勢は確保できないとまで伝えたが、「皇太子権限だから察してくれ」と言われて終わった。

敵の攻撃が来ないことを心の中でひたすら祈り続けるガオグゲル。

アルーから引き返すように走ってきた、皇太子を乗せた車列が、ゆっくりと入場する。

ヘイスカネン
グラメウス大陸
エスペラント王国
トーパ王国
ベルンゲン
フィルアデス大陸
輪状山
マオ王国
リーム王国
パンドーラ
大魔法公国
カルアミーク王国
アワン王国
第三文明圏
マール王国
ガハラ神国
日本国
フェン王国
パーパルディア皇国
エストシラント
シオス王国
クワ・トイネ公国
ル・ブリアス
クワ・トイネ
ロウリア王国
ロデニウス大陸
アルタラス王国
クイラ王国
ベスタル大陸

イルネティア島
第二文明圏
グラ・バルカス
帝国領
レイフォル州
バガンダ島
アルー
ムー
ムー大陸
オタハイト
マイカル
ソナル王国
ニグラート
連合
マギカライヒ
共同体
アガルタ法国
中央法王国
トルキア王国
エモール
王国
ルーンポリス
第一文明圏
中央世界
神聖ミリシアル帝国
カルトアルバス
マグドラ群島
ケイル島
ブシュパカ・ラタン
アニュンリール皇国
ブランシェル大陸
南方世界

あとがき

こんにちは、寒くてコタツが恋人になりつつあるみのろうです。

いくら暖冬だ何だと言っても、冬はやはり寒いですね。風邪やインフルエンザが猛威を振るっているようですので、皆様もお体にはお気を付けください。

去年は神社に行ってもおみくじの結果が芳しくなかったのですが、今年は1発目から大吉が出ました。幸先のいいスタートが切れそうな２０２０年、人生アゲていきたいですね。作家人生という意味ではなく、人生全体の意味で。

干支で最初の年ということもありますので、仕事、私生活問わず「飛躍」を目標にして、一生懸命頑張っていきたいと思っております。

皆様にとってもより良き1年となりますよう、お祈り申し上げます。

今年は東京オリンピックの開催をはじめとして、大きなイベントがたくさん控えており、日本にとって賑(にぎ)やかな1年となりそうです。

世界に目を向けると中東とアフリカの情勢が緊迫していて、第6巻が発売される頃にはどうなっているのかはわかりませんが、平和的に解決することを願います。戦いは物語の中だけで十分です。戦争なんて憎悪と悲しみを加速させるだけです。

最近気になった話題ですが、弾道弾迎撃のために反射衛星レーザー砲のようなSF的兵器の特許が提出されましたね。未来の技術が現実になってきているようで、とてもワクワクします。実現できるかどうかは別ですが。

　本作世界の技術も現実に置いていかれないように、発想を豊かにしなければなりませんね。あの特許も物語に取り入れれば面白いと思いますし、いずれ何らかの形で出してみたいと思います。

　自分の趣味で書いていた作品が出版開始から現在まで約3年、シリーズとして続けさせていただいているのは、偏（ひとえ）に読者の皆様のおかげです。

　『日本国召喚』は今回の単行本で本編6巻目、先日発売された外伝2巻と、角川から出ているコミックを合わせて計10冊も世に出せました。

　心の底から感謝しています。本当にありがとうございます。

　第6巻はグラ・バルカス帝国の驚異がムーに迫り、日本も戦いに巻き込まれて激しくなってきました。外伝2巻から引き続き登場した、不穏な動きをするアニュンリール皇国に、復活間近の古の魔法帝国、徐々にですが脅威が迫ってきています。

　今後の物語にもどうぞご期待ください。

　なにやら水面下で動いている案件もあるようです。大きなインパクトがあるようなことではないかもしれませんが、私は楽しみにしています。

　これからも日本国召喚をよろしくお願いします。

２０２０年１月某日　みのろう

初めて白目が黒い
キャラを描いたかも
しれません
2020.吉日

マンガ日本国召喚、ノベルではメカ、モンスター背景を描いております

高野千春です

マンガだとこの国のように音を書けるのですがイラストはそうはいかずむつかしいなあと思いつつ

ドカン

スプラ2神ゲー 1ゲーム3分でおわるから休み時間であそべるす

デス・ストおもしろいデスやー プレイ中

時間がとれずにゲームが積まれてゆくのです……

十三機兵はやくやりてー

ティアもアサシンクリードオデッセイも RDR2も……

2つの仕事をやらせてもらっています

あと最近作画をフルデジ化しました

iPadで描いてます

とても👍です

用語集

アクルックス

グラ・バルカス帝国カルスライン製『アンタレス07式』艦上戦闘機をベースに、折り畳み翼へ変更、水上フロートを付けた試作水上戦闘機。潜水空母での運用を主眼に置いているため、機体重量が増えてトップスピードが時速１００㎞ほど落ちている他、航続距離もかなり短くなっている。武装は『アンタレス』と同様に20㎜機銃と７・７㎜機銃を2丁ずつ備え、60kg爆弾を2個懸架可能。

アヴィオール

ゲールズ重工業が開発した中型レシプロ双発機。旅客機、輸送機、爆撃機としていくつかバリエーションがある。エンジンは星形空冷９気筒1千馬力を2基搭載、最大速度は時速３００㎞。収容人数は25人。グラ・バルカス帝国内では傑作機として知られ、帝王家専用機の特別仕様機は内装を大手家具ブランド・ウドゥが手がける。

アヴェストリア

アニュンリール皇国の中央行政機関を集めた区画。日本で言う霞が関のようなもの。アヴェストリア中心にオラナタ城が建ち、アヴェストリアを指してオラナタ城と呼ぶ者も多い。魔法文明の例に漏れず曲線と円を基調にしたデザインが目立ち、新世界で最大の規模と最高の発展水準を誇る。

アルー

第二文明圏、ムー大陸中心の空白地帯に近いムーの国境沿いの都市。古くは仮想敵国であるレイフォルやソナル王国、ニグラート連合からの侵攻を防ぐ第1次防衛ラインとして設置された城塞都市だった。人口は13万人だがグラ・バルカス帝国による侵攻開始までに約5万人が疎開している。アルー侵攻では防衛隊約2千人、住民約6千人が犠牲になり、占領中にも1ヶ月に５００人の割合で虐殺が発生している。

Ｈ３ロケット

日本の新型ロケット。全高75m。ＪＡＸＡとＭ重工、Ｉ重工が共同開発した新型エンジン『ＬＥ―12』を1段目に5基、液体燃料ブースターを6機備え、2段目に『ＬＥ―７Ａ』を1基搭載する。３段の場合は1段目に『ＬＥ―９』エンジン9基使うことを想定し、中央暦１６４３年現在、実証実験中である。

エヌビア基地

キールセキ市の外れ、ムー空軍南部航空隊管轄の空軍基地。正式には第１０６キールセキ＝エヌビア空軍基地と定められている。第30、第33、第41飛行隊が所属。日本とムーの共同改修工事を受けた空港・基地の1つで、『Ｃ―２』をギリギリ着陸させられる程度に強化された。

オロセンガ

マイカルの西隣にある都市。キールセキ近辺からマイカルへと続く大河、フロリエ川に沿う形で発展した工業地帯が中核となり、ムーの工業力を支える重要な都市となっている。グラ・バルカス帝国がマイカルを狙う理由の1つに、このオロセンガ市の存在がある。

ガム・デ・リオラ

ムー中部から南部にかけて連なる大山脈。様々な植生が見られ、山を隔てた東西で気候ががらりと変わる。鉱物資源にも富み、各所で採掘が行われている。また、数多ある山陰に隠すように小さな空軍基地がいくつも設置されており、レイフォルから侵入があればどこからともなく要撃機が上がってくるため、「空の要所」と言われる。

ガラッゾ350スポーツスター

オロセンガに本社を置くガラッゾ・オートモビルが製造する３５０cc単気筒オートバイ。スタンダードなネイキッドスタイルで、ムー陸軍用にはアップハンドルが装備されている。一般向けにはレーサースタイルもラインナップしており、競合他社の同クラスより人気を誇る。

キールセキ

鉱山都市として栄えるムー南部の主要都市の1つ。アルーが陥落した場合の第2次防衛ラインという側面も持ち、キールセキ駐屯地、エヌビア基地が設置されているなどムーの中でも有数の防衛力を誇る。ムー各地の空港や港湾、基地、インフラを強化する計画が発動しているおかげで、キールセキ史上でも1、2を争う好景気となっており、日本の新しい採掘機材を導入したり製鉄所を設置する予定が立つなど、今後も発展する兆しを見せている。

シーサーペント

全長２５０ｍにもなる大型の海棲亜竜。邪竜種に分類される。普段は深度１００ｍ以下に潜み、ヒュドラやクラーケンといった巨大な海魔を好んで捕食する。知能は高く、たまにヒトを襲うこともある。ただ、潜水艦に対しては不気味に思って近づかない。群れると餌が枯れると理解しているため、単体行動を好む。世界各地の海に出没し、リヴァイアサンの眷属・水龍とは今も仲が悪く、ごくまれに戦闘している場面に遭遇すれば、時化てもいないのに海流が激しく乱れるのですぐわかる。

シェイファー

グラ・バルカス帝国の軽戦車に付けられる名前。中央暦１６４３年時点で主力軽戦車は2号戦車シェイファーⅡ、設計・生産は主にリヒテル発動機製造。陸軍兵器強化2号計画によって策定された。リヒテル・シェイファーとも呼ばれる。外見は旧日本帝国陸軍の九五式軽戦車に酷似しており、性能も概ね同等である。

水龍

属性竜の一種。リヴァイアサンの眷属。全長３０ｍに達する巨躯を持ち、ヒレ状に進化した四肢で素早く泳ぎ回る。水面上に顔を出していても平気。とても人懐こく、遠洋に出た船を護衛してくれることもある。ただしヒトの争いには基本的に無関心で、過去使役された例は第一から第三までの文明圏の記録に残っていない。攻撃手段はウォータージェットによる水の槍や水の弾丸の他、水のハンマーといった直接攻撃、霧による幻覚など多彩な技をいくつも持つ。

スーパーあずきスティック

日本の食品加工会社・井邑屋が開発した氷菓。日本におけるアイス売上で常に上位を争う人気商品。メーカーホームページの商品ページでも「歯を痛めないようにご注意ください」と注釈を入れるほど硬く、毎年のように怪我人が出ているという危険な食品。この硬度は地球の第二次世界大戦時に考案されたパイクリートという複合素材と同じ原理で実現している。

ドーソン基地

ムー空軍南部航空隊管轄、アルー防衛隊に所属するムー空軍基地。第26、27航空隊が所属。正式名は第１０３アルー＝ドーソン空軍基地。エヌビア基地よりも小規模で、対空砲の数は同等だが防御力は明らかに劣る。グラ・バルカス帝国陸軍の襲撃を受けて陥落し、一時占領されたが、バルクルス基地壊滅によって放棄されている。

ハウンド

グラ・バルカス帝国の中戦車に付けられる名前。中央暦１６４３年時点で主力軽戦車は2号戦車ハウンドⅠ及びⅡ。生産はリヒテル発動機製造の他、カマー重工など。外見は旧日本帝国陸軍の九七式中戦車に酷似しており、性能も概ね同等である。ⅠとⅡは砲の口径の違い、細かな改良点で区別される。なお、まだ試験段階だが重戦車級の研究開発も行われており、名前をワイルダーと設定される予定。だが新世界においてはハウンドでも十分性能を満たしているので、燃費の悪化を無視してでも投入する必要があるか、再検討がなされている。

ヒノマワリ王国

ムーとレイフォルの国境沿い南端、ムー大陸中央部にある空白地帯の北端の小国。人口20万人程度という都市国家ほどの規模で、国境も明確に定まっていない。実質的な首都は王城のあるハルナガ京。元首はタケチノキミ。ヤムートの使節の生き残りが作った国であるために、言語に日本語と親和性がある。主に農耕で生活する他、工芸品や出稼ぎで外貨を獲得している。

マルムッド山脈

ガム・デ・リオラ山系にある、魔石の山脈。ムー大陸には元からなかった山で、転移直後に迷い込んだ飛竜がこの地で力尽き、残留魔力を頼りにやってきた他の飛竜たちも付近で息絶えたことで少しずつ死体が重なり、長い年月をかけて魔石化したことで成り立った。亜竜、竜種だけが集まってできた純粋な魔石なので、世界的にも珍しい。内部には魔獣や暗がりを好む生物が棲み着き、独自の生態系を築いている。

魔石は自発的に淡く青白く発光し、加えて太陽光を吸収・透過・拡散する性質を持つ。地表で風化しているために危険性は少なく、よほど強力な魔法を使用しない限り暴発する恐れもない。精製を重ねると様々な用途に使用できるようになるが、それだけの技術が第二文明圏にはまだなく、乱掘される危険性はない。

ムスペル空港

レイフォリア近郊に元からあったムーが建設した空港を、グラ・バルカス帝国が独自に増築、拡張したもの。元の空港名はフリムラ空港。『グレードアトラスター』によるレイフォリア強襲においては被害を免れていた。ちなみにワイバーン滑走路は被弾しており、その後も改修されず放置されている。

火喰い鳥（レッドホーク）

飛竜と同様に、古くからこの世界の航空戦力として重宝されている大型の鳥の魔獣。最高速度は時速２１０kmほどと鈍足だが、旧時代には猛威を振るった。攻撃方法は導力火炎弾、火炎放射、甲高い鳴き声による音波攻撃、羽ばたきによる威圧など。全長20m前後、翼端幅25m前後。上昇限度は8千mを超えるが、人を騎乗させた場合は4千mほど。2人乗るとより高度は落ちる。最大積載量は騎手含め１５０kg。

さらに大型の火喰い鳥は全長30m前後、翼端幅38m前後で、最高速度も時速１７０km程度ともっと鈍足になるが、最大２００kgまで積載可能。

飛竜強化機（ワイバーンアーマー）

マギカライヒ共同体の飛竜外骨格装備。マギカライヒ南部、ニグラート連合側のギッピス州にあるエドリアヌ航空魔導学院が開発した。ワイバーンの背中、騎手の左右両側後方に取り付けた2つの補助魔導エンジンが最高速度を伸ばし、脚の付け根に固定する『風神の涙』を改良したフローティングユニットが重くなった体重や騎手分の重量を支える。外骨格は胴体の他に翼の骨格や尻尾を覆い、本体の飛竜を保護する。強化機を装備した飛竜の最高速度は時速３３０kmに達し、最大２００kgまで積載可能になる。

26型ガエタン70mm歩兵砲

ムー北部、タレス県レトルグエリ市に本社を置くガエタン工業が開発した歩兵砲。制式採用は中央暦1626年。砲弾初速時速約７００km、最大射程約２７００m、連射性能は6秒につき1発。ガエタン工業は中央暦1582年にムーで勃発した南北戦争時代に、北軍の武力を支える軍事企業として発展。後述のイレール兵器工業とシェア争いを繰り広げた。ガエタン社は他に空軍の機関銃なども生産している。